京味 藏缘

北京援建者的高海拔故事

宗昊／著

中国青年出版社

目录

II

教师篇

III

医生篇

序

吴雨初

北京援藏指挥部前任副指挥
牦牛博物馆创办人

　　2014 年夏，北京援藏指挥部第一批和第二批专职干部交接，指挥部来了唯一的女性——宣传联络部部长宗昊。我看着这位文弱秀气的女子，正在经历强烈的高原反应，不禁有点儿担心。一年多过去了，宗昊不但出色地完成了职务工作任务，而且还利用业余时间，写出了这本书。我对此有些惊讶，她是如此的坚韧、如此的勤奋，如此的细致。她希望我给写几句话，可能是因为我在西藏工作了二十多年的因素吧，我写不好，但难以推辞。

　　西藏高原没别的，就是高。拉萨的海拔是 3700 米，藏北草原则达到 4500 米，有的地方甚至达到 5000 米以上。这对于海拔只有 50 米的北京，悬殊太大了，一般内地人很难想象高海拔地区的生活。西藏高原所有的一切，都是建立在高海拔基础上的。高原的土地和人民、高原的历史和文化、高原的现实和区情、高原的生活和工作，都与高海拔分不开。每一个黎明和夜晚，都会从呼吸、从心跳当中体会到什么叫高原。在这片一百二十多万平方公里的土地上，世世代代生活着近三百万藏族同胞。我们同为中华儿女，我们血肉相连。二十多年来，北京市对口支援拉萨市，数百成千名干部、教师、医生，从北京来到拉萨，在这里度过了人生难忘的岁月。

相比于20世纪50年代的进藏，今天西藏的条件已经好得太多了，但与迅速发展的祖国内地、与首都北京，仍然存在很大的差距。每一个时代都有其不同的特点。今天援藏的人们，离开自己熟悉的环境，偏离原先的工作轨迹，还可能失去某些机会，这样的举动是很不容易的。与西藏的这段缘分，在他们的人生当中，是一段变奏，也是一段辉煌。

宗昊这本书很有意思，她选取了援藏干部们自己烹制的菜肴为插图。这些菜肴拍摄得很精美，是在北京人看来最为普通的菜肴。我想，宗昊当然不是在这里介绍美食。她没有给我们讲那些"高、大、上"的事迹，而是记录了这些菜肴的来之不易。每一个菜肴背后都有着自己的故事，它只是一个间隔，是那些繁忙工作间的一个符号，它包含了援藏干部在西藏高原每一天的艰辛、努力和乐观。

宗昊有着很强烈的职业感。她知道，援友们将回到北京，回到他们熟悉的生活，在西藏的这一段工作的记忆，也许就随着时光的流逝而逐渐淡忘了，因为这些故事太普通、太琐碎。而作为记者，却敏感地发现这些细节中存在的意义。就像藏北高原上小小的邦锦花，蓝色的花瓣，黑色的条纹，黄色的间隔，不起眼，不经意，但它们绽开过，绚烂过，美丽过草原。

写在
前面

2014年，从我知道有援藏这回事，到背着行李到了拉萨，前后不过十天左右。那个时候你要是问我，为什么要援藏，我肯定只有一个回答：想来。

从下飞机到正式上岗，我又用了一个星期。因为严重高反，吐得昏天黑地，整个脑袋和胃好像都不是自己的，在医院里断断续续地一直在输液。从首都儿研所去的援藏大夫把我背到病房，北京友谊医院的两个援藏大夫给我扎针，整个医院都充斥着浓浓的酥油味……后面的事不记得了，断片儿了。

然后……转眼间就过了一年。每天日观碧空、夜望银河，一件一件地做事，一宿一宿地睡不着，身边的人从不认识到熟悉，我有幸结识了一群来自北京的各行各业的人。他们在北京都是小人物，平凡又朴素，走在大街上不会有人多看他们一眼；但是到了拉萨，他们是县长、是局长、是老师、是专家……在好多藏族朋友看来，他们都长得差不多，名字也复杂，相处一年多了，还认不清、叫不准他们。没关系啊，反正他们都有一个共同的称呼：北京援藏干部。

这一年多，我们工作生活都在一起。我知道城关区的副区长掏自己的工资给老百姓修了房子；知道从海淀区过来挂职的县委书记想吃菜只能自己种西红柿；知道一个局长帮着藏族农民收青稞，因为他们家的劳动力受伤了；知道北京的援藏大夫为了说服山沟沟里的家长给孩子看病遭遇过白眼儿……

他们别家离子，到拉萨干三年，你问他们为什么要来援藏？他们说不出的。没有那么多高大上的理由，共同的特点是，所有人在做出这个决定的时候，内心深处都有一股热血在往上涌！你说这是为什么？从北京到拉萨的人无一例外地都想做事；做了事的都想做好。可这些人初来乍到，资源、朋友、亲人都在三千多公里以外的北京，他们能做的十分有限。除了做好本职工作、恪尽职守，他们的想法就是"做一点、是一点；帮一个、算一个"。

2015年夏天我跟着堆龙德庆县的医疗队去山区，这个县一共有四个北京来的援藏医生，他们要在任职期内把全县的适龄儿童做一次彻底普查，筛查出患先天性心脏病、唇腭裂和先天肢体畸形的孩子，然后送他们去北京做免费治疗。我看着他们一个乡一个村地跑；听着他们用蹩脚的藏语连说带比划地给家长们讲利害；陪着他们一个孩子一个孩子地做检查……在这些孩子里我见到了一个小姑娘，叫曲尼，8岁，先天性下肢畸形，左右腿不等长。小姑娘从1岁起就在腿上戴着支架，不能跑不能跳。一听说

首钢男篮队员在拉萨比赛期间接受北京电视台驻拉萨记者站记者的采访

北京电视台记者在下乡采访途中

孩子能去北京儿研所免费做手术，孩子的妈妈当时就哭得稀里哗啦。我答应小姑娘，从北京做完手术回来，我要给她买漂亮的裙子穿。小姑娘长这么大还没穿过裙子，因为腿上有支架，她不想把自己的残疾暴露在大家的目光里。

一个多月后，筛查出来的孩子们从北京归来，所有人的手术都很成功。我去看曲尼，她当时还在做术后的恢复训练，一看见我，孩子的眼睛就亮了。她还记得我们的约定。我拿出几件裙子，她高兴地把一件粉色的、蓬蓬的公主裙抓在手里，迫不及待地想试穿。她还不怎么会说普通话，可是她学会了说"谢谢"。我想等她长大以后，能跑能跳了，她一定会记得，自己的腿是北京的医生治好的；自己的第一条裙子，是北京的一个阿姨送给她的。

那个时候我就知道了，我为什么会来援藏。在拉萨，每个北京来的援藏干部都找到了属于自己的存在感。它和物质无关。在这里喘不上气，血氧不达标，血压、尿酸会升高，人会失眠焦虑，但是这里好像比任何地方都需要你。北京人有句口头禅，叫作"来都来了……"是啊，来都来了，就好好干吧！

我是一个干新闻的，记者出身。从 2009 年起开始写作，每年会写一本小说。我相信艺术来源于生活但要高于生活。但是自从加入到了援藏人这个群体，我不得不承认，生活远比艺术更感人。那是一种源于平凡的感动，它不矫揉不造作，直击心灵；它能让你笑、让你哭，你不会质疑，只会接受。

援藏干部有几个分类。专职的、挂职的，这些人一干就是三年；还有短期的，比如医生和老师，他们有的干一年有的干两年；

还有一些专业技术干部，任期在半年左右。我认识的每一批援藏干部里，都有任期满了之后再次主动要求延续的，我相信，在他们的心里，一定觉得这里更需要自己。

我说，每一个援藏人的内心深处都有一份家国情怀。不理解的人可以表达质疑和不屑，理解的人会投以赞许的目光。如果我不写他们的故事，等他们任期满了、回到之前的岗位上，除了他们的亲人、挚友，恐怕不会有人对他们在这三年中经历过什么感兴趣。对于有援藏经历的人来说，恐怕也不会愿意把自己的故事拿来当作茶余饭后的谈资。我写他们，是职业使然。

所以我要真心地感谢中国青年出版社，感谢这里的编辑们能用理解、融入的眼光来看待这些真实的故事、真实的人，感谢他们对北京援藏事业、援藏干部的尊重和体谅。北京每年用自己收入的千分之一支援着拉萨的建设，这里面有每一个在北京纳税的人的贡献。

从 2014 年开始，每年在拉萨工作的北京援藏干部有将近 200 人，我们的身后是将近 2000 万的北京人。在拉萨援藏这事是所有北京人一起做的，你不在我不在，谁还会在？2020 年，西藏会和全国一起奔小康。没有什么能阻挡这个未来。

干部篇

北京
康巴

高新军 7 月份来援藏，8 月份就赶上了雪顿节。别的援友都特别高兴，雪顿节又叫藏戏节，那可是藏族节日里除了藏历新年之外最大的节日了。在藏语中，"雪"是酸奶子的意思，"顿"是"宴""吃"的意思，雪顿节，按藏语解释，就是吃酸奶子的节日。

雪顿节起源于公元 11 世纪中叶，那时的雪顿节是一种纯宗教活动。民间相传，佛教的戒律有三百多条，最忌讳的是杀生害命。由于夏季天气变暖，草木滋长，万物复苏，小虫子们也出来活动了，其间僧人外出活动难免踩杀生命，违背"不杀生"之戒律。因此戒律中规定藏历 4 月至 6 月期间，喇嘛们只能在寺院待着，关门静静地修炼，直到 6 月底方可开禁。待到解制开禁之日，僧人纷纷出寺下山，世俗老百姓为了犒劳僧人，就自己酿了酸奶，为他们举行郊游野宴，并在欢庆会上演出藏戏。所以，在雪顿节期间有大量的庆祝活动，高新军作为援藏的公安干部、拉萨市公安局的副局长，这几天的心肯定要提到嗓子眼。

哲蚌寺是拉萨的著名寺院，也是拉萨最大的寺庙。它依山而建，大得令人无法想象，从山门到主殿，步行要走上40分钟，想把哲蚌寺走一圈，得一整天，那还是走马观花。雪顿节最早就是从这里起源的。过节第一天，寺里有个盛大的展佛仪式，每年都有数万人从四面八方赶来看展佛。

雪顿节之前，高新军就带队驻扎到哲蚌寺了。之前他可没来过，看第一眼这寺庙就把他吓一跳。一想到过几天全拉萨乃至大部分藏区的民众都要来看展佛，再看看上下山蜿蜒的小道，他就含糊，这要是万一有个踩踏可怎么办？路的两边都没遮没挡，下面就是悬崖，不要说大规模的踩踏，就是掉下去一个人也不行啊！

高新军连夜带队制定安保方案。哲蚌寺建在山上，上下山的路没有护栏，平时汽车只可以开到大门口的售票处。高新军是北京交警出身，在北京的时候，每逢节假日就要上岗执勤，他对于车辆和人员的疏导很有心得。一看这个路况，他赶紧请示领导，建议在距离哲蚌寺1000米左右的距离就开始限制车辆通行，一律改为步行；在山边的道路上，紧急安置防护栏，这样万一有个拥挤也不至于把人挤下山。

高新军还制定了好几套应急预案，抽调警力，当天凌晨2点，据哲蚌寺开门还有六个小时，高新军就已经站在了哲蚌寺的门口。此时寺外已聚集了来自四面八方的上万名信徒和游客。高新军见到这一幕，赶紧将安保人员组织起来，除一部分守在寺门前为安检做准备外，另一部分则在高新军的带领下维持着现场秩序。为了避免出现人员踩踏事故，高新军一个劲地劝导游客有秩序地排成长队。队伍里什么民族的都有，高新军为了今天能顺利上岗执勤，还提前现学了几句藏语，什么"小心"、"请排队"、"慢慢走"、"不要挤"……别看就这几句，让一个皮肤黝黑、穿着警服的汉子一喊出来，还真挺管用。高新军也不知道一口气喊了几个小时，反正天还没亮呢，他嗓子就已经哑了。

距离寺门开放还有不到一个小时的时候，游客的数量瞬间增多了近一倍。黑压压、一眼望不到边的人群在哲蚌寺前形成了一条长达两公里的"长龙"。人群乌泱乌泱地在蠕动，其中的大多数人都手拿佛珠或者转经筒，半闭着眼一边念经一边挤着往前走，都没什么人注意脚底下。一看这个情况，高新军每隔 200 米就安置一名安保人员维持秩序，他嘱咐每个人都得盯住了人群，可别有一个倒下的。他自己呢，神经高度紧绷地往返于"长龙"的首尾，生怕有什么突发事件发生。从凌晨 2 点到晚上 6 点，高新军在哲蚌寺迎来了日出又送走了夕阳，还迎接了九万多名前来拜佛的僧众。拉萨最大的展佛台就在高新军的头顶上，最大的唐卡也在他头上展示。可这佛长什么样，他压根没看见，两只眼睛尽盯着人了。这一天下来，高新军在哲蚌寺的山路上来来回回走了 30 公里。等哲蚌寺闭寺、僧众们散去的时候，高新军坐在山门外的台阶上大口喘气，已经不知道是因为高原反应还是因为累的了。

在哲蚌寺执勤完毕，高新军又去布达拉宫，那儿也是人山人海；从布达拉宫出来又赶到罗布林卡，雪顿节期间，这里要结结实实地唱好几天藏戏。高新军带着干警们跑到罗布林卡维持秩序，还是那几句藏语："慢一点"、"不要挤"、"排好队"……高新军越说越流利，游客们还真挺配合。

从雪顿节上执勤回来，还没休息两天，上级领导来通知了，说北京的援藏干部干得不错，现在有个艰巨的任务你能不能完成？

高新军一想，我到拉萨干吗来了？不就是完成援藏任务来了吗！任务哪有不艰巨的？肯定能完成！这事不能跟组织讲条件。

然后任务就来了，拉萨市公安局要由领导带队去那曲支援。这担子就交给高新军了。说拉萨海拔高，那是因为没去过那曲。那个地方平均海拔4500米，常年积雪，没有无霜期。高新军自诩身体好，一开始还真没把这海拔高度当回事。结果，一到了那曲就开始生病。感冒发烧都是小事，头疼恶心、吃不下饭、睡不着觉最要命。来之前，拉萨公安局的领导交代过，说那曲条件艰苦，那还能怎么艰苦？住板房、吃方便面？不就是吃不好、睡不香吗？没去过，高新军真没把"艰苦"俩字放在心上。结果，高新军到了那曲才知道，还"板房""方便面"呐？这两样东西都没有，要有，就不能叫"条件艰苦"啦！他们住的地方是一点遮挡都没有的大草地，就睡在自己搭的帐篷里。方圆百里连一棵树都没有，离帐篷不远的地方有条小河，这算是给他们解决了水源问题，不过就是得跟附近的牦牛分享——人家先来的，人家也得喝水啊。

高新军每天就在这条河水里洗脸漱口、洗衣服做饭。不下雨的时候这条河还算清亮，盛了水就拿来用了；一下雨这条河就浑了，那洗脸盆舀了水且得澄呢。有时候这水实在太浑浊了，跟泥汤子似的，高新军就只好带着人开车去七八公里外，找点干净水带回来给干警们喝。

这还算是好的。那曲太冷，高新军没待几天就赶上冬天了。这条小河也跟着冻上了，这回连泥汤子都没得用了。好在还有牦牛，牛粪有的是！高新军就和当地干警一起，捡牛粪、生火、烧水、洗脸做饭……

要是平时就是守着帐篷也还好，白天还得出去工作呢！高新军在那曲生活了120天，把所有县城、乡镇都跑了一个遍。那曲地区属于藏北，地域辽阔、人烟稀少，平均两平方公里不到一个人。跑一个县城恨不得要翻两座山，每座山都得海拔五千多米。即使在一个县，乡和乡的距离也得有上百公里。有一次高新军要去一个乡政府调研，那政府在半山腰上，山路蜿蜒、极其险峻，只能一条道走到黑，连个掉头的地方都没有。好不容易看见乡政府了，门口居然是条河，河上是个铁索桥。桥对面乡政府的工作人员冲他们喊话，说开车过来！长这么大，高新军头一次开车横过铁索桥。那滋味儿，就跟第一次坐过山车似的，心都提到了嗓子眼，两眼直勾勾地只敢看着前面，挂着一挡慢慢蹭，脚底下的油门不敢往大了给，车子摇摇晃晃，好像随时要翻！一去一回，高新军后背上出了两遍冷汗。等工作完了开回驻地的时候，高新军心说，还是在帐篷里踏实！

就是这么艰苦，高新军还能苦中作乐。晚上在大草地上，高新军挨着帐篷串门，跟藏族干警学藏语，跟着他们一块吃糌粑、

酱肘子

援藏干部在拉萨工作，号称是"五加二"和"白加黑"，没日没夜，没有八小时内外。经常有人会深更半夜才回来。高原消耗大，加班回来想吃肉是正常的事。北京人对肘子情有独钟，而且做法也独特，酱完的肘子必须加上醋和蒜调出来的汁水淋上去才好吃。有了它，甭管是窝头还是馒头，都能大口咽下去。高新军更生猛，糌粑就肘子，"越吃越有"。

啃生牛肉。好多在藏工作的人到临走了也喝不了酥油茶、吃不了生牛肉，可高新军就跟长了藏族基因似的，带着血丝的生牦牛肉干塞进嘴里就嚼，吃得那叫一个香！那曲的干警一看，这个北京来的公安局长不含糊啊！青稞酒喝得，生牛肉吃得，在一起工作，就越来越交心。共事了没多久，有干警就私下里叫他"北京康巴"，意思是北京来的藏族汉子；还有人送给他一个藏族名字，叫"加措"，意思是"大海"，说他有大海一样的胸怀。

在那曲工作了小半年，高新军又接

到命令回到了拉萨。他冷不丁一出现在援藏公寓里，跟他一起来的援友们看见他都不认识了。都说在拉萨脸上会被晒黑，那是没看见高新军！他这脸色比拉萨本地的藏民还黑、还红！脸上的皮都褪过好几层了，头发掉了得有一半，连眉毛都稀疏了。不过声音还是像以前那么洪亮，走起路来还是风风火火。

大半年没见，看见高新军的变化大家都感慨不已。有人开玩笑，说，看见老高的脸，才知道什么叫"饱经风霜"！援友们说跟老高吃一顿饭吧，这半年没少受苦，尽拿河水煮方便面了，还煮不熟。高新军哪有时间跟大家吃饭！这次回拉萨是因为马上要有"羊年转湖"的风俗活动，笃信藏传佛教的信众们要在今年围着纳木错湖走一圈，还要磕长头，到时候又会有大批的群众聚集在纳木错。高新军这次回来是常驻湖边、维持秩序的。

又是一个海拔五千多米的地方，又得住帐篷，又是吃不上喝不上的。援友们说好歹你吃一顿饭再走，多少给你补补。高新军哪有时间，收拾了东西就要奔当雄县。有个援藏老师听见他马上要走，赶紧从冰箱里拿出一盘酱肘子。这是头一天几个援藏老师做的，把肘子炖了、红烧了，晾凉之后撒上了点蒜末、酱油和醋，放在了冰箱里。本来是预备着晚上吃的，一听高新军即刻就走，就拿出来用袋子装好了塞给他，说："晚上到了纳木错吃吧，总比半生不熟的方便面强。"

书记
教你种大棚

在拉萨援藏，最苦的地方就是当雄县。当雄的总面积和北京市的面积差不多大，平均海拔在 5000 米以上。王民在当雄当县委副书记，都当了两年了，晚上还睡不着觉呢。

在当雄，当地的干部都待不住。白天你找他，十有八九在茶馆里。酥油茶里面有大量脂肪，可以缓解高寒和高海拔带来的不适感。要是 9 点钟上班，10 点之后办公室里人就不全了，一屋子人轮着出去喝酥油茶，不然这一天还真不好盯下来。

晚上的当雄更难受。每年下雪要下到 6 月份，天一黑就冷得跟冰窖似的，有多半年的时间晚上的温度在零下十几度。县委大院里还算好，有供暖设备；出去下乡驻村就只能用炉子烧牛粪取暖。一小时就要添一次牛粪不说，每天早上起来，一脸的烟灰和草沫子，鼻子里都能给堵上了。

在平原血压高的人是万万不能来当雄的，很可能会出现脑梗；

王民从北京市的顺义区来，来的时候身体棒棒的，到了当雄也血压高了。一血压高肯定就睡不好觉了，再加上严重缺氧，每星期里总有那么几天晚上是躺在床上、瞪着天花板过来的。那时候，心脏跳得咚咚作响、脑袋胀得跟要裂开似的，就是数一万只羊也合不上眼。王民问当地的藏族同事："你们能睡着觉吗？"人家说："我们也难受。"王民又问："那你们怎么缓解啊？"人家说："回拉萨吸氧去啊！"

当雄县距离拉萨市区二百多公里，平时县里面的人来一次不容易，从海拔5000米降到海拔3800米，那还真是吸氧来了。藏族干部有事没事的能往回跑，因为好多人把家安在了拉萨市区，周末可以回家；王民和援友们不行啊，知道你们是来援藏的，在拉萨没家！当雄的宿舍就是你们的家！别说往拉萨跑了，连节假日都没有。县委县政府一到节假日、双休日的值班排表，你看吧，一水儿的援藏干部。知道你们没地方去，就在办公室值班吧！

既然来了，就别让人挑出短儿来。不就是节假日值班吗？不就是不休息吗？王民和几个北京来的干部啥也不说，干呗！干可是干，可不能没有脑子地瞎干。王民分管的工作有一大摊，其中就有援建项目。北京援藏的主旨就是帮助拉萨人民改善生活，提高生活质量，要教给他们奔小康、谋富裕的方式方法。

当雄县是一个纯牧区，除了一处纳木错湖、一处羊八井地热公园在吃旅游饭，其他的老百姓都靠畜牧业为生。王民给他们算了一笔账，一家养10头牦牛，固定资产就是15万。西藏自治区的政策好，孩子从生下来国家就全管，一直管到高中毕业。老人养老、看病也基本上不用花钱。所以，当地老百姓的生活可以说没有负担。如果是对生活质量要求不高的话，平时挤点牦牛奶，采点黄蘑菇，买点糌粑、酥油就可以把日子过起来了。缺钱的时候就卖一头牦牛，能挡好多事。

这是牧区老百姓的想法，要是所有援建干部也这么想，就别干活了。王民就觉得，老百姓是可以生活得更好的。他打顺义区来，对现代化农业有研究、有实践，他一直都认为在当雄搞现代化农业是有前途的。日照时间足，昼夜温差大，水质好，只要合理利用资源，一些蔬菜、水果，甚至花卉都可以在这里种植。

这个想法和县里的规划不谋而合。王民上任一年多以后，当雄县就开始尝试普及高寒大棚。什么是高寒大棚呢？就是冬夏两季大棚，里面有夹层的。夏天可以种植蔬菜水果，冬天可以让牲畜在大棚里面避寒、平稳过冬。这样的大棚成本高，但是国家政策好、补贴也高，老百姓拿到手里基本上不用花钱，只要专心利用就好。挣的钱还归自己，这多好的事啊！

高海拔地区整个节奏都慢，走路得慢、办事也慢，王民在内地本来是一个慢性子，在这里愣成了急性子。在他的催促督促下，大棚很快就建起来了，当地干部都说，这不可能嘛，我们平时做这个事得要一年呢！王民心说，我在当雄才干三年，一年就用来建大棚，我就别干别的啦！

大棚建好之后，王民就干别的去了。他分管的工作有十几项，平时能坐在办公室里的时间也不多，老得下去驻村、走访。这天他到了一个村，偏巧这个村里就有新建的大棚。王民算了算日子，从大棚建起来到投入使用，这个时候里面应该能看见模样了。要是种的西红柿、丝瓜，都该挂果了。他越想心里越高兴，就赶紧找村里的干部要去看大棚。

村干部一听见王书记想去看大棚，就面露难色。王民越催，人家越踌躇，磨磨蹭蹭到了大棚，王民走进去一看，这哪是种地的大棚啊，这就是杂草地嘛！一排整整齐齐的大棚，有的里面是荒草，有的里面被牧民堆上了牛粪，有的倒是种上了丝瓜，可一看就没人管，瓜秧爬的满地都是，瓜长出来了也不摘，都烂在地里了。

王民又心疼又生气，在大棚里边就跟村干部嚷嚷开了："国家补贴这么多钱，让你们白用这些大棚，怎么能给用成这样？你们知道不知道，全县的大棚国家投入了多少钱？一千多万啊！你们就这么糟践啊……"

村干部一脸委屈，小声说："老百姓不会种……"

王民这个气啊，不会种为什么不说啊！当天王民也不回去了，开现场会，紧急把附近的武警部队给请过来，人家武警部队一直在用大棚种菜，种得有声有色，完全做到了吃菜自给自足。王民把人家请来，又把农科站的工作人员叫来，把老百姓叫到大棚里面，手把手地教，怎么拢地、怎么撒种子、怎么除草、怎么浇水……看到热闹的地方，王民也下地，亲手示范给老百姓看。

人家教完了，农科站还现场发种子。牧区的老百姓就认萝卜和土豆，你得告诉他们这些青菜种子更好，种出来的菜更好吃……有几个老百姓问了："书记，我家里就六口人，吃不过来怎么办？"

　　王民愣了半晌，又叫过村干部来，说："这个大棚，除了让大家自己种自己吃，你们要想办法销售啊！这是给你们致富用的，你告诉大家，一个大棚种好了一年可以挣好几万啊！"

　　村干部和老百姓都半信半疑。王民又赶紧敲定，说："你们村里选几个代表，明天跟我去堆龙德庆县羊达乡，看看人家的大

手撕包菜

藏族同胞对青菜的接受是有个过程的。从"管饱"上讲，青菜确实没有牦牛肉、牛奶、青稞管用。可是青菜里面富含的维生素、叶绿素又是人体所必需。但是当地老百姓不爱吃也不会做，援藏干部们除了为他们带去经济、管理上的先进理念，还要教他们更好地生活。"手撕包菜"是青菜里面比较省事的做法，连菜刀都不用，把包菜洗洗、撕几片，放在锅里炒就好了。高原炒菜炒不到十成熟，炒包菜就没这个顾虑，生着都能吃。王民教藏族农民种大棚，还得教会他们吃青菜，爱吃了、吃习惯了，后面的大棚就有希望了。

棚怎么种的，你们自己去问，人家一年挣多少钱！"

从村里回到县委，王民觉得身心俱疲。援藏的工作不是一朝一夕能干完的，老百姓的观念不是一天两天能转变的。2020年全国都要奔小康，王民顿时觉得所有援藏干部任重道远。回到宿舍，食堂里已经没有晚饭了，王民脑子昏昏沉沉、胸口也觉得堵得慌，一下子瘫坐在椅子上。楼上的援友们听见他回来了，下楼来看他，问他想吃点什么给做一口。王民不想动，也不想麻烦大家，就问还有什么剩菜没有？他冰箱里还有两个馒头，热热就吃了。

有援友端来一盘子手撕包菜，其实就是辣炒圆白菜，加了点五花肉。援友拿出高压锅，把馒头馏上，又拿出个炒锅，把已经凉了的手撕包菜放在锅里扒拉，又点了一点酱油，热腾腾地给端上来。王民一手拿着馒头一手看着手撕包菜发呆，援友们推他，说："吃啊！一会儿该凉了……"王民若有所思地说："你们说，老百姓不爱种菜是不是跟他们没怎么吃过蔬菜有关系啊！明天咱们叫食堂炒几个青菜，就这个就行，叫每个村派俩代表来试吃，觉得好吃就把种子领回去种，吃不完的再教他们怎么拿到乡镇去卖。你们说怎么样？"

自己种的
西红柿

在拉萨，新鲜蔬菜卖得太贵。想想也是，不管是什么菜，都要从内地往上运，再便宜的黄瓜茄子加上一张机票，也就成了稀罕物。

尼木是拉萨的一个县，是拉萨最穷的县。在尼木，有六个从北京来的援藏干部。三个县领导，三个大夫。一天到晚住在县委宿舍里，虽说有食堂，但是也经常吃不上饭。大夫总是有手术、有急诊，全天 24 小时都候着；三个县领导，一个是主事儿的县委书记，两个是副县长，每天都有开不完的会、驻不完的村、下不完的乡，这六个人谁都不能按点儿回宿舍，一到周末，食堂还不开伙。这六个援友一合计，还是自己做饭吧。

开始是买点罐头、煮点面条，后来就想吃张烙饼、包个饺子，然后就想炒个家常菜吃。按说这些要求都不高，可是没菜啊！县城里有卖牦牛肉的，有卖羊肉的，有卖茶砖、酥油的，就是没有卖青菜的。挂职尼木县委书记的范永红是六个人里主事儿的，从小在山西农村长大，他在宿舍外边溜达了一圈儿，回来之后就决定："咱自己种菜吃！"

几个人沿着县委大院的院墙，找了几根钢筋搭出个架子，上面蒙上了一层厚厚的塑料布，一个简易的阳光大棚就算建好了。范永红在大棚里面又精心地插了几行竹竿，让家里人从北京不远千里地寄过来一盒西红柿的种子，大伙儿七手八脚地把地翻了翻，把种子撒进去，每天过来浇水、拔野草，这菜就算是有模有样地种下了。

从种在地里到长出秧苗，这个时间不长。可要等秧苗攀在竹竿上开花结果，这日子可不短。那些日子，几个援藏大夫每天啃着馒头畅想着能吃上一顿西红柿炒鸡蛋，时不时地就得跑大棚里来看看，看看啥时候能长出来啊！

等待西红柿成熟的日子大家也没闲着，一到下班就开始琢磨能吃点什么。只有面粉也不要紧，除了蒸馒头还能炸馒头片、烤馒头干吧。从食堂买点烙饼，可以做烩饼、做炒饼啊！最常见的菜是土豆，把土豆和牛肉煮煮、放在高压锅里和大米一块蒸，蒸熟了就是牛肉土豆饭……没有绿菜这日子也得过不是？

这些点子都是范永红范书记想出来的，他在这里岁数最大、职务最高，老教导援友们："这点困难不算啥，我年轻的时候在山西农村里长大的，那才叫挨过饿、吃过苦。咱这儿不错了，有米有面还有肉。咋吃，那得看咱们自己本事！"范书记能想出来的吃食花样还真不少，老是能就地取材，有啥吃啥，不过大伙马上就发现，他做的饭总是一个特点：省油！

食堂有一天破天荒地给包了点饺子，把这几个打北京来的人给乐的呀！吃不了还得带着走，第二天早上，大伙儿眼巴巴地想炸个饺子吃。范永红过来了，说：“炸啥呀！用铁锅一熥，又省油又好吃。”得！那就熥吧。掌勺的大夫弱弱地问：“那要煳锅咋办？”范书记喊：“拿筷子勤翻着点儿！”

还别说，不放油的饺子倒也挺好吃。能在海拔 3800 米的地方吃上饺子，还有啥挑剔的！呼噜呼噜地吃完了，几个大夫还得跟着医院下乡去义诊。出发前范永红叮嘱：“你们除了带药、给人家看病，再自己带上饭。别去吃人家老乡家的饭。人家家里一年就杀一头牦牛，你们去了给人家吃了不合适……”大夫一听，赶紧奔菜市场，买了一袋子馒头大饼，看见了拌凉菜的，什么菠菜粉丝、牛肉丝什么的，一样买了点儿，还带了点儿火腿肠，就坐着车去了。

到了乡下果然看见老乡们都在村卫生所里排上队了。在院子里一溜排开了几张桌子，大夫们紧张地给村民们量血压、测心率、发药。一个村子的村民都在卫生所这儿待着，看着大夫们忙活得差不多了，好多老乡就开始从家里往这儿端大盘子。里面还真是糌粑、牛肉，还有人拎着大暖壶，挨着个地给大夫们倒甜茶。大夫们谨记范永红说的话，象征性地吃了几块老乡家里的肉就开始吃自己带的东西。村卫生所给准备了方便面，大夫们吃大饼有点干，就一人泡了一碗方便面。眼看着活也干完了、饭也吃完了，大家就往回走。带的大饼和凉菜还剩了点，几个大夫不想浪费，就手就给拿回来了。

到了宿舍，已经天黑了。大家往冰箱里腾东西，说这点饼和凉菜明天早上当早饭吃吧。范永红看见了，直跟大夫们嚷嚷："你们吃就吃吧，还拿回来！"

大夫赶紧解释："这是咱们自己买的，不是老乡预备的。"

那范永红也不干，振振有词："你们买的也不行。吃饱了剩下的就应该给老乡留下，你们走了人家还能吃。就这点东西拿回来干啥？抠门！"

大夫们哭笑不得，自己吃剩下的东西好意思留给人家吗？可老范说了，老乡没见过你们吃的这些东西，他们肯定想尝尝。你们就是没跟人家接触过，不懂！

大夫们一回想当时在村里孩子们看着他们吃东西时好奇又羞涩的眼神，顿时觉得范书记说得有道理。他们也就知道了，下次再有这事该怎么办。大夫们跟范永红那儿打圆场："书记，我们知道了。等咱们那西红柿熟了，我们再去一次，还是义诊，给人家把西红柿带去，再给人家带点吃的。"范永红嘟囔："再记着买点糖给孩子……"

大伙儿就在范永红嘟嘟囔囔的声音里快乐地生活着，没菜少油、日子寡淡。不过，终于等到了红灿灿的西红柿挂果的那一天。这天一大早儿，也不知是谁喊了一句："快来看！西红柿红啦！"几个人趿拉着鞋就跑进大棚。果然，头几天还又青又硬的西红柿已经鲜红欲滴。西藏的日照充足，一大早，强烈的太阳光透过塑料布的顶棚，照得挂在枝蔓上的西红柿有如尼木孩子的红脸蛋儿，个顶个泛着光芒，红彤彤的很是喜人。范永红笑得一脸褶子。在尼木两年，这个小个子县委书记已经入乡随俗，脸色红里透黑，皮肤粗糙，不张嘴说话就和藏民无异了。看见自己种的西红柿如此给力，范书记高兴啊，一挥手："捡红的摘啊！可劲儿吃！"

难得范书记这么大方，几个援藏大夫赶紧下手摘。都是自己种的，纯天然无污染，一点化肥都没用，摘下来的果子好歹用水冲冲就能下嘴咬。那一口，酸甜混搭，果汁充足，唇齿留香，让大半年没吃过新鲜西红柿的几个援友眼泪都下来了。

生吃了几个还不过瘾，晚上还是西红柿当家，一大棚呢！一红红一片，且吃不完呢。今天是西红柿炒鸡蛋，明天是西红柿炒青椒；中午西红柿打卤面，晚上西红柿鸡蛋汤……再好吃的东西也架不住这么着天天、顿顿地吃不是！终于，有人弱弱地抗议了："范书记，咱能换换样儿吗？咱换点儿别的吃行不？"还有人小声附和："是啊是啊！听说县城里新开了一个馆子，做的牛肉面不错，我们请您吃牛肉面去吧！"范书记坚决不去："谁说天天吃不着蔬菜来着！你们吃过这么好吃的西红柿吗？这就吃烦了？想想没的吃的时候，现在有的吃还不珍惜……"大伙儿一块点头："是是是，我们就是觉得顿顿都吃有点单调……"范书记又一挥手："你们琢磨琢磨，还有没有别的做法。要不，咱们包一顿西红柿鸡蛋馅的饺子？"

几个援藏大夫赶紧上网搜，哩哩啦啦地又找出几道不常吃的西红柿做的菜。正巧王师傅这两天也在尼木采访，看着百度上的菜谱说："这事儿交我了！"

尼木宿舍里有个价值200块钱的烤箱，是别的援友们送的。在西藏，热什么吃食都不能上锅蒸，因为水温达不到100度，热不透，只能用烤箱或者微波炉加热。自打烤箱拿回来，尼木的援友们只用它烤过馒头片。王师傅来了，烤箱有了用武之地。他摘了几个西红柿，洗干净了，每个西红柿一剖两半。又从包里变戏法似的拿出一个小盒子，那是从北京千里迢迢背上来的芝士——本来是预备着工作时候吃不上早饭时买点面包、就着芝士凑合吃的——现在给贡献出来。每个西红柿切开之后都是一个西红柿碗，抹一勺芝士放在里面，又放了点盐和黑胡椒，在托盘上码好，直接进烤箱。180度，烤了25分钟，这个在百度上叫"芝士焗西红柿"的菜就做得了。

从烤箱里一出来，满屋子里都是芝士的甜香和西红柿的清香，几个从北京来的大夫乐得喜笑颜开。一个说："好长时间都没闻到过芝士味儿了……"一个说："咱们可以用西红柿芝士烤披萨吧……"就范书记表示怀疑："这是个啥？能好吃吗？"

大家对"芝士焗西红柿"的热情劲儿很快就说明了一切。范书记一边吃一边问："要是没有你这个奶油……不是！芝士，还能做成这味儿吗？"王师傅为难，说，不能。范永红一撇嘴："你看过《红楼梦》吗？做一个茄子，还得用十几只鸡去配它，那是得好吃！"

大伙哈哈一笑，书记说书记的，大家吃大家的。这道菜打开了大伙的新思路，都忙着上网翻，想再找几道西餐做法。吃完饭遛弯，大伙顺道又去大棚，想再摘几个西红柿回来研发。没想到，

芝士焗西红柿

每个援藏干部来拉萨，北京的家人都是牵肠挂肚的。每次电话打过来，家里都得问：缺什么不？年轻点的援藏干部每次休假回来就带点稀罕物上来，什么芝士、黄油、金枪鱼罐头……就为了偶尔能打个牙祭。烤箱在拉萨是个好东西，没有气压的问题，做什么都行。援藏干部们守着一个烤箱，每次翻出来谁带的"洋玩意"就琢磨，把芝士跟西红柿放一块烤；把黄油和土豆搁一起烤；把蘑菇片和海盐蘸蘸，也一勺烤了……这里没有肯德基麦当劳，每次闻着芝士、黄油什么的从烤箱里飘出来的香气，都让人莫名地想家。

大棚门一打开，红透的西红柿居然所剩无几了。藤上没有、地上也没有，难道飞了吗？正愣着，院子里孩子们追逐嬉戏的声音一阵阵传过来，大家出大棚一看，几个正在奔跑打闹的藏族小孩，每人手里都攥着个大西红柿呢。几个大夫合计："回去别说了，书记知道了肯定心疼加生气……"正说着，只听得范永红带着山西口音的普通话朗朗传来："你们慢点跑！明天再来摘，还有红的呢！"

一手
托三家

　　在拉萨援建，每个北京来的干部都得承包几个困难户，这已经是多年来北京援藏的传统。李锦民在城关区当副区长，城关区在拉萨市的地位相当于东西城区在北京的位置，是核心中的核心区。城关区每天的事务多得数不过来，李锦民忙得一天到晚也没个准点儿，可再忙，每个月他也得空出那么几天上山去。

　　不知道的还以为李锦民每月都得去爬山呢！还有人笑话他，拉萨的山有什么可爬的？连草都没有，光秃秃的全是石头砂子，还动不动海拔就四千多米，走不了几步就呼哧带喘，那不是运动锻炼，那是要命呢。

　　李锦民当然也知道拉萨的山不好爬，可那也得去啊！自从他到拉萨援建，城关区政府就给他结对了三户、四个人让他帮扶。甭问啊，这三户都是困难户，家里经济条件不好，收入低、文化低，更特别的是，李锦民这三户、四个人全是女性。

　　帮扶的第一户是个独身老太太。要说这个老太太真是够可怜的。她老伴本是农场的职工，儿女也都给拉扯大了，本来一家子生活还可以。可老伴在退休前夕突然提出和她离婚，老伴有工作，退了休有退休金；老太太是家庭妇女，一辈子都贡献在家里了，没收入。老伴突然一走，老太太的生活就陷入了困境。找儿女吧，儿女们也不愿意管。当地政府做了很久的工作，又是讲法律、又是讲亲情的，这才说服了一个女儿带着母亲过日子。

　　但是女儿的生活也不富裕，老人上了岁数，住在保障房里，平时日子过得还是艰难。李锦民和她结对之后，甬说了，逢年过节就得去，有事没事的一个月也得去一回。每次去不能空手，要么买点米面粮油，要么带着蔬菜水果。藏族同胞忌讳杀生，但是每年入冬之后有个"杀季"，就是可以杀一些牛羊，为冬天储存一些肉。一到这个时候，李锦民就去定牦牛腿，一条牛腿一两千，那也定，买了之后就给老太太扛去，好让她做风干肉，预备过年。

　　冬天的事办完了还有夏天的。拉萨是日光城，一到夏季就白天暴晒、晚上下雨。有时候雨水还夹带着冰雹，风也大雨也大。这天晚上，李锦民刚下了班回到宿舍，老太太的电话就追过来了："李区长，我的房子漏了！"

　　李锦民一听这话，别待着了，赶紧看看去吧！叫上司机，俩人晚上就赶到老太太家了。老太太家里一共五间房，可能是防水没有做好，五间房子无一幸免。李锦民进去的时候，嚯，外头下大雨、屋里下小雨，漏得严重的地方地上一个水桶接不过来，得用两个水桶互相倒着接。轻一点的，也滴滴答答，弄得满地是水。老太太家里的锅碗瓢盆都用上了，自己就在屋角的垫子上蜷着，谁看谁心疼。

这个时候能打电话给自己求助，那是真把自己当亲人了。李锦民二话不说，就跟老太太保证："阿加，你的房子我来修！"李锦民说完这话，陪着去的司机都愣了。李锦民一个月的高原补贴就那几千块钱，全用来修房都不够。可李锦民不往那想，说完就干！雨停了他就找人过来检查，做方案。工人看完一圈说，您得等着，雨季这活不能干，只能等秋天，天旱的时候干。那就等着吧，这个夏天李锦民过得可不消停了，一到晚上下雨，就往老太太家里赶，挽起袖子就帮老太太接雨水，一折腾就是大半宿。

好不容易雨季过去了，李锦民紧锣密鼓地找工人，修房！李锦民嘱咐人家，活一定得干好，不用考虑钱。人家还真没考虑，确实也给修好了，完事一结账，三万多！李锦民眉毛都没皱，直接从自己身上掏钱结账。

李锦民这么做，把当地的藏族干部都惊住了，用现在时髦的话说，李锦民对帮扶对象，那是真爱呀。对这几户人家，他绝对是有钱出钱有力出力。不是三家吗？还有一家是个四十多岁的中年女性，别看岁数不大，可她患有类风湿性关节炎，常年要卧床。李锦民就为了她这个病，把所有援藏大夫咨询了一个遍，得知目前没有太好的办法可以治愈这才作罢。援友们都打趣他，问："李区，这要是真有能治好的地方，你是不是就带着人家去啦？"李锦民很认真地说："那必须的！这是咱自己家的事，必须得管啊！"

第三户是个姐妹俩，双双都是聋哑人。这户李锦民去得少点，因为实在是不好交流。可是每次去都是实打实，送钱送物。去年的藏历新年在 2 月底，李锦民刚从北京休假回到拉萨，正是拉萨温度最低、氧气最少的时候，天冷加上强烈的高原反应，让李锦民下了飞机就在宿舍里躺了一整天，实在是太难受了。第二天，刚爬起床，他就买了东西去看那姐妹俩。再过两天就是藏历的腊月二十八了，藏族风俗，看亲戚要赶在二十八之前。可这姐俩住的地方在海拔四千多米的山上，刚到拉萨就爬山，李锦民说，他自己都不知道最

可乐鸡翅

鸡翅在拉萨算是比较好做的菜，因为好熟。出门在外，一帮老爷们儿自己做饭，糙点不怕，够味就行。每次做鸡翅，要么半桶可乐，要么一大把辣椒，再来半瓶酱油半瓶醋，就着吃那才下饭。李锦民是这批援藏干部里有名的"大勺"，他一个人能包出十几个人的饺子来。可两年下来，他做饭的时候屈指可数，"没工夫吃饭"是他说的最多的一句话。

后 100 米是怎么走过去的……

虽然那天李锦民一进门就栽倒在椅子上，人家跟他比划聊什么、村干部们说了什么他全都不知道，但是姐妹俩接过慰问品那高兴的样子他可记着呢，不仅当时记着，到了现在都还忘不了。

李锦民一手托着三家，平时除了上班、开会、驻村，能留给自己的休息时间本来就少得可怜了，一个月能有一天在宿舍里待着就不错。可就这一天，李锦民还得紧忙活，上山、下村去看他这几户的实在亲戚。

李锦民自己做的一手好菜，平时楼上楼下的援友们谁一馋了就想吃他做的饭。本来有一个周末，大家好不容易能凑到一块儿，说一人做一个菜当配菜，等李锦民给来个压轴的大菜。没想到，都快 8 点了人还没回来呢。一问，说是类风湿关节炎的大姐又不舒服了，他又陪着看病去了。让大家先吃得了，别等他。

等到晚上 9 点多了，李锦民回来了，累得浑身瘫软、口干舌燥。大家围上来，给他沏茶倒水，问他想吃什么。李锦民扫了一眼饭桌，居然有人给炖了一盘子鸡翅，还给他留了几个。他眼睛一亮，就来这个吧。宣传部的霍亮正好在呢，说别呀，咱累一天了别吃凉的，我给你加加工，让李大厨也尝尝我们的手艺。

他把鸡翅回锅一热，加上水和小半瓶可乐，咕嘟咕嘟地冒着气，瞬间满屋子都是甜香，刚吃饱了的几个人觉得怎么又饿了。鸡翅一端上来，大伙又喊香，再一看李锦民，已经歪在椅子上，睡过去了。

援友等你
回家吃饭

每个县的援藏干部都得驻村，一驻就是三个月。所谓驻村，就是在某个村子里和当地老百姓同吃同住，遇到有什么突发事件，第一时间就要解决。

王晓宾在当雄县当副县长，他的驻村地点是纳木错。要是不知道的外人一听，住在纳木错多爽啊！天天看着圣湖，转呗！多少人大老远打着"飞的"来西藏，就是为了看一眼圣洁的纳木错啊。西藏最著名的湖，旁边还有终日蒙雪的念青唐古拉山，想想都美啊！

对驻村的援藏干部来说，这事就是听上去很美，真住在那儿了，谁苦谁知道。纳木错湖海拔快 5000 米，面积特别大，将近 2000 平方公里，五分之三的湖面在那曲的班戈县，五分之二归属当雄。归在当雄这一块的还是一个纳木错乡，里面还有好几个村子，驻村的时候，当地老百姓的事得管，游客的事也得管。

一年 12 个月，纳木错有小半年都是冬天。过了清明节还大雪纷飞那是常事。按说一下雪，就没人来了吧？那可不一定。冬天的纳木错整个湖面都冻上了，不仅可以走人还能过汽车。您想啊，零下二十多度，多大水面也冻成冰了。可即便冷成这样，冬天仍然有一些所谓资深驴友、玩西藏深度游的游客会来到这里。据说，白天看看冰封千里的湖面，晚上仰望万里璀璨的星空，那才不枉到过西藏。

那场景的确很美，但是，想看美景您得配好装备、做好功课啊！这个开春时节，王晓宾正在纳木错驻村，天刚擦黑，临时宿舍兼办公室里的电话就噼里啪啦地响。接过电话一听，原来是景区值班室打来的，说是几个人非要在湖边搭帐篷，怎么劝都拦不住。王晓宾的办公室里没有供暖，裹着军大衣，开着俩电暖气，就这样一张嘴还能看见自己的哈气呢！屋子里都冻成这样，还要在湖边露营，那不得冻死吗？王晓宾赶紧裹紧了防寒服，坐车就赶过来了。果然，就在纳木错已经冻住的湖边上，真有那么一顶帐篷。外面还停着辆车，估计就是游客自己开来的。

王晓宾把车停在停车场，自己和司机呼哧带喘地疾步走过来，景区的工作人员已经在帐篷外面了。里面是一男一女，长得白白净净，年纪不大，帐篷里的装备都挺全，什么防潮垫、睡袋都带着呢。可有一样，他们没有取暖设备，俩人都裹在睡袋里，就露出个脑袋和景区工作人员交涉。这俩人上牙打下牙、舌头都有点木了，还求情呢："就让我们在这儿待一宿吧。我们从浙江来，就是想看看冬天的纳木错。"

王晓宾接过话茬，说："那你们俩明天白天来啊！这么晚住在这儿不冻死也得冻残了。"

女孩央求他:"我就是想看纳木错夜空的星星。夏天云多没有现在看得清楚,我们还要拍照片呢……"

王晓宾抬头看看夜空,前半夜的星空还是稀稀落落的,真正想看到繁星满天必须要到后半夜两三点钟,还要运气好,万里无云,月光不亮。偏巧,这一天的夜空上,明晃晃的大月亮就在头顶。王晓宾接着劝:"你们出门没看日历吧?今天不是初一就是十五,这么大的月亮就看不见星星啦!"

两人虽然在恶劣的自然条件下已经有所动摇,还是心有不甘,男孩狐疑地看着王晓宾。王晓宾接着苦口婆心,说:"真的!我是北京来的援藏干部,每年有三分之一的时间都在纳木错。这什么时候能看见星星什么时候能看见月亮我都清楚。你们听我的,赶紧回县城吧,今天晚上肯定不出星星。"

女孩有点摇摆,可又小声嘀咕:"星星不出来,能看见月亮也行吧……"

王晓宾赶紧就坡下驴,说:"那赶紧看!趁着这会儿没云彩,再晚啊,连月亮都没了!"

两人冻得哆哆嗦嗦地从帐篷里爬出来,果然,一轮明月就在头顶上空挂着。远处依稀能看见念青唐古拉山的雪,眼前就是一望无垠的冰封湖面。女孩高兴地要照相,两人把相机拿出来想支三脚架,可手早就不听使唤了。王晓宾又帮他们把架子支好,脚下是十几厘米厚的雪地,几个人深一脚浅一脚地找着角度,抓紧时间按了几张。王晓宾又劝:"行了吧?回去吧!你们在县城住哪啊？"

　　俩人面面相觑。原来，这两人这天租了车就直奔纳木错，之前也没打听，一心就要在湖边住一宿，根本没订宾馆。王晓宾一边招呼工作人员帮着这两人把帐篷收起来、东西放上车，一边又给当雄县的招待所打电话，帮他们定房间。好在是大雪纷飞的冬天，是淡季，房间富余，这要是在夏天旺季，谁打电话也没房间啊！

　　房间定好，王晓宾想着护送这辆车出景区。从景区大门口到湖边，中间还有两个村子呢，万一走错了再迷路就更麻烦了。这俩人还算听话，收拾好东西乖乖上了车。男孩一发动车，坏了！他们俩就顾着把车停得靠湖边近了，可不知道湖边这沙滩地还蒙着厚厚一层雪的厉害。车轮陷在雪地里，出不来了！

　　王晓宾二话别说了，幸好自己车上常年带着拖车绳。他招呼司机把绳子给他们的车挂好，又让景区的工作车辆开过来。男孩在自己车里打方向盘，景区工作人员开着车往外拖，王晓宾和他的司机就在男孩车后面给使劲推……

　　又折腾了半个多小时，才把他们的车给弄出来。王晓宾不放心，告别了景区工作人员，又把他们的车亲自带出景区，一直送到了招待所门口。

　　整整一宿啊，把王晓宾给折腾的，本来就挺大的大眼睛深陷在眼眶里，下眼眶都青了。平常驻村，基本上一宿也就能睡四个小时，因为缺氧缺得厉害，睡着睡着就会憋醒，这天倒好，干脆就没睡。

　　眼看着入夏了、解冻了、游客多了、驻村结束的时间也快到了，王晓宾迫不及待地跟在当雄的援友们约着，想回去吃一顿热乎面

炸馒头片蘸芝麻酱白糖

人在异乡，最难受的不是吃不好睡不好，而是想家。一想家就百感交集，心里胃里就跟商量好了似的，你想我也想。心里想的是父母、孩子、老婆；胃里念叨的就是北京家里的饭菜。馒头片蘸芝麻酱白糖，老北京人小时候都吃过，也好做，就是把芝麻酱抹在炸馒头片上，撒点糖就得了。70后的王晓宾还过了几天买芝麻酱要凭本限购的日子。那时候能把芝麻酱一勺一勺地抹在嘴里，是天大的享受。在拉萨，甭管心里多苦、身子多累，只要把那一口用芝麻酱白糖混在一起的馒头片放在嘴里，心里立刻就踏实了。

条。别看相对北京来说，拉萨缺氧；可对于在当雄、尼木工作的援藏干部来说，能回拉萨就是休整！要是再连续驻村三个月，能回县城就觉得是到氧吧了！

其实整个当雄县城就一家馆子是援友们常吃的。别的都是藏餐，只有那一家面馆，热乎还便宜。援友们计算着时间，觉得王晓宾下班之前应该能回来，就约好了一起去吃碗牛肉面。

结果，左等不来右等不来，忍不住打电话问，原来，王晓宾都要出来了又给叫回去了。在纳木错湖边上，总有当

地的一些牧民牵着牦牛、藏獒等着和游客合影挣钱。没想到，一个中年大姐正高高兴兴地摆姿势呢，不提防一头牦牛过来把她给顶了，正顶在后腰上，当时就趴地上动不了了。

游客家属也急了，导游也给吓傻了，牧民忙着追失控的牦牛去了，现场乱作一团了。王晓宾赶紧到现场紧急处理，先把受伤的游客弄上车往县城的医院送，那里有北京的骨科援藏大夫，应该能做紧急处置；又叫上乡里、景区的工作人员和牧民，解决后续问题。牧民也委屈："谁让她穿一红衣服啊！"一句话提醒了王晓宾，让人赶紧在景区门口竖个牌子，上面写着：景区有牦牛，请不要穿红色衣服。

等这些都忙完了，王晓宾回到县城已经天黑了。援友们等不及，都吃完了面条回来了。见王晓宾风尘仆仆地进来，半天水米未进，援友们赶紧拿出几个馒头。这是从面馆里给他带回来的。有人说："给你炸馒头吃吧？"有人拿出一袋奶粉，说："再煮点奶？"还有人问要不煎个鸡蛋。

王晓宾看了一眼凉馒头，说："咱还有芝麻酱吗？我想吃馒头片蘸芝麻酱白糖……"

几个援友一个过来切馒头片，一个过来点火热油锅，一个翻出来一瓶芝麻酱——在西藏，什么酱豆腐、老干妈、芝麻酱全是好东西，都是家里人一瓶一瓶给寄上来的。听见王晓宾想吃这口儿，大伙也都有点馋了，几个大馒头瞬间就切片炸好，抹上一层芝麻酱，再来点白糖，吃在嘴里全是小时候老北京的味儿。王晓宾笑着说："今晚上不刷牙了，就着小时候这味儿，能好好睡一觉。"

六年
一抹绿

别的援藏干部都是三年一轮换，胡巧立一下子就干了六年，这第二个三年，是拉萨市的林业局领导跑到北京，向胡巧立的原单位千辛万苦地磨回来的。人家就一句话："你们北京的干部来了，总得把活干完再走吧？胡巧立活儿还没干完呢！"

胡巧立干什么活？种树！确切地说，是给拉萨搞绿化。千百年来拉萨都是秃山，黄土、沙子和石头一样都不缺，就缺绿色。都说拉萨有蓝天白云，那一张张照片拍出来，让帝都人民别提多羡慕。可就是别往山上看，一丁点绿色都找不着。别说树了，连草都没有。

胡巧立援藏的第一个三年，干的就是绿化的活。确切地说，是研究琢磨在拉萨这片沙石地上怎么能种树、种什么树。胡巧立从北京的十三陵林场来，内地的绿化理念他都熟悉。现在内地不光讲"绿化"，还要讲"美化""彩化"，就是不仅要种上树，还得好看好养，让树啊花啊草啊的，成为一个城市独特的风景。好比一想到海南，那闭上眼就是椰子林；一想到大理，脑子里就是冬樱花；一回到北京，整个环路、绿化带上的丰花月季能开上春夏秋三个季节……拉萨就缺这么一道风景。山是秃的，河滩是光的，纵有大自然赐予的蓝天白云，也觉得还是缺点什么。关键是，它还影响空气质量呢！这么一个圣洁没污染的地方，居然在一年中也会有那么几天空气质量不达标，一查，那就是沙尘暴惹的祸。一刮大风，飞沙走石，顿时就黄土满天，多少蓝天白云也看不见了。

胡巧立2010年就来了拉萨，来了之后的头三个月就没闲着，天天进山下河地就干一件事：研究种什么树。他来之前，拉萨市自己有一个初步的绿化规划，是在从贡嘎机场到拉萨市区的高速路两侧种雪松。胡巧立初来乍到，在拉萨市林业局任职，按说头三个月上班，人家领导让干什么就干什么，留个好印象再说。胡巧立满不是那么想。他这个人只要一种树就特别轴，只要跟绿化有关系的事就特别较真儿。他领到任务之后研究来研究去，最后直接找到领导，说现在这个方案不行！

拉萨市林业局的领导都有点懵了，问怎么不行啊？胡巧立就给他讲，说我这三个月下去搞调研了，之前不管在哪个地区种的雪松成活率都不高，有的地方种了一百棵才活了三棵。不是树不好，是现在拉萨市的林业部门还没学会怎么养护雪松呢，你在高速路两边种雪松，那就是白花钱、让树送死呢！再说了，一颗雪松也好、一千棵雪松也好，都得从内地往拉萨运，这得多少钱啊！我觉得这个计划不可行……啪啦啪啦，胡巧立也不管人家领导爱听不爱听，上来就说了这么一箩筐的反对意见。

领导倒是也没生气，就问了一句："你说这个方案不行，那你拿出一个行的来！"

就这么着，刚来拉萨三个月，门儿还没摸着呢，胡巧立就给自己揽了一个大活儿，给贡嘎机场到拉萨市区的高速路两侧做绿化规划，不仅要做，还要实干，种下的树得活！

胡巧立就接着搞研究呗。他这研究搞得博古论今的，一猛子就扎到了文成公主进藏时期。他发现，内地再好的树种也比不上拉萨本地的"土特产"，比如文成公主当年进藏之后栽植的左旋柳。草地也是，什么进口草也比不上当地藏民用来做酥油灯芯的醉鱼草。这些高原本地物种，经过了高原生态的千百年考验，早就适应了这里的环境，成活率比内地树种要高。

在高原种树，种着麻烦，养护起来也麻烦。拉萨日夜温差大，日照充足，降水偏少，气候干燥，绿化养护成本特别高。种的本地树种越多，养护起来的费用就越少。这个账一算，胡巧立心里就有底了。

在贡嘎机场两侧的规划绿化带上，胡巧立用左旋柳、格桑花代替了之前的雪松。他的原则就是"种一亩、活一亩"，他的口头禅是"三分种、七分养"。没种树之前，怎么浇水、怎么施肥他已经全都想好了，而且还做了详细的规划。从想法形成到项目实施，胡巧立就天天待在工地上。本来一个白净小伙子，没几天就晒秃噜皮了，那脸上一层一层地往下掉皮。晒黑不怕，男子汉大丈夫，在拉萨这种地方黑就是美；可高原的太阳毒啊，不仅往黑里晒，还往死里晒。每天晚上回到宿舍，胡巧立最怕就是洗脸。一洗，水里就是一层皮，那种钻心的疼，没被高原太阳晒伤的人很难体会到。

饿了就在工地上吃，困了就在工地上睡，一连几个月，胡巧立终于在有限的时间里把树种上了。拉萨每年就那么几个月能搞绿化，错过了这个时间，要么太冷，要么太干，所以，说是种树，那节奏跟打仗差不多。

种完了还不算完，还得活着才行。这么大一个工程，所有规划都是胡巧立推翻人家拉萨林业局之前的重新做的；所有树种也是他选的；每棵树基本上都是他种下的。等着看吧！要活了还罢，这要是死了，胡巧立在拉萨也别干了！

胡巧立比谁都明白这个道理。面上看，他跟没事人似的，就是时不时地往工地上跑，盯着养护的每一个细节；其实私底下，他那小心脏天天都跳动过速。吃着降心率、降血压的药，一直过了大半年。等到冬去春回，胡巧立从北京休假归来，忐忑不安地踏上从机场回市区的高速路，看到两边用一片油绿迎接着他，当时，胡巧立的眼泪就下来了。

这么大面积的树栽活了，胡巧立在拉萨市林业局也成了标杆。拉萨市的绿化任重道远，光一个高速路绿了可不够。胡巧立就琢磨，还得把这事科学化、系统化，这才能让整个拉萨都绿起来。他一个搞种树的，在拉萨还干起了科研，一连做了好几个研究课题，像《拉萨市林木抚育项目》，还对《拉萨市造林绿化管理办法》做出修改，用理论指导实践。

光这些还不行。胡巧立干的头三年，知道在拉萨种树养护的成本实在是太高了，想种一些内地的树种要么运输费用贵，要么水土不服养护花销太大。怎么办？自己改良呗！

胡巧立又跟拉萨市林业局请缨，牵头干了一个苗圃。这个苗圃不干别的，就是试种各种内地树种，把它们进行排列组合。就跟在池塘里养鱼似的，什么鱼跟什么鱼在一起能混养，能最大限度地降低成本，还能净化水质、养得多、养得壮……种树也是同样的道理。有些树种也"认亲"，谁和谁在一起就长得好，谁和谁在一起就不对付……胡巧立带着另一个从北京来的园林绿化方面的援建干部，一起干这事。

这事说起来容易，胡巧立干的时候什么都没有，要钱没钱要人没人。因为有了之前的好名声，胡巧立就壮着胆子申请了一把，结果还真批下来了，还给了不少钱！胡巧立知道，这是之前贡嘎机场高速路那一仗打得漂亮，这才有今天拉萨对自己的信任。这个苗圃也一样，只能干好不能干砸！

胡巧立脸上的皮刚长好，这回又得回工地了。15 个工人跟着他，北京来的伙伴帮着他，一起研究吧！小半年之后，终于被他们试验成功，几个树种被遴选出来，排列组合之后向全拉萨推广。就在这个时候，胡巧立三年援藏到期，这才有了拉萨市林业局局长亲自跑到北京"软磨硬泡"的一幕。

北京的单位、胡巧立的娘家——十三陵林场征求胡巧立自己的意见，胡巧立连磕巴都没打，直接就答应了。好多人都私底下问他，说你疯了吧！三年还不行，还要再三年？胡巧立有自己的打算，这头三年，都是自己和北京的援友们干呢，后三年，怎么也得带出几个藏族徒弟来，要不然，等北京援藏干部一走，拉萨的绿化不又要断档了吗？援藏援藏，那得负责到底啊！

　　在后面这三年，胡巧立从种树变成了育人。十年种树百年育人，这两项最艰苦的工作，都让胡巧立摊上了。他还挺美。现在，已

凉拌莴笋丝

北京的援藏干部到了拉萨，全体都减肥了。尤其是男同志，一年下来掉个十几斤就跟假的似的。高原消耗大，人的饭量还涨不起来，因为吃多了就心慌，本来就缺氧，心脏每天的负荷就比在内地大，再吃多了，就更难受了。而且进藏以后，大家好像都对肉失去了兴趣。这里干燥，肉吃多了真上火。莴笋、黄瓜、西红柿、白菜，都成了援藏干部的挚爱。因为不怕做不熟，怎么着都能吃。大伙就变着方法多吃这些东西。吃着吃着，最后就全改凉拌菜了。省时间又省事，有点咸淡就得了。为的是那一口清爽，能让人心里胃里都舒坦。

经彻底看不出他原来的本色了，一年四季那张脸都是黝黑的，戴不戴帽子、墨镜都不打紧了，从远处看、从近处看，那都是一个藏族人，哪哪都是黑的，就牙还是白的。

胡巧立现在连胃口都改成了藏族朋友的习性。什么酥油茶、生牛肉、青稞、糌粑基本上来者不拒，拿起来就吃。不过有一样，私底下能回宿舍的时候他也想家里那口儿，尤其爱吃素。可能是种树种上了瘾、搞绿化搞魔怔了，看见什么绿色的菜都爱，尤其爱吃一口凉拌莴笋丝。你想，在工地上、山坡上，一晒就是一整天，见不着绿菜，只能啃饼子喝凉水，好不容易晚上回到宿舍，嘴里胃里都想吃一口清清凉凉的。这菜也好做。一个莴笋切成丝，拿热水一焯，放点盐、醋、小辣椒、酱油一拌，吃到嘴里就跟看见眼前那片绿似的，一直能爽到心里去。

书记应该
管点啥

　　王万青刚从北京来拉萨的时候，体重得有小200斤，身宽体胖，一头黑亮的短发，白白净净，一脸笑模样。援友们打趣他，说："看着你就像个老地主！"两年过去了，体重掉了十几斤，头发也快掉光了，露出了光溜溜的大脑门子，皮肤也糙了，黑了吧唧的。他还逢人就问："这回不像老地主了吧？"大伙儿打量打量他，说："现在像……西藏的老地主……"

　　现在的西藏哪还有地主啊！王万青在拉萨市的城关区当区委副书记，听着是个挺大的领导，可派头真没有从前的地主大。进了区委大院的门，从保安到大师傅，都跟他熟，打起招呼来都像是哥们弟兄。他从大院门口就一直咧着嘴跟人家笑，一直能笑着进自己办公室。下边办公室的人提醒他，说王书记你是不是太随和了？你这样下边人你怎么管啊？

　　怎么不能管啊？别看王万青脸上乐呵呵的，真到按照规章制度办事的时候，那脸绷得，一点褶子都没有。刚到拉萨的时候，他发现本地人的时间观念、制度观念都不太强，怎么说都不管用。王万青分管的事也多，其中一项就是社区工作。说好了一个月开几次会、每次会在什么时间，从头三天就开始通知，到时候还有人不来，不来还不请假。你一打电话问，要么说有别的事，要么干脆说忘了。

这种事，第一次王万青提醒，第二次就扣钱！社区有经费，你一个社区负责人对工作这么不重视，那就直接扣经费，没说的！扣了两次之后，没人缺席了。王万青扣完钱还得去那个社区看看，得问问被扣的干部，是不是心服口服。第一次去的时候，人家本地干部就没好脸儿，直接说王书记你平时乐呵呵的，我以为你是好人，可你干吗要扣我们钱？

王万青还是乐呵呵的，一点一点解释："一个月区里就开一次会，你还不来，你们社区这么多重要的工作我找谁说去？一个月一次会你都不能开，我怎么相信你能干好其他的工作？"人家本地干部还不服，说书记你这么大的官，干吗不管点大事？成天盯着我们开会谁来谁不来的干吗？王万青又一乐，说："我不是盯着你们谁来不来开会，我是在盯制度。这是我该管的事。"

王万青还管发改委、管援藏项目建设、管经济。城关区是拉萨市的核心区，大批的援藏项目都集中在这里。刚到拉萨的时候，发改委的工作人员看着上级领导下达的经济指标直犯晕。王万青接过来一看，市里要求一年中要完成使用93亿元的援藏资金。这么多钱怎么用啊？用在哪啊？发改委的工作人员都是些小年轻，一时不知道该从哪下手。王万青就教他们，援藏资金后面一定有援藏项目做支撑，先把当年的援藏项目梳理出来，根据预算分配好资金，然后按照时间轴，每个月哪些项目要开工、哪些要进行环评、哪些在建、哪些收尾、哪些竣工……都列成表格，办公室的工作人员分好工，每个人几个项目一一对接，一个一个去盯，全年的援藏资金就知道花了多少、花在哪儿了。

小年轻们照着王书记教的干，还真把工作给捋顺了。这么大的事都干明白了，城关区上上下下都知道平时乐呵呵的王书记原来是个心特细的人。别看没架子，可他善于定制度、善于按照规章制度做管理。这么一来，下面的社区啊分管单位啊都挺服气，就是那些被他罚过、批评过、扣过钱的也都跟他处得挺好，因为他做事脑子灵、办法好使。

王万青工作上认真，生活上也认真，有事没事就爱组织大伙在宿舍做口饭。都是打北京来的，都是老北京人，平时就馋一口炸酱面。城关区的副区长李锦民做饭是把好手，只要有时间，几个副区长、副书记就在王万青那宿舍开伙。和面、擀面、切面，用高压锅煮面，然后用五花肉的肉馅和从北京背上来的黄酱一炸，切点黄瓜丝。想吃过水的面条，就拿大洗脸盆盛上凉水，把从高压锅里捞出来的面条往水里一过，拌点炸酱，那叫一个香！

这天哥儿几个正吃着呢，王万青接了一个从北京打来的电话。那边是北京儿童医院，说想在拉萨做一个项目。因为拉萨是高原，高海拔、高辐射，大家都知道这样的环境对人的血压、心血管、肺都有影响，但是忽略了眼睛。尤其是对青少年，高原的强光对

炸酱面

老北京人就好这口炸酱面，在拉萨还就是不容易吃上。在北京，煮碗面条是最简单的饭；在拉萨，当真是煮不熟。用高压锅吧，那就得试，时间长了，面软塌塌地成糊了；时间短了，夹生！就为了试出这碗面条，王万青他们有时间就琢磨，真是多一分钟不行少一分钟不可。援藏一年了，好不容易掌握出了规律，知道怎么煮能好吃不烂，可工作又越来越紧，能煮面的时间几乎没有了。这一次，几个老伙计凑在一起好不容易煮了一次面，那是用洗脸盆盛出来的。几个男同志们快把脸埋在大碗里了。家里的这一口儿，那就是香啊！

他们的眼睛损害特别大。北京儿童医院联合了媒体和慈善机构想来拉萨为孩子们做眼科的义诊，如果筛查出病例，可以去北京免费治疗。

这是好事啊！可是交给谁去办？怎么办？几个副区长逗王万青，说："就按你那个'制度执行法'办，看看干这事好使不？"

王万青又呵呵乐，说："那肯定好使。必须的！"

放下炸酱面的碗，王万青就找教委，先确定几所贫困生比较集中的小学，然

后让教委的人对接北京儿童医院，三天后向他汇报来藏时间。

　　然后又找卫生局，找专人配合儿童医院开展义诊，谁负责协调北京的大夫、谁负责记录病例、谁负责筛查……在拉萨能治疗的，由拉萨市人民医院对接；要去北京治疗的，由城关卫生局专人对接……这些事情也三天后向他汇报。

　　事情派完了，王万青又盛了一碗炸酱面，说是又说饿了。等吃饱了，工作也落实到人了。两个星期之后，北京儿童医院的眼科专家们如约来到拉萨，经过两天在三所小学的普查，一共筛查出了七十多个病例，确定去北京治疗的有一多半。

　　王万青拿着这些病例又开始部署，6月份做什么工作、7月份做什么工作、谁负责组织孩子、谁负责北京的行程、谁负责手术后的护理……到孩子们去北京做手术还有一段时间，王万青觉得这个项目给他的启发很大。他又找人过来开会，要研究一个高原青少年预防眼睛疾病的干预性制度，请北京儿童医院的专家定条文，他要求卫生局、教育局一起联合实施，向全城关区的中小学、幼儿园普及推广。

　　还是按照制度走。王万青跟工作人员说了，还是三天后向我汇报，推到哪一步了、遇到了什么困难、有哪些问题需要我解决……三天后这个会要是有人不来，扣钱！

没事
谁爱打官司啊

老百姓不到万不得已谁也不愿意去打官司。一来不知道什么结果，二来时间耽误不起。现在诉讼成本这么高，不是逼急了谁也不愿意进法院的大门。

胡欣宁是北京二中院的审判员，在北京他就深知这个道理。北京是首都，是法制观念比较强的地方，老百姓也好，社会组织也好，到了非要个说法的时候必然会想到去找公检法。可自从他来拉萨援建，就发现好多事情，老百姓就是到了非要讨个说法的时候也不来法院。为什么？时间太长，耗不起。

刚到拉萨的时候，胡欣宁就接触过一个案子，是一起民工讨薪的维权纠纷。这件事本来事实很清楚，可就是久断不下。公司拖欠五十多个民工的薪酬已经有一段时间了，民工的情绪特别激动，告到法院之后，公司还是无动于衷！而且遇到的这个公司也不是什么善茬儿，法人代表态度极其恶劣，每次和民工沟通的时候都特别强硬，话里话外的那意思就是：有本事你就告，这样的事儿我见多了！不就是告状吗？拉萨的法院最快的判决也得仨月，等告下来都明年了，那时候我指不定在哪呢！就算你告下来了，我人都没影儿了，你们找不着我，我看你们能怎么着！

民工们听了这话顿时气得血脉偾张，胡欣宁听了也火大！你什么人啊？这么嚣张？真不把"法律"两个字放在眼里啊！可是生气归生气，他这个副院长在表面上还得不动声色、沉得住气。他把他负责的民事一庭的工作人员分成了两拨，一拨去安稳民工的情绪——事情已经拖了这么长时间，就差这一哆嗦了，千万不能把有理变成没理。说点气话可以，可不能冲动。既然大家相信法院、相信法律，咱们就耐心看着，一定给大家一个说法。

然后另一拨再去做公司的工作。这事情事实清楚，为什么不给人家薪水？是公司财务出现了问题还是有钱不给？你要说财务有问题，好！法院把取证的证据拿出来，证明你账面上有钱；你要说就是赌气不给，对不起，你这么做是犯法。现在法院的工作人员还能给你调解，调解不行咱们就判！反正这事是你们公司不占理。你不是说在拉萨判什么都得三个月吗？巧了，我也不是拉萨本地人，我是从北京法院过来援藏的，我干事，全是北京那边带过来的规矩。我们那还真就不是三个月，我就用三天你信不信……

两边工作一起做，公司还是不肯配合、不接受调解。那就当庭宣判嘛！当地的企业还以为判个案子得三个月以后出结果呢，谁想到当时就出判决书了。五十多个民工胜诉，你公司得麻利给人家钱。这就从民工讨薪变成了法院为他们讨薪。民工们接到判决书这个高兴啊，说这回哪也不用再去闹了，还是法院好使！

这件案子办完之后胡欣宁就琢磨，为什么当地法院判一个民事纠纷的案子要用三个月，甚至更长？他仔细观察了一下当地法官的审案过程，发现了几个问题。首先就是对法律条文不熟悉，在庭上听完了原告被告的陈述之后，下了庭还得去查条文。查完了再核实、再研究。这么来来去去的不是耽误时间吗？

另外，拉萨当地的情况也确实有它的特殊性，不管什么案子，都要考虑到民族、宗教的特殊因素。法律是严格的，但是在执法的时候也要有人情味，也得因地制宜。这么一来，有些看似简单的问题就复杂了，所以时间也就拖长了。

既然了解到了这些情况，胡欣宁就知道该怎么办了。要解决第一个问题，说容易也容易。他来拉萨没多久，就组织了他负责的工作人员进行大学习，从民事诉讼的基本法律法规条文学起，没事就学，虽然累点，但是他这个当副院长的也跟着学呢。看着这个北京来的副院长，明明懂得挺多，法律法规业务也扎实，可是还是一节课不落地跟着学，大伙也就释然了。往常一到下班时间，全都约着去茶馆，现在下了班也别喝甜茶了，咱们办公室一块加班学习吧！

可光学习还不行，胡欣宁还想了个办法，他让北京的法官们来拉萨考察，针对拉萨法院的一些问题做出方案，手把手地教当地的法官进行判案。看了几回之后，很多当地的法官渐渐悟出了一个道理，法律不是冷冰冰的条文，它在执行的时候需要方法和尺度，光是照本宣科也不行。就这么着，在胡欣宁的努力之下，拉萨法院判案的能力一点一点算是强起来了，效率也高了，老百姓再有什么事也乐意来找法院了。

2014年12月4号，我国第一个国家宪法日。这一天，胡欣宁来了一个示范演练。这天是个什么案子呢？是一个客栈转让纠纷。房主把房子租给了甲经营客栈，可是甲经营不善，就在合同期内私自又将房子转租给了乙。乙不知道这里面到底谁是原房主，高高兴兴地把房子接收了，还花了三十多万元给装修了，就在马上要开门营业的时候，原房主来了，俩人一碰面都挺纳闷，都问"您是谁啊？"两边一沟通，原房主不干了，说这个房子我压根就没租给你，谁让你大拆大建搞装修的！乙说我是从甲手里租的。房主说那我不管，房子是我的，你给我出去……

乙已经交了房租，还装修了，花了好大一笔钱，现在却被房主赶出门、流落街头，真是欲哭无泪。万般无奈之下只好告到法院。接到这个案子胡欣宁就暗下决心，非得给他来个当庭宣判不可。可要想当庭宣判，这审判之前的工作他就得做。当时是11月了，拉萨的氧气含量下降到了内地的一半，胡欣宁带着工作人员光是现场就跑了三五回。他找到房主，收集房产证据；还得去房子现场，评估装修花费；然后又找到甲方，也就是二房东，了解来龙去脉……连着跑了一个星期，胡欣宁的血压也高了，血氧也低了，头晕气短这些毛病全来了。开庭前一天，他觉得自己的身子骨实在有点顶不住了，不得已跑到援藏医生那儿求援，想吃点药。

谁想到援藏大夫正在宿舍里烙糖饼。人家新买的电饼铛、新

芝麻酱糖饼

北京人爱吃面食，对糖饼是情有独钟。这东西吃着都不用就菜，嚼吧嚼吧就咽了，还扛时候。胡欣宁说出来也是个法院的副院长，可在吃上真不讲究。吃饭不就是为了解饿吗？那就什么管饱吃什么！他这糖饼启发了一大拨人，自从看着他咬着糖饼看案宗，食堂后厨就隔三岔五地有人去打听：大师傅，您什么时候烙糖饼给多烙点啊！我想带回去两张加班吃；要么就是：大师傅，后天我下乡驻村，您能给烙两张饼吗？我带走，省得去村里找吃的了……

学会的手艺。见胡欣宁来了，一看他那脸色、晃晃悠悠这姿势，就知道他不舒服。赶紧给他吸上氧，找药让他吃，又让他在沙发上先躺着休息。

胡欣宁哪躺得住啊！一屋子的芝麻酱糖饼香。大夫们在一起拿热水和面，那边准备出一罐子芝麻酱，把和好的面在案板上一擀，刷芝麻酱、撒白糖；再揉再擀，几下就成了一张千层饼，往电饼铛里一放，几分钟翻个面，没一会一张热乎乎、喷喷香的糖饼就出锅了。胡欣宁拔了氧气管子，弱弱地说："给我

尝一口……"

有了这几张芝麻酱糖饼垫底，胡欣宁胃里、心里都踏实了好多。

第二天开庭，拉萨市本地的媒体全来了，电视台、电台还要直播。为什么？因为胡欣宁开创了一个先例，是法院领导亲自审案的先例。好多拉萨市的老百姓都守在电视机前看着呢，看看北京来的院长到底水平怎么样，能不能在当天的时间里审出一个子丑寅卯来。

结果，胡欣宁还真让老百姓开了眼。以前都是拿手记庭审记录，这场审判改用了电脑记录、实时打印；事实清楚，当时就判。胡欣宁判乙方将房子归还给房主；甲方将房租和乙方装修的费用退还给乙方，并且赔付乙方的经济损失。

案子判完，三方都没话说。尤其是乙方，特别感谢法院，要不自己的经济损失找谁说理去啊！

那天的法庭上，好多北京来的援藏干部都去旁听了。大家开玩笑说要去给胡院壮胆，其实哪用得上啊。整个过程行云流水，当事人、旁听的人全都心服口服。完事之后，一队援藏干部热热闹闹地围着胡欣宁回宿舍。12月的拉萨已经是门前冷落车马稀，商铺买卖都歇业了，好多人也回内地了，旅游的更是少之又少。大伙想在外面找个馆子吃个饭庆祝一下都没戏，因为饭馆都关门了。想了一圈，大伙说胡院你想吃点什么啊？

胡欣宁一想，明天还一拨呐。就叫援藏的大夫："'那什么，二他妈妈，再给烙两张糖饼'……"

鸡呀、牛呀
送到哪里去

在拉萨市最穷的县当县委副书记，彭松涛一天到晚还挺乐呵。县里让他主管经济，可这尼木县哪有什么经济啊？这批北京援藏干部来的时候，整个尼木县就一个铜矿。铜价好的时候一年能给县里上交一千多万的税收，不好的时候才能交 50 万。其他的就是农牧民那点养殖业，这家养牦牛，那家养藏鸡，这怎么创收啊？

别的干部一听说在尼木干就发愁，彭松涛不愁，还挺高兴，说："那咱就在养殖上想办法呗！"

其实尼木县的养殖业还是有基础的，大名鼎鼎的藏鸡发源地就是尼木县。尼木没有什么平原，基本上都是山沟。这藏鸡养得太分散，一条沟里就是一种藏鸡，也说不清楚它有多少品种，反正个都不大，长什么样的都有。

彭松涛主管经济以后就去堆龙德庆县学习，人家那有个正儿八经的藏鸡场，想跟人家合作，一来教教农户们怎么能养好鸡，二来也想为这些藏鸡做做市场推广。

人家鸡场倒是挺高兴，对合作也表示欢迎。但是人家这个养鸡场规模有限，只能提供鸡苗，回收一部分鸡蛋，对于养大的肉鸡人家不要。这鸡下蛋、再孵出小鸡，肯定是有公有母。母鸡留着继续下蛋，公鸡就得卖出去吃肉。这个模式养了一段时间，彭松涛就发现，怎么每家的鸡都越养越少啊！他找农户问，才知道敢情在尼木，母鸡只有在每年的4月底到10月份才下蛋，其他时间都不产蛋。不产蛋农户就干赔，因为肉鸡也没人收，那还不如自己杀了吃肉呢。彭松涛就说，你们接着养啊！到了明年4月份不就又下蛋了吗？人家农户就给北京来的彭书记算了一笔账，鸡苗是企业提供的，国家有补贴，农户不用花钱。饲料钱可是自己出的。这拨鸡下完蛋杀了吃肉农户不赔钱；要是接着养还得花钱买饲料，不合算。

彭松涛就明白了，不是藏鸡不好，是养殖环节出了问题。看来要想让农户们一心一意养鸡，就得给他们一条完整的产业链。他们还得找个规模更大的企业才行。

彭松涛是北京的干部，跟他搭班的范永红也是北京的干部。两人就回北京一起找，找来找去就相中了一家著名企业。这家企业的鸡蛋行销全国，规模大，产业链也完整。两人又找尼木县、又找拉萨市，把人家企业叫过来看，搞调研，用了快一年的时间终于让人家在尼木落地了。

框架协议签订之后，企业说了，我们提供鸡苗，农户负责养殖，我们回收鸡蛋和肉鸡。拉萨市和尼木县都表示，没问题，鸡苗国家有补贴，农户也不用花钱，这事肯定能推下去。彭松涛赶紧说："等等。政策是好政策，但是咱们也得让农户有点危机感，要不然……养着养着又给吃了。"

怎么才能让养鸡的农户有危机感呢？大家都看着这个从北京来的干部，他在北京管过街道管过社区，可没管过养殖。当地干部都等着听彭松涛的办法。彭松涛乐呵呵地说："我建议每只鸡跟农户收 5 块钱，不是国家补贴不起，而是要让农户有成本概念，让他们能对鸡真正上心。"那农户哪干啊？养惯了不要钱的鸡，怎么这回改要钱了？彭松涛还是不慌不忙、乐乐呵呵给大家做工作："你不用把钱掏出来。你把鸡养好了，等企业回收的时候，我们从每只鸡的价钱里扣 5 块钱。"农户又掰着手指头算，好像可以哈！因为以前鸡卖不出去，自己吃了也就吃了；现在有人来买，一只能卖到 15 块，扣下 5 块自己还能挣 10 块。行，可以干！

别看就像个文字游戏，可农户一想到每只鸡身上都有自己的 5 块钱，这养起来就大不一样了。吞巴乡的一家农户一口气养了两千多只，不仅养得很精细，还在山上包了一小片林地，搞起来林下养殖。怕有老鹰把鸡拖走，又在树林间挂起了防护网。这些县里就不投入了，都是农户自己想出来的办法。鸡的成长期不长，一年可以养两批，两批下来这家农户挣了四万多块钱。这种示范效应比什么都好使，村里的乡亲们一看，这事有赚头，七七八八地就全来加入了。

当地藏族干部也服气，别看北京来的干部没养过鸡，可知道怎么能动员老百姓养好鸡。当地农牧局的干部就来找彭松涛，说：

"彭县，您再给我们养牦牛的农户想想办法。他们的牦牛越养越小，卖不出钱来！"

彭松涛就带着人去牧区调研，研究了一番发现也不是什么大事。在牧区，每个家庭都养牦牛，都是自然放牧，一家子跟着牦牛走，走到哪吃到哪。但是尼木海拔高啊，山也多，每家的牦牛总是在相对固定的区域里放牧，高山过不去，还得守着水源，久而久之，每个牦牛群就出现了近亲繁殖的局面，生下来的小牛可不就越来越小嘛。

彭松涛说这个好办啊！他带着农牧局的专家去日喀则、山南找好的种牛给买回来，一次买了200头，想着下发给农户去配种，改良了品种，牛就好卖了。

谁想到藏族牧民有个可爱的毛病，就是自尊心特别强，不能让别人说自己家的东西不好。你给我送种牛是什么意思啊？就是说我们家的牛不好呗！我们家牛哪不好啊？你牵走，我不要！

得！好心还碰了一鼻子灰。彭松涛就琢磨，怎么能让老百姓在不伤自尊心的前提下还能接受这件事呢？有了！这回不仅要用上示范效应，还得来个"饥饿营销"。彭松涛先找一两家农户，什么农牧局干部的亲戚啊、村里的书记啊，先做他们的工作，然后让老百姓看着他们把种牛领回去，看着他们家的牛配种之后生下小牛。这小牛一生下来，老百姓一看，是比我们家的小牛个大还壮实嘿！然后就有人找来了，问能不能也给我们家的牛配配种？彭松涛说了，能是能，但是种牛数量有限，你们啊，得排队。每家只能牵回一头牛，每头牛最多让你养两个月，这两个月里不管配上没配上你都得给牵回来……

　　藏族老乡都很守信用，说两个月就两个月。这两个月里不仅每头种牛都给伺候得好好的，还得各显其能让它多配种。小半年下来，一大批牦牛养殖户的问题就解决了。当地干部这个服气啊！都说别看彭县啥都没养过，可对付起养牛养鸡这些事来真是有办法！

　　眼看援藏三年时间已经过半，彭松涛又开始琢磨，除了牦牛和藏鸡，是不是其他品种也能开发一下？这些日子他又盯上了奶牛。尼木县的牧草资源多，天然的水质也好，本地的牛奶也有市场需求，奶牛养殖应该前景广阔啊！可是当地干部介绍说，以前也养过，但是成活率不高，老是病死。彭松涛就问，以前是怎么养的？当地干部说，是当作一个扶贫项目，由政府出资购买奶牛，发给贫困户养殖，但是效果不好。

　　彭松涛知道问题出在哪了。当地的贫困户文化水平都低，你让他养奶牛，他不具备那个知识。帮他脱贫的出发点是好的，可方法不对。彭松涛就叫来几个当地养奶牛比较成功的大户，跟他们谈，说我们把奶牛发给你们，你们一家必须要带上几户贫困户去养。每头奶牛都有补贴，县里把补贴发给你们，但是你们必须要教会贫困户养殖技术，还得全程监督。回收牛奶的时候，要么你们和贫困户分成；要么，你直接付给他们工资。

　　这事就这么解决了。养牛大户有了劳动力，养殖规模扩大了；贫困户有了收入还学了手艺，也是其乐融融。当地受益的老百姓都知道了这些点子是这个老是乐呵呵、笑眯眯，从北京来的县委副书记想出来的，挣了钱之后老想着来看看这个彭书记。有一天，在县委大院门口，就有人提着一篮子藏鸡蛋找彭书记来了。正赶上饭点，彭松涛说什么也不要，不仅往回推，还告诉人家："您知道以后咱们这藏鸡蛋得卖多少钱吗？那可是500块钱一盒，一盒才三十多个。您拿这么多鸡蛋来看我，那不是让我犯错误吗？

西红柿鸡蛋面

在县里的干部最爱煮面条。一到周末，县里的食堂就放假，可援藏干部们还得在县里职守。没地方吃饭，只能自己做了。几个县长各忙各的，回来的时间不一定，只好自己给自己凑合做一口。面条当然最省事。尼木的大棚有西红柿，厨房里面常年放着几个鸡蛋，谁回来了就把鸡蛋西红柿炒在一起，用高压锅煮一把挂面，就对付了。彭县在北京的家里也是被老婆宠着，哪轮得到他做饭？如今到了拉萨，有的没的，自己都得亲自动手。县长当得是真不错，就是这碗面条……反正但凡宿舍里要还有第二个人，都不用彭县做——真的不好吃！

您赶紧回去，过两天企业就来收鸡蛋了，您自己算算，这一年您能多挣多少钱啊！"

送走了藏族老乡，食堂也没饭了。不过没事，彭松涛都习惯了。尼木的援藏干部自己种了个小小的大棚，里面有西红柿，他摘了两个，回来洗干净切了，打了一个鸡蛋，在锅里打成了鸡蛋西红柿卤。那边再用高压锅煮开了水，一把宽切面放进去，煮熟了盛出来，用西红柿鸡蛋卤一拌，挺香！就是一样，尼木海拔比拉萨还高，即使用高压锅煮面条也经常煮不熟。反正彭县也不讲究，一碗半生不熟的面吃着还挺顺口，觉得有点口淡，彭松涛又在宿舍里翻了翻，还有昨天的剩菜，一股脑倒进碗里，吸溜吸溜吃下去，比肉还香！

别

讲究了

　　来西藏，肯定要去看看寺庙。一般游客到了拉萨必逛的是大昭寺、小昭寺；所谓资深驴友们肯定得去哲蚌寺、色拉寺；玩深度游的能找着扎西寺、楚布寺……听见这些，李国就是一乐。全拉萨有寺庙一千七百多座，在哪、什么教派的他都清楚；不光清楚，他还几乎都去过；他去还不用买门票，就是这么牛！

　　李国是干什么的？他是北京来到拉萨的援藏干部，拉萨市文物局的副局长。听着他这个官儿挺大，其实干得特苦。为什么他进寺庙不用买票？因为他就负责全市的文物保护、文物安全。拉萨不像北京，什么文物都能在博物馆里享受恒温恒湿的待遇；拉萨的文物好多都集中在寺庙里，是一代一代传承下来的。随便一幅唐卡，没准历史就已经过了千年；仓库里一个香炉，仔细看看吧，大明宣德的款！这么多可移动的文物都分散在寺庙里，平时的保护就成了大问题。

　　李国一到拉萨，领的活儿就是对全市的文物进行登记、整理和检查。全市一千七百多处寺庙，文物保护单位 269 个。每天一睁眼，李国就想一件事：今天该去哪儿了？

　　每天三个人，李国带队，每到一个地方，就是三件事：登记、拍照、查安全。别看就这几项工作，往往在一个地方、一个寺庙就要干上一天。

　　首先是因为远。拉萨是七县一区，面积 2.9 万平方公里，这里面的国家级、自治区级和市级文物数不胜数。距离远、数量多，每到一个地方，二话不说得先爬山。因为好多文物在寺庙里，而好多寺庙都建在山上。大寺庙门前还有路，汽车还能开上去，规模小的庙只能靠两条腿走。知道的是李国要检查文物，不知道的，还以为他有多悠闲，每天带着人爬山玩儿！

　　在达孜县，有个著名的寺庙叫甘丹寺，海拔 4500 米。那天路上不太好走，到甘丹寺山下的时候有点晚了。李国着急呀，当天的工作得当天干完，明天还有明天的事呢！下了车他带着工作人员拔腿就往上走。在海拔 4500 米的地方爬山可不是爬香山，走累了可不是歇歇就能缓过来的。李国爬着爬着就觉得眼前发黑了，胸口和头都裂开了似的疼，他脚步一慢，当地干部就看出不对来了。怎么嘴唇都紫了啊？脑门上都有虚汗了！

　　在拉萨这个地方很难出汗，因为基本上热不到那个程度；人们也不可能做什么剧烈运动，心肺受不了。所以一看见李国脑门上的汗珠，几个随行的当地干部给吓坏了，赶紧挽着他坐在路边的石头上，递上一口水，让他先把气喘匀了。有个藏族干部说李国："你走得太快了，我们都不敢的……"李国心说这不是赶时间吗？谁知道能有这么大反应啊！心里是这么想，嘴上可说不出来，已经没有说话的力气了。

缓了得有 20 分钟，李国觉得差不多了，慢慢站起来。旁边的工作人员劝："李局咱们先回市里吧？"李国也不说话，挥挥手，蹦出一个字："上……"

那就接着上山吧！好不容易进了甘丹寺的大门，僧人们热情地给端上一碗酥油茶，再看李国，哪还有喝茶的力气。他坐在卡垫上气若游丝，跟寺管会的干部说："我要看看文物库房……"

著名的大寺庙里文物数量都比较多，基本上都配有文物库房，平时对文物的保护和看管都有专门的僧人负责。僧众都知道自己寺庙里的文物是好东西，里面承载着信仰、历史和文化，所以看护得很严格。但是他们对于文物保护的知识有限，就知道这些东西得存放好，轻易不能拿出来，可是怎么存放才最有利，他们就不知道了。

李国扶着墙慢慢走，一个库房一个库房地看，一边看一边登记、拍照。看见有上千年历史的唐卡就那么卷着一堆，赶紧就得对僧人说，这个唐卡啊得在通风的地方保存，不能受潮也不能太干燥；看见明朝的茶碗露天放着，又得嘱咐，这个瓷器啊得放在玻璃柜子里，千万不能磕碰，还得防尘……

走着走着路过厨房，李国往里面多迈了一步，嚯！幸亏多看了一眼，十几个燃气罐就在明火旁边放着，这要是着了、炸了，别说文物了，这寺庙里的僧人都不一定跑得出去！赶紧！他招呼寺管会的人把燃气罐一个一个搬出来，找别的地方存放，又耐心地跟喇嘛们解释，为什么不能这么放。

都检查完了，临走，李国突然又想起什么，把负责看管文物的僧人请到大门口，把灭火器递给他们，手把手地教他们怎么用。要是万一出现火情，僧人得先学会自救啊！

像这种文物在庙里、有僧人看护的还算是不错的，就怕那种野外的文物，想保护好实在是太费劲了。好多人都知道纳木错，那是西藏最著名的圣湖。可是湖边还有岩画，估计去过纳木错的人就没多少知道了。那岩画至今有上千年的历史，画着佛像、风景、民俗。千百年来，朝拜圣湖的信众们不断地用天然的颜料为岩画补色，以抵挡高寒风沙对它的侵蚀。岩画记录着藏族人民的风俗和文化，是藏族历史文化的化石。这样有价值的文物就在纳木错湖边毫无遮挡地裸露着，李国看见之后都快急死了。

还有好多其他的野外文物也弥足珍贵，要么是松赞干布留下来的手印，要么是活佛闭关的修行洞，还有一些珍贵的遗址遗迹。这些地方如果不好好保护，也会出现私搭乱建、安全隐患。回到文物局，李国申请对全拉萨市这种野外文物进行全面普查，向自治区文物部门申请经费，为这些野外文物修建护栏，聘请专职人员对其进行看护，避免发生人为破坏。

光装上栏杆还不行，李国给聘用的管护人员培训过好几次，让他们知道、了解自己在做什么，为什么要这么做。聘用的工作人员大多都很年轻，爱玩。你不把问题的严重性告诉他，他理解不了为什么这么做，肯定会有打马虎眼的时候。李国就用自己的专业知识给大家讲，这些东西都是藏族人民生活、历史的见证，保护好它们就是保护了咱们藏族的历史。他这么说了，管护人员就会上心，日常工作也做得精细。有好几次，李国前脚刚检查、整改完走了，国家文物局的暗访小组后脚就来了，来了就来了，人员在岗、保护到位，什么时候暗访抽查，李国什么时候都受表扬。

每天爬山、走路、检查、拍照、登记、整改……李国这脸色晒的，

香菜肉丝

这道菜吃在嘴里的口感很奇特，朴实的肉香里面还有点香菜的个性味道。就跟李国似的，带着点房山口音，说话做事雷厉风行里面又掺带着亲和力。这道菜吃完了，也叫不出名儿来，就觉得好吃。李国也是，走遍了全拉萨市的文物保护单位，你问有几个喇嘛能叫得出他的名字？知道他是北京来的副局长就行了。从北京的办公室到拉萨的各个寺庙，李国的这张脸晒得也跟肉丝儿似的了，一棱一棱，他不张嘴说话，十有八九的人都把他当本地的。

比当地的藏族干部还黑、还糙。西藏地区的寺庙对藏族信众都是免门票的，文物局的工作人员就和李国开玩笑："哪天你不检查文物也能免票进去了，你跟我们长得一样了嘛！"

不过有点遗憾，长得很藏族的李国现在的饮食起居还是个老北京的范儿。一到周末，援友们能在宿舍里吃一顿踏实饭，暂时不用想防火防盗的时候，还是挺放松的。虽然还有高原性高血压，虽然还是喘不上气，可是能吃一口地道的房山特色菜，那对李国来说就是佳肴了！忘了说一句，李国是北京房山人，爱吃的这口儿一点都不高贵。就是拿一把香菜洗干净择了垫在盘子底上，把瘦肉切成丝，放在淀粉里抓一抓，再用热锅一炒，搁点酱油、糖、盐。炒熟了码在香菜上，炸点辣椒油一浇，齐活！人家问李国这道菜叫啥名，李国一边狼吞虎咽一边说："没名。你随便叫。"有人笑话他，说你吃的这也太不讲究了。李国一乐："干活讲究讲究，吃就别讲究了。好吃就得了呗！就跟咱们似的，人家藏族人知道你叫啥？知道你是北京来援藏的就行了。"

种地的
和养鸡的

　　李文军和庞飞，一个是拉萨市科技局的副局长，一个是拉萨市扶贫办的副主任，这俩人的日常工作很少有交集，来拉萨之前，也不认识。到了拉萨之后，因为援友们经常在一起聚聚，俩人就处熟了。周末，几个援友说在宿舍里大伙做一顿饭吃吧，有人就提议，一人做一个菜端来。

　　大伙从早上就开始忙活，到了中午，各屋子里都飘出来不同样的香味。有炝炒的，有清蒸的，有侉炖的，端出来的菜式也五花八门。鱼啊肉啊的，还有各式各样的炒青菜。

　　到了李文军这儿，直接给端来一个砂锅，大伙打开一看，里面是粥。好像里面还有松花蛋和瘦肉。大伙说咱们又不是早茶又不是夜宵的，你煮粥干吗？李文军说："嘿！你们还别嫌弃，这不是普通的粥……"有人就乐了，说，不就是皮蛋瘦肉粥吗？你欺负我们北京人没喝过吗？

李文军拿勺子盛了半勺，给旁边的人尝，吃到嘴里的人咂摸出来了滋味，说："呦，这不是大米熬的粥啊！是青稞？"

李文军说："算你嘴巴精！没错，就是青稞粥。"

正说着，庞飞也端着盘子进来了，一盘子香椿炒鸡蛋！香椿在拉萨这地方可是尊贵物，春天应季的时候，在城中心的药王山菜市场，要卖到70块钱1斤。大伙儿都说，庞主任这是出血啦，舍得给大家买这么贵的菜！

庞飞就解释，香椿是自己家院子里种的，春天的时候老婆特意从家里给快递过来的，用保鲜袋裹了好几层，他自己没舍得吃，一直放在冰箱里冷冻着，现在拿出来让大伙尝尝鲜；鸡蛋吗，可是当地的土鸡蛋，昨天刚从鸡窝里给掏出来的。

李文军就笑他，说："庞飞，你这是上谁家偷鸡蛋去了？你扶贫办的主任不扶贫，还偷人家鸡蛋？"

庞飞也笑话他："你这青稞哪来的？也是上藏民地里偷着割的吧？"

李文军理直气壮，说："还真是割的。可不是偷着割的。"

原来，李文军在达孜县有个帮扶结对的"亲戚"，叫巴桑。巴桑家里三口人，夫妇两个和一个女儿。巴桑的妻子常年患病卧床，没有劳动能力。李文军就老过去帮他们家里干点活儿、送点东西。

上个月，李文军又去了。还没进门就发现，怎么地里的青稞都熟透了还没收割呢？进了院门再一看，怎么一家三口全倒下了？妻子还是那副病病怏怏的样子，巴桑和闺女也躺在床上，屋里有点儿邻居给他们端过来的吃的。

原来巴桑和闺女进城出了车祸，虽然伤势不太重，但是腿也都骨折了，从医院回来就没能再下地干活。连吃饭喝水都得有人帮把手，就更别说干农活了，一家三口就那么干看着，青稞都快烂在地里了。

李文军是军人出身，看不得老百姓受苦。他跟村里的人商量，能不能他自己出钱，雇村民们给巴桑一家收青稞。但是村里的劳动力有限，青稞又都在一个时候熟，大家给巴桑家收割就顾不上自己家了。种了一年的地，谁家的青稞也不能烂在地里啊。

人家村民提出一个办法，不用花钱，"换工"就可以。人家帮巴桑收割，李文军作为巴桑的亲戚，再去帮别人收割。整整一个星期，李文军八小时之内去局里上班，八小时之后跑到达孜来给农民干农活。多少年没干过了，现学现卖。在后面跟着好把式，拿着镰刀，看准了一刀一刀地割。在地里弯着腰干活，身子基本得成90度直角，头抬不起来，就看着眼前。手脚还得配合好了，不留神就割到手；头还不能太低，青稞叶子很厉害的，划在脸上也火辣辣的疼呢；脚底下还得走稳了，要不大太阳晒着、呼哧带喘的，搞不好就栽地下了……

一个星期下来，巴桑家的青稞顺利收完，李文军整整掉了5斤肉。那脸黑的，已经和当地老百姓无异了，手上有血泡、脚底板也磨破了。可心里成就感大啊！看着那一院子的青稞粒，受多大累也值了。巴桑一家对这个北京亲戚感谢不尽，实在也没什么可以表达谢意的，给别的李文军也不要，就把收完的青稞米拿了几斤。这个李文军收下了，说带回来让援友们尝尝他的收成。

香椿炒藏鸡蛋

在拉萨工作，一口酥油茶不喝、一口糌粑不吃，那根本不可能。再不适应，进了人家老百姓家的门，人家笑盈盈地把好东西端出来，不吃可不礼貌。所以，援藏干部都得练着吃青稞、喝酥油茶。这吃着吃着就吃出感情来了，不光能吃了，还爱吃了，还能变着方法创新着吃！用青稞煮的各种粥都好吃，还养生，口重的就着点儿北京家里寄来的六必居酱菜；喜欢甜口儿的放点儿甜肉松。藏鸡蛋在拉萨也是好东西，平时都吃不着，食堂一年能采购一回就不错，做成煮鸡蛋，一人顶多分一个。爱拉萨，从爱这里的特产食物开始！

庞飞听了这段故事，说我这鸡蛋来历也差不多。庞飞在林周县也有一门"亲戚"，是他在当地开展扶贫工作的时候认的。他在林周县连布村驻村，就住在了一户人家里。这家男主人叫拉弟，岁数不大，刚成家没多久。主要收入是靠他去县里打短工。拉弟出去干活，妻子就在家种地。4亩半的耕地给这个家庭带来的收入非常有限，家里的三间房还是在村里帮助下盖起来的。拉弟又是个热心人，全村里不管谁家有事需要帮忙他都去。庞飞住在他们家，两人老聊天，

拉弟就跟庞飞说了自己的心愿，想攒钱买个拖拉机跑运输。

庞飞是扶贫办的主任，听了这话就给拉弟分析。现在外面跑运输的人太多，像拉弟这样没有固定客户、还要单干的，业务不好开展，竞争也激烈，不如在家里搞养殖。现在藏鸡的市场前景特别好，不愁销路，可以试试。

一席话说得拉弟两眼放光，但是一想到买鸡苗也是好大一批投入，就有点泄气。庞飞说："你先别着急，我回去给你想想办法。你们家符合扶贫的条件，按照政策，国家可以给你一部分补贴。"

驻村一结束，庞飞就赶紧回到拉萨市内，就拉弟这事向各个部门去咨询、帮他争取，没几天，拉弟家里就多了750只鸡苗。

这可把拉弟给高兴坏了，两口子尽心尽力地养藏鸡，四个月之后，就开始产鸡蛋。前几天拉弟进城来看庞飞，就把刚捡的鸡蛋给带来了。拉弟说了，现在他们家的鸡蛋都不用出村就卖光了，好多都是慕名来订货的。藏鸡蛋营养价值高，口感还好，说什么也得让庞主任尝尝。

别看就十几个藏鸡蛋，那在庞飞看来可珍贵了。为了配它，把家里寄来的香椿都拿出来了，炒在一起让援友们尝尝。大伙夹了几筷子放在嘴里，那味道，确实不一样。

就着香椿炒藏鸡蛋，来一碗青稞皮蛋粥。援友们说，这顿饭吃的，就你们这两家亲戚送来的菜最香。

给 3331 个
商户搬家

拉萨八廓街，是这个城市最著名的一条街。它就在大昭寺广场的外面，是拉萨最繁华的地方。那个感觉像北京的王府井、上海的南京路、天津的劝业场、重庆的解放碑。但是，越是这么重要的地方越是难管，游人多、商贩多，搞不好小偷小摸的也多。从北京来的施裕忠就在八廓街管委会援建，到拉萨第一天，他好奇地跑到自己任职的地盘上一看，哎哟！这可不是一般的热闹，是太热闹了。想象中的神圣的味道基本上感受不出来，想站在八廓街的广场上膜拜一下大昭寺也根本没可能。眼前除了小商贩还是小商贩，把原本宽阔气派的八廓街堵得严严实实。本来近在咫尺的大昭寺更是连影子都看不见。

来的时候正是 7 月，是一年中拉萨游人最多、城市最繁华的时节。整个宇拓路，也就是直接通往八廓街的路上，左右两边是满满当当的商贩。卖围巾的、卖佛珠的、卖手串的、卖各种工艺品的，把正常的商店门脸儿都堵严实了，中间空出来的路也太窄了，要想边走边逛，一不留神就得跟别人撞上。当地的藏族干部跟施裕忠发牢骚，说以前咱们这地方是旅行团必来的地方，谁来拉萨旅游不想带点小纪念品回去啊？可现在好多团都不来了，导游直接就告诉游客，这儿尽是卖假货的，商户们态度还不好，打起来可管不了……

施裕忠就奇怪，这地方怎么没有城管呢？没有统一管理吗？藏族干部一摇头："我们没有城管，以后就得靠你管啦！"

第一天上岗，施裕忠就知道啥叫"你管"了。他不能在办公室里坐着，因为老有事，上级单位还老有检查。八廓街是步行街，检查人员发现了一个骑自行车的，电话就打过来："施主任你怎么管理的？怎么有人在八廓街上骑车？"过一会儿，又有电话打过来，还是这句："施主任你怎么管理的？怎么有游商啊？"

施裕忠放下电话就得上街，找自行车、找游商去……人家都长着腿，走哪算哪。施裕忠这情报掌握得也不太准确，游商身上又没装着GPS，他按照电话里说的位置跑过去，人早不见了。这一天到晚跟打兔子似的也不行啊。他就跟上级申请，能不能把八廓街的商贩进行统一管理，找个地方把他们搬进去，把宇拓路清出来，也让大昭寺广场更整洁。

主意当然是好主意，可是怎么搬啊？其实，政府规划好的八廓商城早就建好了，就是商贩们都不同意搬迁。商贩们在这里做生意都有年头了，你说走人家就乐意走吗？干脆，这工作还是让施裕忠主任负责吧，既然你也提出了这个建议，你又是从北京来的，肯定经验多，办法也多。就你干吧!

接了这任务施裕忠心想，这活儿不得比拆迁还麻烦吗? 可麻烦也得干啊。他先下去做调研，看看这些小商贩都是些什么人，是拉萨本地的，还是全国各地哪儿的都有，他们现在一天能有多少收入，生活质量怎么样……

花了小一个月时间，施裕忠把这一条街上的商贩都了解得差不多了。大部分都是拉萨本地人，也有一部分是从那曲、甘肃甘南那边过来的，收入都不高，生活条件也偏差。虽然这条街看上去很热闹，但是因为大家卖的东西都差不多，每家的收入也高不到哪里去。尤其大家都在街面上，有时候为了争抢客人还有恶性竞争的，甚至还有一言不合打起来的，遇到这种事，那就是大家都别做生意了。再说，宇拓路是露天的，商贩们一天到晚都得把自己捂得严严实实的，风吹日晒都得忍着，看他们挣点钱也真是怪不容易的。

了解完这些情况，施裕忠就着手做了一份报告，恳请市政府出台针对商户搬迁的鼓励政策。这个建议很快就被采纳了。按照这个建议，对于第一次做工作就搬迁的商户，一次性给予2000元的奖励; 第二次做工作搬迁的，给予1500元的奖励。政府还打造了一处全新的商城，就在宇拓路附近，让商户们免费入驻，八年之内租金全免。

面对这么优惠的政策基本上没人会不动心。施裕忠接下来的工作就好做多了，几乎所有商贩在第一次做工作的时候就痛痛快快地签订了搬迁意向，很快，崭新的八廓商城就开门营业了。

　　满以为搬迁工作是最复杂的，这项工作结束之后能轻松很多，谁知道，拉萨这个地方真是太特殊了，全年有七十多个节日，重大节日也有十几个，这一逢年过节，施裕忠就得全天候地在办公室值班，一会儿上一趟街。8月份的时候，老婆孩子上拉萨来看他，实指望施裕忠能抽出几天陪陪家里人，不说远地方吧，拉萨市内总能陪着她们转转吧。来了才知道，施裕忠根本没那个时间，直接就给老婆孩子报了一个旅行团，你们自己玩吧。老婆孩子跟着旅行团参观大昭寺，施裕忠就在几百米之外的办公室里值班，愣是见不着。

　　白天陪不了，晚上也回不去。夏天一到，有好多背包客来拉萨"穷玩"，走到哪玩到哪，玩得身上囊中羞涩了，就在当地干点小买卖，去批发市场倒腾点小饰品，晚上在八廓街上拦着游人卖。这种情况最让施裕忠发愁。一帮小年轻儿，看着都像大学生，白天是游客，晚上就成了游商，施裕忠还得兼职当城管，猫在角落里看着，看谁从背包里掏出东西拦着游客了，就得赶紧上前去制止。干的是城管的活，可没有城管的权，只能劝说。好在拉萨这个地方民心淳朴，小商小贩们也特别厚道，只要有人告诉他们不能这样做，他们一定听劝，转身就走，没准儿还羞涩又歉意地冲着你笑。

　　施裕忠劝着劝着就发现有点不对，怎么不光是年轻的背包客啊，有几个自己认识的商户怎么也在晚上出来当游商呢？好好的商城不待着，难道非得在街上才有生意做？施裕忠又过去问，开始人家还不好意思，藏族同胞心地单纯，自尊心强，知道在街上当游商不好，看见施主任就想躲着走。施主任赶紧拦着，笑呵呵地去和人家拉拉家常，三问两问地才知道，这八廓商城好是好，可是因为刚开张，在游客当中还没有形成口碑，客流量上不来，生意确实不好做。

施裕忠听了赶紧再去做调研，他在八廓商城里又蹲了几天，留心观察了一下商城里面的客流量，又走访了一些商户，默默

腌泡菜

每个援藏干部的宿舍里都配了一个冰箱，每个援藏干部都往里面塞了一堆能存得住的东西。常年加班，食堂定点下班，回家后还得自己找饭辙。泡菜这东西好啊，好吃好做还好保存，做一罐子放在冰箱里，什么时候回来什么时候吃。干施裕忠这差事，心里老上火，回来吃一口酸甜口儿、辣不叽儿的泡菜，真能败火。看着吃得差不多了，转手掰两片圆白菜，连帮子带叶子，洗干净撕几片接着扔进去。泡菜汤少了就兑水，菜少了就加菜。施主任这罐子泡菜都在冰箱里熬成"老汤"了。

地给他们算了一下一天的营业额。果然像商户们说的，游客不多，生意不好做。有的商贩甚至一天也开不了张。政府做了这么多工作就是要改善环境、让商户的日子也好过，既然这样，还是要修订政策啊！施裕忠又提出建议，一方面他建议政府的相关部门加大对八廓商城的宣传，尤其是对旅行社，要把信息传递到，先扭转导游们对八廓街的印象。然后他还建议政府在八廓商城营业初期给商户们一定数量的补贴，这个提议有事实作为依据，很快又被采纳了。现在，每个入住八廓商城的商户每个月有700元的补贴。

没工夫陪老婆孩子，可有功夫跟藏族商户们聊天；没时间给家里打电话，可有时间去商城蹲点。一年到头，施裕忠春节是在北京过的，其他时间都在八廓街扎着。援友们开玩笑，说施主任不是在八廓街就是在去八廓街的路上。

每天值班到夜里12点，肚子里咕噜咕噜叫的时候是最想家的时候。那时候施裕忠不想别的，就想家里做的各种泡菜。这东西汤汤水水的没办法从北京带过来，只能自己现做。可这儿哪有时间做啊？指挥部干宣传的霍亮知道了，用白糖、白醋、蒜片、姜丝、圆白菜腌在一起，用罐子装了盖严实了，给施主任送到了办公室。晚上值班饿的时候，手边有个馒头，来口酸甜爽口的泡菜，吃饱了接着去八廓街上巡查去。

想
闺女了

柴珠峰，听着这个名字就跟西藏有缘，他来援藏真是跟回家一样。

2015 年 4 月尼泊尔地震，西藏自治区跟尼泊尔交接的日喀则地区也受到了极大的破坏。受灾严重的地区交通本来就不便利，地震导致的山体崩塌、泥石流，把进出道路堵上了。全自治区的救援物资都要往日喀则地区运，拉萨当然也不例外。没几天，拉萨市民政局储备的救灾物资就运空了。

谁也不知道还震不震了，谁也不知道万一再震拉萨会不会也受影响。拉萨市民政局就找柴珠峰，说你是北京市民政局来援藏的干部，也是咱们拉萨民政局的局长，现在咱们有困难了，能不能跟北京求个援啊？

柴珠峰说这有什么可说的，那是必须的！两边都是娘家，有什么困难我去协调。

拉萨市民政局就张口了，说咱们物资都运走了，现在急需3000顶帐篷，还有棉大衣、棉被，得赶紧运到拉萨作为救灾储备。现在还有余震在发生，时间可不敢耽搁。

柴珠峰赶紧往北京的民政局打电话，口头沟通完了就发传真、写书面的请求函。这边往回发函，第二天柴珠峰就往北京赶，下了飞机直奔单位。风尘仆仆地来到北京市民政局，一推门局长就说了，东西都给你准备好了。3000顶帐篷，5000床棉被，5000件军大衣，够不够？

柴珠峰都愣了，这局里的动作真快，支持力度真大！北京娘家说了，一方有难八方支援，咱们民政干的就是这个活！更何况你是北京民政派去的干部，支持你的工作就是支持西藏的工作。你看还缺什么，咱们赶紧调配。

物资只用了半天就调配齐了，然后就是运输。这么多东西，大约三百多吨，价值近千万，只能走铁路运输。相关部门又赶紧装箱，花了10个小时加班加点，一个个大集装箱就被拉到了北京大红门的货运站。北京铁路方面一听柴珠峰说这是援藏的救灾物资，又是加班加点，连夜装车，还开启了绿色通道，只用了40个小时就把这批物资完完整整地运到了拉萨。

等柴珠峰人再飞回拉萨，这批救灾物资已经全部就位。拉萨民政局的领导特别高兴，拉着柴珠峰说："你这个名字没白叫，就是跟西藏有缘。你一去，这么多东西这么快就到了，我们得替拉萨人民好好谢谢你。"

柴珠峰说这又不是我一个人干的，北京那边对咱们有求必应。

有娘家支持，我更得好好干啊！

　　说起来援藏三年，柴珠峰还真是干了不少事。最让当地藏族老百姓叫好的，就是他起草了一个《拉萨市天葬管理办法》的立法文件。现在来拉萨旅游的人越来越多，这个城市在旅游者心目中又充满了神秘感，好多人对藏族的文化、习俗、宗教都好奇，有些人还盯上了天葬台，老是想方设法地想上去看个究竟。

　　但是天葬这种仪式有强烈的宗教色彩，除了逝者家属和天葬师，别人是绝不允许在场的。一方面要严格保护，一方面又是极大的好奇心，怎么办？柴珠峰就和藏族干部一起走了好几个区县，对不同地区的农牧民进行走访，一点一点问，一点一点学，最后起草出了《拉萨市天葬管理办法》。有了这个地方法规，就把天葬这种丧葬习俗保护了起来。谁再想看，对不起，违法！所有来西藏旅游的游客都必须守法，否则就要受到严惩。

　　这件事是办在了全拉萨老百姓的心坎儿里，柴珠峰也挺高兴。但是有些事也会让他挺为难。他在尼木县认了一家亲戚，老母亲带着两个儿子过生活。这个藏族妈妈脖子上长了一个大瘤子，瘤子的个头比脑袋还大；家里的两个儿子又都有残疾，生活过得特别艰难。

　　柴珠峰认了亲之后就跟藏族阿妈说，您这个瘤子得赶紧做手术。拉萨这边医疗条件有限，咱们回北京做。来往路费、手术费用全都我出，您就跟我回北京就行了。

　　本来挺好的事吧，可是藏族阿妈不乐意，说什么也不离开拉萨，宁可不做这个手术。柴珠峰这个工作怎么做都做不通，他不甘心，又叫来单位的藏族同事帮着做。藏族同事劝他，我们藏族人对于生命有自己的理解，柴局长您就别强求了。

　　既然这样，柴珠峰就后退一步，劝藏族阿妈去拉萨市内的大医院看病。在拉萨，医生们为阿妈采取了保守治疗，阿妈就得经

面包沙拉

这批援藏干部，70后占了大多数，还有少部分80后、极少部分的90后。这些人大部分都过了吃垃圾食品的年纪，什么肯德基麦当劳这种快餐，在北京，你让他吃估计都不去；不仅自己不去，连自家孩子都得管住了，少吃那东西，对身体没好处……可人就是这么怪，在北京看都不看一眼的东西，到了拉萨看不见了，反而开始想。什么汉堡、披萨、面包、沙拉、烤鸡翅……反正没什么想什么。后来食堂援藏的大师傅们也开始给大家做，早晨除了花卷包子也尝试给大家烤面包、做小点心。每次一端出来，不管多大岁数的老爷们儿，都忍不住伸手拿一个尝尝。尤其是面包，新烤出来的那叫一个香，吃到嘴里还得说呢："嘿！咱们大师傅这手艺，赶上'面包新语'了！"那个说："什么呀！你再尝尝这沙拉，那就是新侨饭店出来的啊！"大师傅们就乐，说，我们是京伦饭店来援藏的……

常来看病。尼木离拉萨市区也挺远的，来一次得好几个小时，看完了当天还回不去。没事！有柴珠峰在呢！阿妈每次来市里看病，柴珠峰都陪着，管吃管住，把老太太伺候的跟自己妈一样。

有功夫给拉萨的老百姓办事，北京家里的大事小情倒是一点都顾不上。这天柴珠峰刚从单位回到宿舍，老婆的电话就追来了。这边一接听，柴珠峰听见老婆的声音都岔了，带着哭腔跟他说，闺女被开水给烫了！家里就老婆一个人，他自己在千里之外，怎么办？柴珠峰当过兵，心理素质倒是过硬，一边沉着语气安慰老婆，一边指挥她带上孩子赶快打车去积水潭医院看急诊。深更半夜，老婆一个人抱着孩子，飞车赶往医院。挂号、包扎、取药、输液，母女俩一直折腾到天亮。

虽然后来孩子没事了，可柴珠峰心里难过了好几天。回不去、见不着，当爹的心里能不着急吗？一天好几天，柴珠峰都吃不下去饭，眼看着体重就往下掉。后来拉萨民政局的领导知道这事了，生生给柴珠峰放了假，勒令他必须回家看看。领导这话一出口，柴珠峰眼泪就下来了。

柴珠峰回宿舍收拾行李，准备第二天返京。援藏公寓的大师傅一连好几天没看见柴珠峰在食堂正经吃饭，怕他饿着，特意给他准备了面包。怕他晚上吃着干，还用苹果、香蕉和蛋黄酱给拌了一个沙拉，又送来了一瓶酸奶。柴珠峰说这哪吃得了啊？我真不饿！大师傅说了，把沙拉吃了，面包吃不了带回去给闺女尝尝，就说是拉萨的伯伯给她烤的。要是爱吃啊，等她好了让她到拉萨来玩，我天天烤给她吃。

百里之外
的黄蘑菇

朱玉福刚进藏的时候，援友们看见他都跟他逗："小朱，你才几岁啊就来援藏？你爸你妈舍得吗？"

朱玉福一边打哈哈说"我90后"，一边就笑，一笑就看不见眼睛。本来眼睛就小，一笑一眯眼，就没了。

朱玉福不是90后，是80后，看着可就是二十多岁的样儿。他是山东人，学法律的高才生，毕业之后在北京当律师，年薪近百万。身高一米八，体形消瘦，留着寸头，总是一副户外的打扮，在这个看脸的年代，小朱的颜值不低，乍一看，就是个韩国欧巴嘛！

多金、有才、又帅，还不在体制内，干吗要来援藏？朱玉福说，他在律师事务所的时候，无意中得知司法部下发了一个通知，为西藏偏远地区招募律师志愿者，他一听就报名来了。到了拉萨他就被分配到了尼木县司法局。为什么小朱和他的援友们能到拉萨来呢？因为整个西藏自治区，只要到了县以下单位，就没有律师从业者了。小朱到了尼木县，没有办公室、没有宿舍，县里领导在招待所批了一间房给他。说是招待所，平常也没什么人来住。动不动就停水停电，弄得小朱挺狼狈。想想一个大律师，舍了年薪几十万甚至上百万，跑到这个穷乡僻壤来受罪，吃不好、住不好的，图啥呢？可小朱还真不这么想，来了没多久，他就特有成就感。每天看见蓝天白云他就高兴，什么案子他都认真接，和援友们处得跟一家人似的，没事还在一起做做饭，心情特别好。

你想啊，堂堂一个县没有一个律师，企事业单位里也没有法律顾问，小朱一来，立刻就成了香饽饽。司法局里从局长到门卫，见着他都毕恭毕敬，一口一个"小朱老师"，要不就叫"朱律师"。人家对他尊重也是有缘故的。小朱来了没多久，就帮助县里的一家企业打赢了一场官司，顿时就在尼木成了名人，连县城里超市的小老板都认得他了。这能没有成就感吗！

不过说起来小朱在尼木还是更愿意做法律援助。藏区的农牧民大多淳朴善良，有时候遇到了纠纷也意识不到要用法律来解决。朱玉福觉得，自己既然要在尼木工作一年，那就得尽自己所能让尼木县人民知道"法律"这俩字。

他跟司法局的领导表达了要做法律援助这个意愿没多久，法院就来找他，说有一个刚满18岁的嫌疑人涉嫌盗窃已经被拘捕，他没力量请律师。小朱赶紧说："我去我去！"

在看守所里，朱律师见着了这个小伙子。说是小伙子，其实是个刚刚18岁的大男孩。这个男孩在尼木县下面的一个镇政府当门卫，有一天看见住在镇政府宿舍的一个同事拎着很重的东西回家。男孩特别热心，就帮着同事把东西接过来提在手里，一路帮人家送进家门。进家门的时候，男孩无意中看到了同事家的床头边上堆着一沓现金。说来也巧，第二天，这个男孩就接到了他表哥打来的电话，要他赶紧给借些钱送过去。原来，男孩的表哥在拉萨和别人打架，把人家打伤送医院了，得赶紧支付伤者的医药费。男孩情急之下想到了同事家里的现金，那一瞬间起了歹念。当天晚上，男孩看见同事家里没有亮灯，知道家里没人，偏巧又看见窗户没有关严，就把窗户打开跳进房间，拿走了床头的现金。事后一清点，现金总数大约是一万六。

把钱拿走之后，男孩陷入了极大的恐慌和自责之中。他内心挣扎了一夜，还是决定要把钱还回去，并且要跟同事道歉。第二天一大早，他就来到了同事家，但是，门口已经站着两名警察。原来，同事回家发现钱不见后立即报了警，男孩和正在出警的警察碰上了。

可即便这样，男孩还是勇敢地对同事和警察说明了事情经过，把钱也送了回来。同事惊讶之后就原谅了男孩，还向警察求情，希望他能免于处罚。但是不管怎么说，男孩的行为触犯了刑律，属于犯罪既遂，警察还是把他送进了拘留所。

朱玉福见到男孩的时候，他已经在拘留所里待了快六个月了。朱玉福分文不取，给他做了法律援助，在法庭上为他辩护。后来小朱跟援友们感慨，看见这个男孩的时候，小朱从他的眼睛里看到的是淳朴和诚实。小朱鼓励这个男孩："每个人在一时之间都有可能犯错，错误或大或小，但不是每个人都有承认错误的勇气。

你在看见警察的情况下还能义无反顾地去承认错误，在我代理的案件里，是前所未有的。"

男孩是个善良的藏族农民，事情出了之后，他一个整觉都没有睡过，不知道自己的命运会怎样，每天都在自责和恐惧中度过。

黄蘑菇炒肉片

在拉萨生活过的人都知道，要说吃蘑菇，还是黄蘑菇好吃。松茸名气大，但是口感真的不如黄蘑菇。这东西三三两两地长在高原的高山上，是牧民们在放牧的时候一颗一颗采回来的。鲜的黄蘑菇和肉炒、和鸡蛋炒都极好吃；晒干了用来炖牛肉、炖鸡也是美味。平时在郊区要是能碰见刚采完黄蘑菇的牧民，你问价去吧，没二三百一斤人家不卖给你。朱玉福虽说是律师，可做饭特别拿手。只要他在县里，宿舍里就天天开伙，等着他变着花样做好吃的。可对着这几斤黄蘑菇，小朱真是犯难，总觉得怎么做都做不出它的好来。还是援友们劝他，甭管怎么吃，吃到肚子里、记在心里，人家小伙子和妈妈就开心了。怎么吃都行，你得把人家对你的情义品出来。

朱律师的到来为他带来了希望。庭审中，小朱依据法律为他做了精彩的辩护，最终法院判决他拘役六个月。因为之前已经在看守所里羁押了六个月的时间，男孩被当庭释放了。

案子结了，小朱心里很舒坦，一路小跑回到宿舍，想跟援友们好好做一顿饭庆祝。他前脚到，后脚男孩和他的妈妈就追来了。男孩的妈妈拉着小朱的手不知道该说什么，只是哈着腰一个劲儿地用藏语表达感谢，眼泪也不住地往下流。小朱不会说藏语，只能一个劲儿地给人家鞠躬还礼。阿妈回头又跟儿子说了什么，男孩从背着的布袋子里掏出一个塑料袋，里面是塞得满满的黄蘑菇。吃过西藏蘑菇的人都知道，黄蘑菇比松茸还好吃、还难采，跟着牦牛群放牧的牧民，往往一个星期也采不到几斤，晒干之后就更少了。可是它的味道实在太好，打个鸡蛋、放点五花肉进去和它一起炒，那简直是天上的美味！

朱玉福推脱不下，只好收下了男孩妈妈从百里之外的乡下带来的礼物。当天晚上，尼木宿舍里七个援友都到齐了，围着这盘黄蘑菇木须肉，破天荒地打开了几瓶青稞酒。平日里滴酒不沾的朱律师喝得脸全红了。

压惊菜

　　李鲲鹏在拉萨市尼木县挂职当副县长，在三个北京来尼木挂职的县领导里他是年纪最小的，也是最宅的。看他年纪轻轻，可啥业余爱好都没有。平时下了班就是吃饭、回宿舍，再叫他下个楼、出个门，可就叫不动了。他每天回来后第一大任务是要和在北京的老婆、闺女视频通话，雷打不动；第二大任务就是睡觉。只要没加班，能按时回宿舍，那就得按点睡觉。每晚10点必须睡。

　　可是当副县长的工作也不可能让他老宅着啊！在尼木县，他分管安全生产、城市卫生、市容市貌……生产安全的事需要他经常下乡到企业、牧区去走访巡查；卫生市容就主要管县城里面了。尼木县城只有两条街，一横一竖，靠两条腿走的话用不了20分钟就逛完了。可是李鲲鹏每次走都不能悠闲。虽说县城不大，可也尽是门脸房，开着各种小买卖，杂货店、藏茶馆、小吃店、理发店……每天中午，还有牧区过来的牧民在县城大街上拉开架势卖牛羊肉。人家的卖法和内地不一样，都是一整头羊牛杀好了拉过来，隔着老远就能看见血红血红的一大片。周围再围着些讨价还价的买主，那场景，很壮观。

尼木县城太小，没有城管执法队员，靠的就是李鲲鹏这个副县长多说多劝。每天，他都得沿着"一横一竖"两条街走，走到哪儿查到哪儿，查到哪儿管到哪儿。他这个执法是靠嘴说的。毕竟这里是高原藏区，几乎百分之百的居民都是藏族。人家的生活习惯、行为方式都带着浓厚的地域特点，既淳朴又执着，很多新的生活方式他们一时半会儿也接受不了，只能慢慢地、循序渐进地告诉他们。

李鲲鹏当副县长没几天，就把县城里的门脸房、住户走访得差不多了。看见当街倒污水的，他赶紧给人家拉住，告诉人家这么做招苍蝇、不卫生，对自己对别人都不好；看见有牛在县城里溜达，他也找找，谁家的呀？还是拴上吧，万一它生气了再把孩子老人给顶了！对当街卖牛羊肉、弄得一地血了呼啦的，他也得劝：您几位下次带个垫子来，在街角不碍事的地方；您这牛太大，杀完了铺地上占了半条街，车和人都过不去啦……

时间久了，大伙也都知道了李鲲鹏是从北京来的副县长，年纪不大、脾气挺好，跟谁说话都笑眯眯的，还时不时地能蹦出几句藏语来。他说得也没错，听的人也就多了。还有的人看见他从远处过来还主动招呼："李县！我们今天把门口扫了，你看干净吧？进来喝碗甜茶！"

李鲲鹏也挺高兴，工作开展得很顺利，和尼木人民相处得也好。

久而久之，他查起市容市貌来就不那么耗时间了，因为好多问题藏民都知道了，他的话起作用了。原来巡县城的这两条主要街道恨不得要用小半天，现在有40分钟就行了。李鲲鹏就琢磨，自己在尼木也待了两年了，身体适应得也差不多了，是不是也得做点运动啊？干脆，咱们工作、健身一起来得了！

他在援藏之前正在跟闺女一块学轮滑，来拉萨还把轮滑鞋也带上来了。他打定主意之后，每天中午一下班，尼木县城的老百姓就能看见李县穿着带轱辘的轮滑鞋在街上查卫生。因为动作还不太熟练，做不到急停急走，但是也比平常用时短了、还锻炼了。

李鲲鹏一直很得意自己这创意，援友们也觉得不错，终于能让这个宅男出门活动活动了，挺好！县城里的商户们看着也乐呵，都觉得这个县长，没架子嘛！人都觉得挺好，可是李鲲鹏忽略了狗！拉萨的流浪狗数量之多是有目共睹的，在尼木县城，几百条流浪狗占据着各自的地盘，每到黄昏，就集体出来觅食。平时相安无事都还好，一到争抢食物的时候，那经常会出现火拼。藏族人民忌杀生，所以对流浪狗是不闻不问的，还总有人投喂，养得满街的大狗小狗一条条的都很健硕。

本来李鲲鹏就有点怕狗，但是在尼木见的多了，狗也不主动招他，倒还好。没想到他一滑上轮滑，坏了！藏区的狗们没见过这东西，不知道踩着轮子满街飞奔的人是敌还是友，于是，有几条狗就不干了，追着李鲲鹏狂吠！这一叫不要紧，整个县城的狗都被招来了。大大小小几十条，追着李鲲鹏就叫啊！一声比一声高！李鲲鹏拔腿就跑——应该是拔腿就"滑"，一溜烟滑进了县委大院。

有几条狗站在县委门外观望，有几条胆子大的又追了进来！李鲲鹏没辙了，看着食堂的大门开着，直接就滑进去。又有几条狗停下了，可还是有几条胆大的照追不误！眼看就没路可走了，李鲲鹏两膀一较劲，"噌"地一下就上了桌子。他摸了摸兜，好在手

香菜拌黄豆

什么时候去尼木县，宿舍的厨房里都有一盆咸菜。要么是香菜拌黄豆，要么是腌疙瘩。这要归功于书记范永红。他吃上不讲究，但是油不能多、肉不能多，最好这两样都不放。说他是养生吧，跟他相处时间长的援友们都撇嘴，养啥生啊，就是抠呗！可抠也有好处啊！跟着他吃饭，一年多了少油寡盐，尼木县的援藏干部们一个一个还吃出精神来了。难得在拉萨工作两年身体没出大毛病，援友们一合计，这事还得谢谢他！咱们血糖血压血脂都不高，每天吃得清淡、饭后散步，就吃点黄豆香菜还挺美。没事还带咱们爬爬山、进进村，挺好！李鲲鹏一个正宗湖南人，愣给吃成了北方口儿，什么酸啊辣啊现在都吃不下，没见刚刚被一大群流浪狗围成了铁桶，心率半天了还降不下来，只有把咸菜盆抱在怀里，说就吃这个才觉得是回了家、有安全感。

机还在身上，就掏出来给宿舍的兄弟们打电话："范书记……你吃饭了吗？哦，正做呐……没事，我被狗给围住了……"

那边接电话的是县委书记范永红，听见这信儿拎着棒子就跑过来了。就见小十条狗围成一圈，冲着跪在饭桌上的李鲲鹏狂叫不止。范永红又招呼了几个小伙子，挥着木棒把狗赶走，这才把李鲲鹏给扶下来。

回到宿舍援友们都回来了，得知李县惊魂，赶紧慰问："你想吃点什么？给你做点，让你压压惊！"

李鲲鹏喘喘气、回回神，看着范永红，说："书记你做的咸菜还有吗？我就想吃这个！"

大伙这个乐啊！范书记赶紧拿出当家本事，把泡好的黄豆盛出来，在锅里烧开了热水，下锅一焯，择了两根香菜，洗洗切碎了，往黄豆里一拌，再放点盐。一盆香菜拌黄豆，李鲲鹏吃着老开心了！

不烧
牛粪了行吗

拉萨美名曰"日光城"，是因为全年太阳照射时间达到了三千多个小时。听上去暖和吧，真住在这儿就知道了。一年12个月，平均气温最高的时候是6月，23摄氏度，从10月份开始，拉萨人民就得穿秋裤，穿到什么时候才能脱呢？来年的端午节。这还是风和日丽别下雨，只要一下雨，立马立冬。

可就这么一个城市，由于历史原因，一直没能在冬天供上暖。别说供暖了，连天然气都没通。为什么？贵啊！拉萨要想用上天然气，得从青海格尔木用大罐车拉上来。高原的运输成本、人工成本都比内地贵，真要想把天然气在拉萨市区全覆盖，专家们说了，铺管线至少就要五年。

那也不能老让拉萨人民烧牛粪啊！都到现在了，逢年过节农牧民们走亲戚，最好的礼物就是一筐牛粪。一出市区，家家户户的院墙上都糊着黑乎乎的牛粪，春夏天不攒够了，冬天就得挨冻。

去农牧民家里，就正房里面点着火、烧着牛粪，其他屋子都阴冷阴冷的。晚上一家子围着火炉子睡，做饭靠它，取暖也靠它。

胡晓冬和荀志国都是北京热力集团的，到拉萨援建，接的就是给拉萨全市区供上暖这个活儿。俩人 2013 年到的拉萨，从下飞机那一刻起就没闲着。规划、施工、入户、验收……专家说五年，在拉萨就用了两年。

可这两年怎么过的，俩人心里最清楚。施工的时候千难万难，本来工期就紧，拉萨又是个特殊的旅游城市，每年 5 月到 8 月是旅游旺季，你在大街上开膛破肚哪行啊？不能干！那就得等到 9 月再干啦。行！干了刚俩月，入冬了。拉萨的入冬和内地的入冬还不一样，一进入 11 月，土地立刻上冻，工人也急着忙着要回家，说什么都不干了。这俩人一个是拉萨热力公司的副总，一个是供暖部的经理，任凭他俩怎么说、怎么做工作，怎么承诺加薪，人家就是俩字：不干。开始两个人还不理解，等真的到了 11 月份，俩人就知道人家为什么不干了。

11 月以后的拉萨那是真难受啊！又冷又憋，穿多少都暖和不过来，氧气含量降到了不足内地的一半，一天到晚人都在大口喘气，别说赶工期了，快走两步都难受。可别人能走，这俩人不能走啊。磨破了嘴皮子，又找外援，这才留下了不到 10 个人的施工队，继续夜以继日抢工。

在马路上开夜工还好。拉萨车少，一到冬天人也少，基本上不会影响到交通。可到了在小区铺管线的时候麻烦就来了，你得入户啊！管道刚一铺到小区门口，胡晓冬和荀志国就得拉着藏族干部挨家挨户做工作。做什么工作？让人家允许他们把管道通进家。别看很多藏族同胞烧了一辈子牛粪和柴火，可你跟他说烧天然气，他还不答应呢。他没见过没听过也没用过，人家觉得冬天烧牛粪挺好的，你这个不也得花钱吗？花多少啊？比牛粪贵吧？那我不干！

有好几个小区，管道已经铺在大门口，就是入不了户。这俩人急得嘴上都起泡了。那会儿正是冬天，天寒地冻，街上人少车稀，两个人郁闷地想出去吃口饭都找不着饭馆——过了10月，做生意的外地人就全走了，本地人也陆陆续续休假了，街上唯一能吃的就剩下藏面了。

俩人开车到了几公里之外，看见一家店还卖馄饨，给乐坏了，一边吃一边琢磨，为什么本地百姓不愿意天然气入户呢。俩人分析来分析去，觉得最大的原因就是费用高。天然气从格尔木开采出来是气态的，要用大罐车运上来，这个过程必须液化；到了拉萨，储藏也要液化，但是通到居民家里使用的时候又得气化……这来来回回地折腾，再加上各种人工成本、运输费用，到了老百姓这里即便政府做了补贴，那也贵啊！烧牛粪加柴火，一个冬天一千多块钱够了；烧天然气一个月就得小两千，那是不乐意！

俩人馄饨吃完了，也琢磨出门道来了。赶在年底之前，他俩做出了一套调研方案，带着人挨家挨户走访调查，向自治区提出加大政府补贴力度的建议。折腾完这些事，已经腊月二十八了，家里亲人盼着他们回家过年，眼睛都盼直了。

不过他俩这力气没白费。两个80后，起早贪黑地在拉萨的工地、

卤鸡翅鸭胗

王师傅叫王晓龙，是北京电视台
的驻站记者。本来任期只有三个
月，结果一待就是一年多。他走
到哪拍到哪，随时随地往北京发
援藏的消息。拍得多了，跟援藏
干部们处得也熟了，看见老有人
吃不上饭，就把自己当年的手艺
给捡起来了。据说在家的时候也
不常做饭，就是好琢磨，琢磨怎
么做才好吃。到了拉萨，理论终
于联系了实际，想法都落地了。
开始做出来还有点忐忑，生怕理
论太多、实操的太少，做出来的
东西货不对版。可当这道卤菜一
端出来，当时就把左邻右舍都招
来了。那香味，绕梁三日啊！

小区夜以继日地忙活，挨骂也忍了、工
作也做了，终于，他们报批的建议被采
纳了。天然气的使用费用从平均3块多
钱一立方米降到了每立方米1块5。老
百姓的小算盘再一打，这个可以用！为
什么呢？烧牛粪主要是在农牧区，家里
有牛才有牛粪；城区的老百姓没地方养
牛，就只能烧柴火。现在柴火的价格也
高，拉萨也不是木材产区，烧一个冬天
也得两千多块钱呢。天然气降到了1块5，
自采暖的话，兴许还比烧柴火省点。再
说这还能做饭，也不用找地方去换燃气

罐了。划算!

　　老百姓的工作做通了，整个拉萨市供暖工程就好办了，胡晓冬和荀志国心里也舒坦了。虽然还是抢工期，可这回就是夜里去人家凿墙开洞老百姓也给开门了。人家屋里装修得好好的、藏式家具摆得整整齐齐的，他们一去，翻箱倒柜地折腾不说，有时候还把人家的装修给弄坏了。这俩人又得轮着去给人家赔礼道歉，说"对不住啊，我们工期太紧，工人干活有点糙……"人家都说"不要紧"，顶多提一个要求："您把墙给抹上就行了。"

　　说两年就两年，今年年初，基本上拉萨市区和近郊区的老百姓都供上暖了。在他们做过工作的小区，老百姓看见这俩人就打招呼，说："家里干净啦！没烧柴的味道啦！你们来喝甜茶啊！"

　　不用喝甜茶，有这句话就比什么都甜。援友们看着他俩也心疼。冬天放假，他俩走得比谁都晚；开春回到拉萨，来得比谁都早。好不容易等到拉萨市区都供上暖了，援友们开玩笑地问他们："吃了多少顿馄饨啊？脸都成馄饨样了。"俩人就乐。记者王师傅过来采访，听见这事，就专门出去给买了好些鸡翅、鸭胗子，用高压锅炖了，放上大料、姜、蒜、料酒、老抽、白糖、花椒一卤，直接给他们送到宿舍，说："以后再吃馄饨的时候就着点，好歹能见点儿荤腥啊！"

夜
查

在当雄县，沈海明这个常务副县长管的事有点杂。什么招商引资、文化教育、安全生产、医疗卫生都归他负责。平时还要驻村值班、巡视检查，他负责的村在当雄县和那曲地区的交接处，距离县城三百多公里，比当雄县城到拉萨市区的距离还远，一去就是一两个星期。

驻村的那几天真叫煎熬。也不是别的，实在是因为天气太冷，零下十几度，还动不动就下雪。知道副县长来驻村工作，人家乡里特意找了一间条件最好的平房给沈海明住。这房子十几平方米，屋里有两张床。屋子正中间生着一个炉子，烧牛粪的，乍一进去还挺暖和，就是牛粪不禁烧，一个来小时就得添一回，要么就灭。只要火一灭，这屋里立刻就没法待了。

沈海明白天下村工作，傍晚回来开会学习，之后就回到烧牛粪的小屋睡觉。开始一切都好，后来乡党委书记也来驻村，就这一间房，只能和沈海明住在一起。沈海明还挺高兴，反正晚上缺氧，在海拔五千多米的地方，这一晚上能睡三个小时就不错，有个人做做伴挺好。

本来也是挺好的，乡党委书记是个比沈海明小几岁的小伙子，对当地情况也了解，白天一起工作，晚上回来交换交换意见、介绍点当地的民风民俗。一切都很和谐。谁知道，俩人刚住了三天，乡党委书记这天晚上就面露难色地回来了。

沈海明赶紧问啊，你这是怎么了？工作上遇到困难了？

人家小伙子说了："县长，我媳妇要来看我。"

沈海明一听，这不是坏事是好事啊！说："来啊！你媳妇在哪里工作啊？"

小伙子说："我媳妇原来和我都在乡里工作，后来调到拉萨市里去了。她一个月回来两次看看我，有时候我也能去拉萨看看她。这两个月咱们一直在加班，节假日休息全停了，只能她到周末过来看我。她攒了几天假，想在村里陪我几天。"

小伙子三十多岁，还没有孩子，两口子一直就这么两地分居，人家媳妇来探亲，当然是好事。沈海明就笑，说："这是好事啊！来啊！你愁什么？"

小伙子环顾这个烧着牛粪炉子的小屋，说："那，您跟我们住一起，行吗？"

沈海明这才意识到问题所在。人家媳妇来了没地方住啊！这房子是给驻村干部住的，村委会里面也没有别的能住的地方了。这房子外面就是大院子，最近的公共厕所离它有 300 米，天一黑，院子里就全是野狗，出都出不去。就这么一个地方，怎么住？

小伙子不好意思地说："要不，我让她先别来了……"

沈海明赶紧说"不行"。每年3月到4月，是全拉萨市的维稳月。因为这个月的藏历节日比较多，老百姓出行、转山、磕长头的也多。每到这个时候，全市、县、乡的各级干部都要全员在岗，一天都不能休息。这个月完了，就该到5月了，这一年的5月不比寻常，是羊年的5月。藏历中有"马年转山、羊年转湖"的讲究。马年转的是阿里的冈仁波齐神山，羊年要转的就是纳木错圣湖。所以，这一年注定所有当雄县的干部要全员在岗，很少有能休息的机会。

在这个当下，人家家属来探亲，无论是作为领导还是同事，都没有拦着的道理。下次再见，指不定什么时候呢。

沈海明笑着说："没事！只要你们俩不别扭就行。咱们这么着，不是每天晚上有学习吗？你学习完了就赶紧回来陪媳妇。我呢，在办公室抄抄笔记，复习复习。我这个脑子本来就慢，得笨鸟先飞，在咱们这儿呢又缺氧，必须得多看多写，要不记不住。我每天过了12点再回来，你俩该睡就睡，也不用给我留门，我自己开门……"

沈海明说到做到。人家媳妇来了，他就在办公室里窝着。没有任何娱乐设施，啥电视电脑的都没有，陪着他的就是一个笔记本一只签字笔。每天把学习内容抄写一边，再写点工作日志，反正不耗到12点坚决不能回去。回去之后脸也不洗、牙也不刷，怕吵着人家，赶紧吞两片安定就上床。一共就十几平方米的屋子，人家小两口睡一张床，他睡一张床，说不别扭那是假的，连衣服也不敢脱，翻身都得小心翼翼，就这么将就着，直到驻村结束。

　　本以为驻村完了回到县政府能睡几天踏实觉，上级又来通知了，这个月要进行安全生产大检查。当雄县的工业归沈海明管，安全生产也归他管，从村里回来，马不停蹄就得去矿上检查去！

　　当雄县有两个矿，是多金属矿，以铜为主，每年创收不太多，但是也是一方工业。沈海明带着安全生产监督管理局的人就往矿里走。当雄县海拔五千多米，那俩矿都在雪线之上，有一个已经到了海拔 6400 米。这不是查矿，这是登山啊！

　　车开到半山腰就上不去了。几个人，沈海明带着工作人员，只能下来步行。脚下是厚厚的积雪，已经深到了膝盖，没等走到矿上，鞋啊袜子啊裤腿啊，已经全湿了。

　　关键是沈海明是从平原来的，一辈子没有几次有过到海拔 6000 米以上的经历。他走着走着就已经睁不开眼睛了，脑子也不归自己了、胳膊腿也不听使唤了、气也喘不上来了，耳朵里面吱吱啦啦地在响。他自己都不知道是怎么走上来的……

　　到了矿里面，沈海明还得打起精神来一丝不苟地检查，查巷道、查进出口、查通风、查消防……这个矿一看就是海拔太高，平时检查人员来得少，问题还真多！可越这样越得督着整改，不然，在这么恶劣的环境里再出了安全问题，那就腥等着悲剧吧！

　　沈海明只记得自己开完了最后一张整改单，人家攥着他的手说了一句什么，然后就全然失忆了。怎么下的山、怎么上的车，完全不知道了。等他再睁开眼，已经是在返回当雄县的车上，他的鼻子里插着管子，一大瓶氧气正给他往里吸呢。

　　回到县城，他就瘫倒在宿舍的床上。以前老是抱怨在当雄睡不着觉，可现在躺在这床上怎么那么舒服呢！但是还不能睡，奔波了一天，强烈的高原反应让他一天都在头晕恶心，根本吃不下任何东西。现在回到宿舍了，胃也终于开始抗议了，怎么也得给人家一口吃食啊！大夫们知道他回来了，都过来看他，说今天大家有兴致，有人从拉萨开会回来给带了点排骨和藕，听说沈海明

排骨炖莲藕

在拉萨，能喝上一口热汤是很奢侈的。第一是不太有机会做，所有援藏干部都忙得四脚朝天，恨不能多长出两只手来，哪有工夫慢慢悠悠地煲汤啊；第二也是条件所致，就算把汤做好了，还没等端上桌，就凉了一半了。尤其是在当雄，一年有七八个月都是冬天，刚出炉的烧饼拿出来立刻变成凉铁饼。这碗排骨莲藕汤从高压锅里盛出来到端到沈海明面前，前后只有十几秒。不这样，汤立刻就冷了。端在面前了，还得赶紧喝，用不了两分钟就没热乎气了。沈海明把汤喝进胃里，顿时身上就有了暖意。那可不是一两块排骨就能做到的，那是援友们的一片心呐。

不舒服，援藏大夫古豫就说"我来"。她老家在湖北，最拿手的菜就是排骨炖莲藕，说保证吃完了沈海明这高反就过去了。

古豫把排骨给清洗拾掇了，用高压锅煮了煮，撇出去血沫，又把藕洗干净切块，放进去，再放上花椒、大料、料酒、盐和糖，就那么煲着。这边，其他大夫给沈海明吸上氧、量血压，让他在沙发上躺着，闭目养养神。

沈海明一起身，一碗热气腾腾的排骨炖莲藕就端过来了。沈海明边喝汤边咂摸味道，连声说好吃，吃完了还问："你们今天谁陪我住得了。这俩星期我这屋里都是仨人，乍一回来变我一个人了，我还挺不习惯。"

能
算计

　　在这批北京来的援藏干部里，范永红是出了名的会算计。他自己在拉萨工作三年，当尼木县的县委书记。援藏大夫们每年一轮换，三年他要和三拨大夫在一起相处。虽说人家在尼木医院、他在尼木县委，但是都住在一个宿舍楼里。平时他的宿舍就是大食堂，在尼木县工作的援藏干部都来他这儿做饭吃饭聊天学习。什么律师、医生、副县长，你挨着个儿问吧，问范书记这人怎么样？就一个字的评价：抠！

　　9月份是尼木最美的时间，在尼木玩过、生活过的人有一句谚语：早知有尼木，何必去林芝。意思就是尼木县其实比林芝还美。这话说得一点错都没有。尼木县在雅鲁藏布江沿岸，辖区内有著名的雪山琼穆岗嘎，有号称全国最美的自驾车和骑行路线318国道，还有漫山遍野的油菜花、草原、牦牛……它距离拉萨只有两个小时的车程，来去方便。每个乡、每条沟都有独特的风景。

好多援藏干部都来拉萨两年了，还没去过尼木，就商量着找个周末去尼木县"过个林卡"，其实就是想郊游一下。人多嘛，就找到范永红，说我们想去您的地盘上看看，您带我们转转？反正都是野山野水，不要门票。

范永红琢磨了一下，答应了，可有两个条件。第一个，你们交通、吃饭都自理！自己坐车来坐车走，还得自己带着饭。因为去的地方都荒，没地方找饭吃。人家说行，我们自己带水、带面包。有人说范书记你是不是也带我们准备点？万一不够呢？老范想了半天，咬着牙说："那行，我给你们准备点吧……不过你们自己也得带啊！"

人家问第二个条件是什么？范永红说了，你们要去的那个村子风景的确特别好，但是有一条，距离公路和县城都特别远，住在那里的老百姓轻易也出不来，所以都比较穷。咱们都是北京来的援藏干部，去人家村子、看见了人家牧民，人家肯定特别热情，给你倒酥油茶、请你吃糌粑，咱们不能就这么空着手去吧？

大家想想也有道理啊！那是不能空着手去。于是大家就以各自的党支部为单位，买了好多牦牛肉、酥油、青稞，还有茶砖，看见当地老乡就送给人家呗！

东西买完了范永红挺高兴，说那你们周六就来吧。我也给你们准备好吃的了，保证你们满意。

大伙高高兴兴去了。那个地方是一条山沟，叫雍祖。漂亮是真漂亮，漫山遍野的杜鹃花、格桑花正在盛开，沟里面青绿绿的一大片。远处有白雪皑皑的雪山，天上白云散落、地下牛羊成群，脚边还有蜿蜒的河流溪水。大家都说这简直就是人间仙境嘛！

正说着，范永红带着几个藏族小伙过来，给大家介绍，说这是护林员，全年无休都要在沟里面看护。大伙一看，小伙子们脸色黝黑，戴着帽子和口罩，那脸上的皮肤也红一块黑一块的。范永红又在旁边给煽情，说，他们平均工资很少，工作又辛苦，护林还要护路。每天都在露天工作，风里来雨里去的，连个能遮挡的地方都没有。吃住都只能在野外，搭个帐篷就睡了，吃的东西就是从家里带来的酥油茶和糌粑，能有几块牦牛肉干就过节了。有的小伙子连对象都没有，给介绍的姑娘一听是干护林的，人家连面都不见；结了婚的一个月也回不了几次家，老婆孩子都照顾不了……老范说得动情入理，说得大家心里都酸酸的。几个支部书记当时就拿出钱来，说这是我们的支部活动经费，范书记您带回去给护林员们买点水果吧！

范永红乐呵呵地把钱接过来就给了护林队的队长，让他回去买点水果、买点肉给大伙改善改善生活。

援藏干部们正准备席地而坐吃午饭呢，一听范书记这么说，就把随身带来的肉罐头、酱牛肉、苹果、香蕉一股脑地全拿出来了。这边给护林员小伙子们手里正塞着，旁边放牧的牧民们也看见了，几个小孩子跑过来远远地看着。女干部们一看见孩子那眼巴巴的眼神，心里顿时又融化了，什么巧克力、糖果、水果又都拿出来，往孩子手里发。

眼看着钱也给出去了、吃的也发完了，大伙坐在草地上大眼瞪小眼。咱们吃啥啊？蓝天白云可不能当饭吃。范永红说："别着急别着急，我们也预备了。来来来，拿出来！"就见几个尼木县的援藏医生从他们的车里大包小包地往外搬，摆在草地上一看，大伙都无语了。两大塑料袋馒头，一脸盆咸菜。范永红招呼大家："快快快，尝尝、尝尝，我自己腌的咸菜，腌了好几天了，特别好吃！每次我们在宿舍吃都给抢光了。"旁边一个尼木的大夫偷笑，小声说："那是！因为没别的吃……"

吃完了野餐——实际上就是馒头就咸菜，援藏干部们就纷纷往回走了。临走前，范永红挨个儿问，车上还有啥吃的没有？有也别带回去了，太阳这么晒，拿回去也不能吃了。大家想想也有道理，就又各自回车去翻腾，还真有些水果。老范指挥他们把水果放在自己车上，跟大家告别。

刚送走援藏干部，范永红就招呼自己县里的援藏大夫、干部们，说："走，去护路队！"

这儿刚看完护林员，两辆车又马不停蹄地往拉日铁路沿线上开。拉日铁路是拉萨开往日喀则的铁路线，刚通车不久，沿着铁路沿线，每隔一千米左右就有一个护路员。他们 24 小时轮岗，常年在高原的户外风吹雨淋，刮风下雨不能躲，也无处可躲。铁路沿线一边是起伏的山脉，一边是急淌的雅鲁藏布江，身边一个人都没有。他们每天的工作就是在自己负责的区域内来回巡视，走一圈再走一圈……火车来了，他们会下意识地招招手，在呼啸而过的列车里也许根本没有乘客能注意到他们的存在，可这是他们每天最开心的时候。

范永红带着车沿着铁路线走。在尼木县境内的护路员都是尼木人。见一个，范永红就喊停车，从车上把水果拿下来。这几个援藏大夫才发现，敢情书记车上装了一大堆好吃的呢，就是刚才没拿出来。遇见护路员，这个给几个苹果，那个给一把香蕉。给着给着，车上的水果不多了，再看见护路员，一个援藏大夫就把一把香蕉掰开了，想着一个人送几根，别一把一把地送了，实在不够了。刚给分开，范永红不干了，冲着大夫就吼："你咋那么小气呢！都给人家！"大夫说香蕉不多了，怕后面不够送的。这荒郊野外，买都没地方买去。范永红又嚷嚷："我那车里还有牛奶、牛肉呢！你送！送完了再送肉！"

大家都奇怪，人家带来的牛肉不都送出去了吗？范永红嘿嘿一乐，说："我让他们多带了点，说咱们尼木支部的干部也不容易，他们慰问老乡，也慰问慰问咱们……"

有实诚的大夫就说了："那咱们给带回去吧。我们来了一年了，还没吃过牦牛肉呢。"

老范一瞪眼："发剩下再给你！"

那就发吧。好在水果都发一轮了，发到最后牛肉还真剩下了一些。几个尼木县的援藏干部这个高兴啊，在车上就讨论，这牦牛肉怎么吃啊？是炖啊还是炒啊？回到宿舍，大家直奔厨房，就要烧水收拾牛肉。范永红慢悠悠地说："先别做呢！我那冰箱里还有肉呢。先吃那个。这次这个牦牛肉先冻上！"

几个大夫从卫生、养生的角度给他讲，说这个肉最好吃新鲜的。您冰箱里的肉冻了多长时间了？我们怎么都没见过啊？

范永红就不服气，说："在冰箱里冻着怎么就不新鲜了？你们现在就拿出来，我给你们做，我就不信，怎么就不好吃？你们之前觉得不好吃，那是因为不会做！"

大夫们一听就别掰扯了，赶紧从冰箱里往外倒腾。一打开冰箱的冷冻室，真让人开眼界。牛肉、羊肉、五花肉，什么都有。还有一只鸭子、两只鸡，还是带包装的。这都是什么时候的东西啊？

负责做饭的律师小朱翻了翻那些冻肉，原本红白相间的肉全都成了粉白色，不仔细辨别，牛羊肉和五花肉都分不出来了。小朱大声抗议："范书记，你这些存货都是解放前的吧？"

范永红又一瞪眼，说："别乱说！那都是上批援藏大夫置下的。我都没舍得吃，他们走之前还说要消灭了呢，我都没让，一直给你们留着……"

几个大夫掐指一算，自己来拉萨都快一年了，上拨援藏大夫留下的，那至少也得一年了，搞不好都快两年了。这还能吃吗？

范永红说："怎么不能吃啊！你们把牛肉拿出来化冻，切成块，再削几个土豆，剩下我做！"

大伙儿就按照范永红的吩咐，化牛肉、洗土豆、切土豆，弄完了摆在案板上，因为谁也不知道下面还要做什么。弄好了之后小朱叫范永红："书记，该您上手了。下面干吗？"

范永红说："把米淘了，放在高压锅里，别放水啊！你们不知道放多少！"

小朱就淘米，然后放在高压锅里拿给范永红。老范看了一眼，说："加一碗水。把牛肉和土豆都倒进去，一勺盐。盖上盖，蒸吧。"

小朱问："完了？不放别的啦？要不要点一点儿色拉油？"

范永红说："我跟你们说了多少回了，少放油，又浪费又不健康。不放！我保准好吃。"

这锅饭算是蒸上了。然后大家就商量着再做个什么菜。范永红又制止："这锅饭里有饭有肉还有菜，还做？"

土豆牛肉饭

范永红到现在也不知道，好几次他想起来要从冰柜里拿出点肉来做这做那，都被其他援友们偷偷掉了包。他指挥谁谁上他那屋拿去，其实人家出门买了一块新肉回来。打了几下马虎眼，给做着吃了。他吃完还挺高兴，说，怎么样，这肉没问题吧！几个援友心说，您那儿的存货都快成僵尸肉了，咱就别提了吧。这次的土豆牛肉饭不管怎么说，还挺好吃的，就是肉难嚼点。范永红不觉得这是缺点和问题，再接再厉地表达着意愿，又想起来他那冰柜里好像还有之前那批援藏大夫临走前送给他的熟食，是鸡还是鸭也忘了，就说你们拿出来，明天晚饭吃了吧……赶紧就有这拨的援藏大夫给挡了，一个劲儿说，我们马上要走了，您也留点好东西招待人家下批干部啊……

　　大家一听觉得也对，那就别做了。一共七个人，就这一锅饭。大家都累了一天了，上午就吃了点馒头咸菜，胃里都亏肉，几个人都眼巴巴地等着这锅牛肉饭。

　　一会儿饭熟了，还别说，揭开锅的一刹那，饭还是挺香。范永红亲自给大家盛饭，保证每个碗里都有肉有土豆，没偏没向。大伙闻着挺香，可吃着吃着就觉得费劲了，那肉的味道实在是有点柴，已经咂摸不出香味来了。聊胜于无吧，有的吃总比没的吃强，再说了，土豆焖饭也能吃。

　　虽说味道并非上乘，可架不住大家都饿了，吃着吃着就见底了。等大伙都吃饱了，饭也没有了。这不是挺好吗？省得浪费。没想到范永红一撇嘴，说："今天这个饭，要是凭良心吃肯定够！"

　　大伙面面相觑，说："这也够啊！咱们都吃饱了，再说也是凭良心吃的啊！"

　　范永红嘟囔："要是都凭良心吃应该还能剩下，我以为还够明天的一顿早饭呢……"

走，
种树去

李杨到拉萨林业局援建都半年了，当了半年办公室文员。什么写个报告啊、出个信息啊、整理个材料啊，除了他本专业园林绿化的事没干，其他行政的事全干了。李杨大学学的是绿化，在北京干的也是园林。决定来拉萨的原因，也是一心想为雪域高原做绿化。可是由于历史原因，拉萨地区的绿化一直没能搞起来。有高原气候的客观条件，也有人为的技术原因。拉萨极度缺少园林绿化专业人才，但是像李杨这样的对口人才真来了，技术啊、制度啊一时又还跟不上，弄得李杨只能把主战场从户外转向户内，把种树改成了写字。不过李杨心态好，既然来到拉萨，甭管什么工作，只要干好了不都是为西藏做贡献吗！就当个螺丝钉，安到哪都好好干！

本来以为三年援藏就这么过去了。谁想到突然有一天，林业局的领导找到李杨，开门见山地问他："李杨，想去种树吗？"

当然想了！来拉萨不就是为种树来的吗！李杨来拉萨之前是北京市林业种子苗木推广总站的工程师，种树是他的正差啊！李杨都没打磕巴地说："想啊！这事我能干啊！"

领导说了，拉萨市马上要启动一个绿化实验项目，地点就在拉萨的南山。来过拉萨的人都知道，整个拉萨的山都是光秃秃的，除了沙子就是石头，晴天下雨都还好，就怕刮风，一刮起风来飞沙走石，不知道的还以为猪八戒来了。拉萨不是不想种树，而是太难了。海拔高、昼夜温差大，冬天比春夏天都长，这样的气候、天气、水土都不利于树木的生长。多少年了，种下去的树不少，但是成活率不高。

李杨是北京来的专业技术干部，这个项目一立项，领导自然就想到了他。李杨也痛快，当即就立下了军令状，说这事我干！干可是干，领导丑话说在前面，这次时间紧、任务重、资金也不富裕，李杨要在半年的时间内试验、培育出适合拉萨种植、能在拉萨扎根生长的树种来。半年之后，就要在拉萨全面种植。

李杨二话不说，领了任务就走了。他卷着铺盖卷直奔南山林场，那里，一块开好了的试验场地正等着他。

李杨到了试验场之后就找到配合他工作的林业公司，带着工作人员，先奔地头。干什么？做土壤取样。种树也好种庄稼也好，先得了解脚底下这块地才行。拉萨的土壤普遍偏碱性，墒情较差，要想在这样的土地上种植大面积的林木，水和肥必须要跟上。李杨先带着林业公司的员工翻地，跟农民似的在地上折腾，把土地翻好了之后再挖坑，然后把水引进来，还要配比好一定比例的肥料，把土壤的质量调配到能种树的水平。

干这些事的时候，李杨没什么可说的，必须冲在前面。以前在北京的时候是工程师，在实验室里研究研究数据，分析分析材料，必要的时候才出现在林场，指导一下工人。现在不行了，拉萨几乎没有专业的林业绿化人员，做这方面研究的更是少之又少。李杨跟工人们交流，好多术语他们听不懂，李杨就自己做给他们看。人家的手是挥镐用锹的，李杨的手是摆弄试剂电脑的，那也得干。李杨翻了半天儿地，手上就出血泡了；再跟着挖渠引水，没两天，脚底板也磨破了。

可是李杨心里痛快。再怎么说，种树既是自己的专业，也是自己的理想。来拉萨种树，更是他这辈子职业生涯中最值得大书特书的一笔。一想到在自己和同事们的努力下，拉萨的秃山能一点一点地变绿，李杨心里就跟开了花似的，多苦多累都没啥了。

土地收拾好了就得选树种。根据拉萨的特殊气候和海拔，再加上之前做过的一些实验，李杨和他的技术团队经过反复磋商，最终定下了侧柏、油松、白皮松、云杉、雪松五个树种。这五个树种可不是逮着什么栽什么，而是要根据不同的地段、不同的土壤、不同的海拔高度进行配比。城关区的土壤平均 pH 值是 6.6，到了尼木就成了 7.8；拉萨河边栽雪松可以，到了山上就不行，就得换侧柏……

李杨基本上把拉萨市的一区七县都跑遍了，什么地方种什么树、怎么种，全都在他脑子里了。不到半年，一份南山树种种植方案就交到了林业局领导的案头上。来年春天，拉萨市轰轰烈烈的造林运动就开始了！

    在拉萨能种树的时间很有限，一个是3月到5月，一个是7月到9月。李杨把报告上交后的来年，刚一开春，拉萨全市人民就全被动员起来，人人植树！就在大家红红火火地种树之前，李杨和他的团队又是一个多月没回家。为了保证大家能在3月份种上树、也为了保证种下的树能成活，李杨带着人在南山上开渠引水。这本来不是李杨的活，可为了保证自己精心选中的树种能在拉萨生根发芽，那这些工作就必须自己做。南山上没有水，要想灌溉树木必须从山下的拉萨河里往上引水。搞树种实验的时候，李杨从翻土、施肥干起，当了回农民；实验完了，该种了，他又当了一回水利工人，挥着铁锹挖沟、接管子、安水泵……李杨那些日子就在山上住下了，跟着工人一起开山引渠。虽说是技术干部，可干起体力活来，李杨可是一点都不含糊。拿铁镐的手生生磨出了血泡、起了茧子，平时文质彬彬、白白净净的小鲜肉，愣是成了黑黢黢的"藏族汉子"。

    这些都干完了之后，李杨又带着林业公司的员工，用大翻斗车在种植区域里挖下了一个又一个的树坑，预备着市民们把一棵一棵的树苗栽下去，种在南山上。

    拉萨周围的山都是砂石山，山腰上没有多少土，挖坑挖出来的大部分都是鹅卵石。这说明，若干年前，这山不是在海底就是在河底，这种地方栽树，最关键的东西就是水。可是辛辛苦苦从山脚下拉上来的水，倒进坑里，转眼就不见了，只剩下一点湿的痕迹。李杨在种树时就教大家，填坑时必须用细土，细土是从很

黄瓜拌粉丝

干绿化的都喜欢绿色的东西，吃上也不例外。常年在苗圃待着，工人吃什么李杨也跟着吃什么。能自己做一口饭挺难得的。每天实在是太疲倦了，大太阳晒着、大风吹着，苗圃里面没地方躲没地方藏，回到住的地方，浑身都跟散了架似的，只想洗洗睡了。有时候实在想吃、又没时间，李杨就买几根生黄瓜存着，洗干净了就直接塞嘴里。拉萨气候干燥，苗圃里也跑不了，几口生黄瓜咽下去清凉败火。把绿菜吃进去，鼓起劲来接着干，得把整个拉萨都变绿了呀。

远的地方拉过来的，用细土填好坑，然后再浇水，一个星期后，那树苗就能冒出绿芽。

山还是那道山，坡还是那道坡。因为有了树，昔日光秃秃的拉萨南山，一点点显得郁郁葱葱，生机盎然。眼看着南山在一年当中由灰色变成了绿色，李杨的心气儿也高起来了。光绿化一个南山肯定不够，援藏三年，李杨想的是整个拉萨的绿化。他们把树种选好了，拉萨市民把树苗也种下了，后面呢？李杨还得接着琢磨，怎么管护、怎么浇水？

前半年研究种什么树、怎么种树，后半年研究种下的树怎么能成活、怎么活得好。李杨想着得解决山上山下的灌溉问题；还得建上防护网，给栽下的树苗及时送上营养液。

在山上待的时间长了，李杨觉得自己都快成"色盲"了。看见什么都觉得是绿色的，什么颜色都没有绿色好看。连着大半年，李杨就没怎么回过援藏公寓，更没怎么在单位食堂吃过饭。偶尔回到宿舍想自己做点啥吃，也得找最简单的做。最常吃的就是黄瓜粉丝。省事！洗一条黄瓜切成丝，抓一把粉丝在热水里焯一下，加点盐、糖、醋、酱油一拌，这就是一道菜。端着还能去山上，一边吃一边看看树苗。

在李杨援藏第二个年头的时候，全拉萨市4万多人都参加了植树活动，至少种下了8万多棵树。眼看着光秃秃的砂石山穿上了绿色的外衣，李杨的心情也跟着越来越好。虽然现在他的脸色越来越黑、皮肤越来越糙，可是架不住心里阳光灿烂。现在有时间了，晚上李杨也能跟闺女视频聊聊天了。闺女刚两岁半，看着电脑屏幕里的李杨，老问："爸爸你干什么去了？你怎么不回家啊？"李杨鼻子一酸，可还是乐呵呵地说："爸爸到拉萨种树去了！"

24
小时

拉萨市城关区是拉萨最核心的地区。所有来西藏的人都要到这儿来。为什么？布达拉宫在城关，大昭寺小昭寺在城关，罗布林卡在城关，八廓街也在城关……这么说吧，拉萨市区就是城关区，但凡是拉萨市里的事就是城关区的事。在城关区当干部，不说人人都以一当三吧，干起活来连轴转总是常事。

苏云华在城关区当副区长，城关区一共有四位北京来的援藏干部，宿舍就在上下楼，可平时基本上见不着面。分管工作不同，上下班时间也没准儿，经常有谁去驻村，一走就是一两个月；楼上的刚下班回家，楼下的又有事被叫走了。

快到周末了，几个干部互通电话，商量着周六晚上在苏云华的宿舍里聚聚。有援友炸了点酱，想招呼大家吃碗炸酱面。难得这个周六都没什么既定计划，几个人就把时间约下了。谁想到刚到周六早上8点，一个电话就把苏云华给叫出了门。苏区长一听电话就知道大事不好，抹了一把脸就赶紧往外跑。

什么事这么大？还真是天大的事！城关区有一个天葬台，周六早上正在举行天葬仪式，谁想到，三个内地来的游客不知道从哪儿打听出了消息，自行偷偷爬到了天葬台附近。在天葬师正在举行仪式的时候，他们一个一个冒出来，不仅围观还拍照！干扰了仪式也吓跑了秃鹫，迫使天葬无法进行下去了。那天一共六具遗体正在进行天葬，他们这么一捣乱，后果非常严重，逝者家属们愤怒至极，把几个游客围在中间不让他们离开，必须让他们有个说法！

苏云华赶到的时候，区里民政局的领导去了，公安民警也到了。这是苏云华援藏以来第一次登上天葬台，第一次看见天葬的场景。苏区长也顾不上内心是什么感受了，一心就想着得先解决问题啊！

当然要先安慰逝者家属，最大范围内降低人家的愤怒。天葬是藏族地区最普遍的丧葬仪式，藏族文化习俗中充满了对大自然的敬畏与感恩。人去世之后，希望用天葬的形式实施最后一次也是最珍贵的一次布施，它的意义有些像佛教中的"以身饲虎"。对于逝者来说，这样可以完成灵魂不灭和轮回往复。这样神圣的仪式除了天葬师和逝者亲属，别人都是不能观看的，这是基本常识，也是法律规定。天葬台周围都有警示文字，禁止游客进入。但是就有这么不自觉的人，非要满足所谓的好奇心，无视规定、违反法律。

苏云华和所有援藏干部一样，到拉萨的第一天就知道要尊重藏族人民的文化习俗、宗教信仰。他一脸虔诚，柔声细语地给逝者家属"降温"，劝家属们先安置逝者，用最稳妥的补救方式把逝者的遗体处理好。他让民政局的藏族干部帮着翻译，说汉族人也讲究"逝者为大"，不管怎么样，先让逝者安静地离去，其他的事情嘛……苏云华向逝者家属和天葬师保证："我是北京来的援藏干部，是城关区的副区长，我向大家保证，一定要给大家一个说法，这几个游客一定要按照规定处理！"

再看那几个游客，有一对儿是重庆来的夫妻两个，有一个是北京来的老太太，一问岁数，居然都七十了，头发全白！几个人还穿着红红绿绿的冲锋衣，身上又是背包又是相机，走起路来都带风带响的，可想而知，他们这副打扮乍一出现在天葬台，别说秃鹫了，连人都得吓一跳。苏区长这个郁闷啊，他先跟小夫妻俩讲道理，说看着你们也是有文化、有知识的人，怎么能无视规定上天葬台呢？你们走上来的时候，没看见路边有警示牌吗？小夫妻俩赶紧低头认错，又赶紧给逝者家属和天葬师去道歉，一千一万个地给人家赔不是。苏云华又跟老太太说："您都这么大岁数了，怎么能闯这个祸呢！这山这么陡、天葬台这么高，您怎么爬上来的呀？您没看见山下有牌子不让上吗？"

再看这个老太太，早就被这阵势给吓傻了。在苏区长到来之前，有几个愤怒的家属已经拿着棍棒过来了，语言不通、人家又都气急了，老太太吓得都给人家跪下了，还给人家磕头。听见苏区长这么说，她哆哆嗦嗦地也说不出一句整话来，拉着苏区长的胳膊央求："您快把我弄下山吧，我怕他们打我……"

苏区又急又气，自己留下做工作继续稳定家属情绪，又找民政局和警察先把几个闯祸的游客送下山。这时候，他的电话也响了，家里的几个援友都听说了这里的消息，纷纷都赶到了山下，帮着协调处理这事。

可人家家属还是不干！苏云华磨破了嘴皮子才说服他们先下山去购买柴油和酒精，按照藏族仪式把未完成的天葬改成火葬；然后又带着家属代表去民政局，接着协商解决。

一到民政局、进了办公室，刚才还吓得哆嗦的老太太居然就像变了一个人！这回也不跪了、头也不磕了，指着苏云华朗朗说道："我认为这件事你们政府监管也有责任，为什么能让我上山？你们要是把山封严实了我上不去不就没这事了吗？我又不是本地人，我又不知道你们这儿这么多规矩。我也给他们赔礼道歉了，还要怎么样啊？你一个区长，也不能看着他们欺负我一个老太太吧……我可是七十多了，真有个什么三长两短，我们家里人还得找你们来呢！"

苏云华正当四十多岁的壮年，一听这话，火也"噌"地就起来了。这是什么话？这脸变得也太快了吧！可转念一想，她是一个七十多的老太太，自己是北京的援藏干部，她能不讲理，自己不行啊！苏云华强压着脾气，一条一条地跟老太太说明："第一，我们在山下入口处有明确提示，禁止上山。你这是明知故犯。第二，天葬台是天葬仪式的地点，经常要有仪式举行，我们不能封闭。第三，西藏地区有明确法律规定，严禁参观天葬台，严禁对天葬仪式进行拍照录像，你这么做不是违规而是违法。如果今天你不配合民政部门的调解，那我们走法律程序，看看最后是什么结果。你放心，

酸辣瓜条

苏云华处理的这件事，是这批援藏干部到拉萨以后遇到的第一个紧急事件。这里面有法律、有民族团结、有宗教风俗……一个处理不好，后果不堪设想。苏云华和城关区的几个北京来的副区长，都是24小时没吃没喝。到现在了，谁要是跟他说"天葬"俩字，他还打冷颤。有些事情，只有经历了，才会知道性质有多严重。处理完这件事，一连好几天，苏云华都吃不下什么东西，那些日子尽啃黄瓜西红柿了。一连几顿酸辣瓜条，援友们直打趣他："不知道的还以为你有喜了呢！"

我们都是政府机关，没人欺负你，要是不放心，你就把你家里人叫来陪着你。反正问题不处理完你也走不了。你计划哪天回京？我现在就通知你的旅行社给你退机票，等法院判决完你再走吧！"苏云华有理有据有节，一席话说得老太太立刻不敢嚣张了。几个游客表示了悔悟，同意接受处理，苏云华再去做逝者家属的工作，又是磨破了嘴皮子……

最终的结果，三名游客支付了天葬师的费用，还支付了家属购买柴油酒精

的费用。至于赔偿，人家几位家属说，苏区长为我们着想、为逝者着想，我们谢谢北京来的干部，我们不要赔偿了……

苏云华着实被藏族人民的善良和质朴感动了，一位一位把他们送出民政局的大门，一次又一次地替这三个游客给他们道歉。转过头来，他又亲自把这三个游客送回居住的酒店，亲自交到导游手上，一个劲儿嘱咐，可得看好这几位，可不能再闯祸了！

等这几件事忙活完，苏云华一看表，倒是不晚，刚刚早上9点。那可是第二天的早上9点！整整24个小时，苏云华除了喝了几口水，就没吃过一口东西。本来高原缺氧消耗就大，苏云华自己都不知道是怎么挺过来的！

周日早上，一宿没合眼、一天一宿没吃东西的苏云华回到宿舍，几个援友也跟过来。这一天他们也没闲着，一直在民政局、公安局协助处理这件事。苏区回来了，他们也回来了。擅长做饭的李区长问苏云华："想吃点什么？我昨天把酱都炸好了，特意多放了点五花肉，要不给你来碗炸酱面？"

苏云华一激灵，赶紧摆手，说："我来点清淡的吧！家里还有青菜吗？"

李区长拿出几条黄瓜，苏云华说："我就吃它吧。"

李区长转身去洗黄瓜，用白醋、盐、白糖、红辣椒调出了一碗汁，把黄瓜切成条，浸在汁里拌了几下，端上来给苏云华。再看这位，已经歪在沙发上抬不起眼皮了。

糖拌
西红柿

陈献森在堆龙德庆县最爱去的地方就是羊达乡，在羊达乡他最爱去的地方就是无公害蔬菜示范基地。说是基地，其实就是大棚，是北京的援藏干部从北京引进的高效日光温室大棚。这个基地的大棚里面种满了蔬菜、水果、鲜花，还有西藏特产藏红花。不管哪个季节去，大棚里面都有吃的、看的，瞅着就高兴。

说起来，陈献森也是从北京市西城区来的干部，也不是那么没见过世面，怎么那么爱去看大棚呢？说出来也是一把辛酸泪，这些大棚能发展到今天，不仅让陈献森觉得苦尽甘来，连整个拉萨市的市民都跟着享福呢。

都知道拉萨海拔高，老百姓的饮食结构简单，蔬菜水果吃得少。那这个问题怎么解决呢？以前就是靠内地往上运输。当地的藏族百姓对于蔬菜没有太多的概念，因为千百年来就是这么过来的，有青稞、有牦牛肉、有酥油茶就行了。对于蔬菜，他们就认一种：土豆。

但是随着近些年西藏和内地交流交往的增多，好多四川人、甘肃人也愿意来西藏，尤其是来拉萨做生意；还有越来越多的游客，每年一过了 5 月份就会乌泱泱地跑到拉萨这个圣地来玩。大家都吃什么？可不是每个人都能喝得惯酥油茶的。

所有蔬菜水果都从内地运，别的不说，成本可是太高了。超市里，几个苹果就能卖到 20 块钱，草莓这种稀罕物多贵都买不到，因为保鲜期太短，稍微耽搁耽搁就烂在半路上了，根本吃不到拉萨老百姓的嘴里。

那怎么办呢？好几年以前，来拉萨援建的北京干部就想着把大棚给引进来。拉萨日照时间足、昼夜温差大，好多蔬菜水果都能在拉萨种植。北京农科院的专家也没少往拉萨跑，送种子、教技术，可是这事一直干了好几年，也没多大起色。为什么呢？老百姓种大棚的积极性不高，他们觉得种青稞就挺好，在这个大塑料布里忙活什么呀？种出来的东西怎么吃啊？

陈献森到堆龙德庆县当县委书记，想着无论如何这大棚也得给搞起来。不是不愿意种吗？没关系，那是因为没尝到甜头。这事需要示范效应，我们当领导的说出大天来你也不信，周围的亲戚朋友邻居有一个种大棚挣着钱了你就乐意干了。

有这么一个思路在前面，堆龙德庆县就把羊达乡当成了示范点。堆龙德庆县是拉萨市的近郊区，是全拉萨最富裕的县，就跟北京市的朝阳区似的。这儿的老百姓相对于牧区的人心眼算是活泛的，眼界也算是开阔的。不过即便这样，羊达乡的大棚建好之后也是观望的多，想种的少。没关系，县里做工作，在乡里先找几个农户试种。这事儿事先说好了，你只要按着专家说的种，种不好算县里的；种好了挣钱了，全归农户自己。

有这好事还不来人？没几天，就有人报名要求试种了。陈献森一看，基本上都是老弱病残。念过书、有力气的年轻人都出去打工了，留在乡里种地的本来就是中老年居多。中年人大多还守着自己那几亩青稞呢，就老年人觉得闲着也是闲着，种种看吧。

老年人也行！农科院的专家根据堆龙的当地情况，指导农民在大棚里种下了草莓、西瓜、白兰瓜、西红柿、黄瓜、卷心菜、芹菜，还种下了玫瑰、勿忘我、康乃馨……别的长得还相对慢点，草莓可是噌噌地长，没多久，第一批草莓就结果子了。羊达乡的草莓除了浇水什么都不用。本来高原的病虫害就很少，这里蚊子都很少见，其他的虫子也不多，基本上不用除虫；化肥呢？当地藏民根本不认识，从来也不用。他们种出来的草莓大小不一，可不像内地的，个个都长得一般大、水灵灵的。这儿的有大有小，有红有青，可有一样，吃到嘴里立马傻眼，那叫一个好吃！陈献森让北京的援友们试了一下，才咬了第一口，就听见了一片"吸溜"声，大伙的赞叹此起彼伏，都说："这也太好吃了吧！这是草莓吗？感情正经的草莓应该是这个味儿啊……"

过两天，西瓜熟了。这儿的瓜长不大，个顶个也就三四斤，可一打开，那瓤红得跟火苗子似的，吃一口能甜到心坎里。还有西红柿、黄瓜，吃的人都说，到了拉萨才知道这些蔬菜应该是什么味……还有人拉着陈献森感慨，说吃出了小时候的味道……

试吃的时候就让种地的农户们在旁边看着。看着吃的人脸上兴奋的表情、听着夸奖的语气，农户们也乐了。开始还是半信半疑，这东西好吃吗？这回知道了，是真好吃！然后陈献森就组织羊达乡的农户，说，咱们县里给你们联系，进城卖菜去！

有县政府给统一调配，羊达乡大棚里种出来的蔬菜水果很快就进了超市，进去就卖光，都不带眨眼的。为什么，它便宜啊！就算没吃过，光看价钱也有竞争力。这些蔬菜水果不用坐飞机从四川来，那价格也就是内地菜的三分之一。老百姓不用尝，看着价签就掏钱了。

这么干了没几天，各个地方就都来要菜来了。陈献森一想，什么农超对接、农校对接、蔬菜直通车，这不都是北京的经验吗？咱们就拿来用呗。县里找赞助，弄了一批大篷车，找几个大社区对点，直接进社区卖菜；还有专供学校等单位食堂的；有供超市的，简直是供不应求啊！

农户们也高兴。以前种青稞，一亩地收入800块钱。再刨去水电农家肥，一年到头落在自己手里也就200。现在种大棚，棚是县里给建好的，自己不用投入；而且一年四季都能种，不像以前靠天吃饭。一个棚不到一亩地，一年收入1.6万，整整翻了20倍。现在不用作动员，老百姓都过来抢着种大棚。谁跟钱有仇啊！

等老百姓都尝到甜头了，陈献森的"野心"也开始大了。他跟老百姓说："你现在一个大棚收入一两万，以后咱们能收入10万你信不信？"当地老百姓对这个北京来的陈书记很是服气，他说的话管用，当地人就听。陈献森说了："藏红花值钱不？藏灵芝值钱不？那都是论克卖的！咱本地产的藏红花 200 块钱 1 克，一个大棚能出多少克？1 斤总能出吧？那就是 10 万块！种不种？"那老百姓能不种吗！

现在，当地农户的脑子也给启发得活络了，不仅大棚里面有

糖拌西红柿

据说，以前的援藏干部从内地回到拉萨的时候都希望在成都停一下，就为了能在那里再买点青菜带回来。那时候各省市间的援藏干部们串门，带俩西红柿、一把蒜苗是最好的礼物。堆龙德庆县这几期的大棚一建起来，援藏干部们终于知道，原来拉萨不是种不了蔬菜水果，而是之前老百姓不知道！拉萨大棚里种出来的东西不是"好吃"，是"从没吃过这么好吃的"！现在，陈献森书记就爱拿大棚里的特产招待客人，作为一县之长，看见内地来的专家、企业家们在初尝了拉萨自产蔬菜水果的那一瞬间的表情，陈献森就克制不住地高兴！这就是援藏啊！你给拉萨一吨西红柿，不如教当地老百姓种出一棵西红柿。你三年之后就走了，那棵西红柿可是永远留下了。

蔬菜、有水果、有花卉、有药材，大棚外面还搞起了养殖，有人还弄了个室内池塘，养鱼兼钓鱼，那收入也是翻了好几番。

前两天陈献森在县委食堂请北京来的客人们吃饭，饭桌上有人打趣陈书记，说："听说你们拉萨吃菜难啊？说好多干部家里来人探亲，别的不带，就带几斤西红柿。老陈你也不说一声，早知道我们就给你带几斤来了。"陈献森一笑，跟服务员说："把咱们大棚里种的西红柿洗几个，让大师傅给切了、放点白糖，端上来尝尝。"

几个客人还在诧异的功夫，一盘子糖拌西红柿就端上来了。鲜红欲滴的西红柿切成了片，雪白的糖粉洒在上面，跟拉萨的雪山似的。一筷子夹下去塞进嘴里，北京来的客人们都不吭声了。沉默了几秒之后，有人说："还有吗？陈书记您再给来一盘。那什么不用放糖，您这儿的西红柿怎么那么好吃啊？我们带俩走行吗？"

这个主任
不一般

　　拉萨市有一个国家级的经济技术开发区，是国务院批准成立的，地位跟北京的中关村、亦庄一样，特别高大上，叫堆龙经济技术开发区。在这个经济技术开发区里当副主任的，是北京来援藏的干部，叫倪夙。

　　倪夙岁数不大，来援藏的时候三十多岁。开发区成立时间不长，里面的工作人员也不太多，大多是年轻人，可即便这样，倪夙在里面也显得特别不一样。别的干部都是当地的，有藏族也有汉族，可是人家都是皮肤黝黑、精瘦精瘦的。他呢，白白胖胖的，还长了一张娃娃脸。跟刚毕业的大学生混在一起，他一点领导的范儿都没有。怎么说也是北京经济技术开发区到拉萨来援建的干部，这来头大、名字响，来之前，堆龙开发区的工作人员还以为他得什么样呢。没想到一见面，从企业到开发区的工作人员，大家心里都开始打鼓。

倪夙倒是没什么察觉，从上班第一天就乐呵呵、高高兴兴的。别的干部来了拉萨都或多或少地有一些高原反应，他也没事，报到之后就开始干活。

倪夙这个副主任分管的是开发区的招商引资，这么大一摊子事，他手下一共就十几个兵。开发区注册的企业有两千多家，正式投入生产的有一百多家，这十几个人哪够使啊？倪夙说："没事！咱们一个一个来。先从准备投产和已经投产的企业开始，咱们调研去！"

一下到企业，这事情就全来了。有个青海的酒厂，生产青稞白酒的，看中了堆龙经济开发区这块金字招牌，一心要把子公司建在这儿！本来是好事吧？可国家对于白酒类生产企业有严格规定，企业把地都买了，就是审批迟迟下不来。投了钱、建了厂却不能生产，这不是急死人吗？倪夙一看这情况，还是乐呵呵地说："没关系。不就是审批手续吗？我给你们跑去！"

这话是倪夙在企业调研时说的，人家老总都没往心里去。哪个开发区的负责人能为一个企业亲自去跑手续啊！可倪夙就真去了。从堆龙德庆县到拉萨市，又从拉萨市到西藏自治区……国家对于白酒生产企业的准入制度的确比较严格，但是只要按照程序办，上点心、负点责，也没有办不下来的。一个多月以后，倪夙拿着一整套齐备的手续回到企业，把酒厂的老总惊得不行不行的，都不敢相信，眼前这个娃娃脸的小伙子，真就把事情给办成了！

酒厂投产以后，因为品牌很成熟，又是就地取材，用的就是西藏本地的青稞，所以销售得特别好。老总拿着第一批生产出来的青稞酒叫倪夙过来品尝，倪夙就喝了一口，是从车间里直接引出来的原浆，足有七十多度。倪夙一饮而尽，连声说"香"，把旁边的人都看傻了。七十多度的原浆可不是什么人都能咽得下去的，何况倪夙平常根本不喝酒！

要是就一口酒，还算是轻松的。倪夙到了拉萨以后，第一次给自己安排的文娱活动竟然是看藏戏。藏戏是民族性特别强的非物质文化遗产，听不懂藏语的人根本看不明白。里面有宗教、有历史、有民俗，唱藏戏的演员带着古老的木制面具，连唱带跳。都说外行看热闹，可藏戏这种艺术，对于不懂的人来说，连热闹都无从看起。

偏偏倪夙就去看了，还看了不止一次，还看得津津有味。当然了，他不是一个人去看的，是跟着朋友去看的。看藏戏的时候他们两人还算不上是朋友，听说人家要去看藏戏，倪夙自己贴上去、死缠烂打地要跟着去。这一去，还真看上了瘾。

这是个藏族老总，他的企业生产的就是西藏本地的土特产。主要是牦牛肉、藏香鸡的系列食品，还有一些民族手工艺品。他的企业做得很大、很有规模，可人家对于扩大再生产这种事并不怎么上心。这是西藏当地的文化习俗决定的，无论是经营企业还是经营自己的小家，钱都是够花就行。这个老总也是，要是每年赚一千万，就投入一百万，剩下的就想着怎么消费了。倪夙一开始跟他说："您这企业可以上市……"老总一瞪眼："啥是上市？上市干吗？"倪夙一听，这一时半会儿也解释不清楚，就先联络感情、交个朋友吧！就陪着人家看藏戏去了。一边看一边学，不懂的就问，人家老总就高兴了，说没想到你们汉族人还对藏戏有兴趣。就给倪夙讲藏族历史、宗教故事，还邀请倪夙去他们家做客、喝青稞酒。去了几次之后，倪夙乐呵呵地回请，说："我也请您去我们家坐坐吧！"老总说你们家不是在北京吗？倪夙说："对啊，我就是请您去北京看看！"

倪夙说到做到，真把开发区的几个老总请到北京去了。下了飞机，一行人直接就到了北京经济技术开发区。藏族老总一进到可口可乐的生产车间都惊呆了，他们没想到生产饮料的企业能做得这么大！倪夙趁机赶紧给他们补课，说："这就是上市企业。其实，咱们做牛肉干的、做奶酪的也能做成这样……"

从北京回来，几个拉萨本地的老总就跟换了一个人似的，恨不得天天都来找倪夙问企业管理规划的学问、咨询上市的程序。倪夙说："你们等着，我再给你们找几个老师来！让专家给你们讲！"

没几天，倪夙就从北京大学请来几个专家，给开发区的老总们上了一星期的课，就是培训运作公司上市的事。什么创业板、新三板，没几天，这些新词就全挂在藏族老总的嘴边上了。

倪夙天天往企业跑，也不见他黑也不见他瘦。别的援藏干部来拉萨都十几斤十几斤肉地往下掉，倪夙都待了两年了，还是那张白胖胖的娃娃脸。可他这张娃娃脸真好使啊，不管在开发区哪个企业，谁见了都认。他真给企业办事啊。

有一家高科技企业，是生物制药类的厂子，生产和虫草相关的保健品。企业负责人是四川的。企业把自己的研发中心也设置

茶叶蛋

倪夙特别爱吃鸡蛋。别人来拉萨援藏，除了工作，顶多走走路，没见有谁进行剧烈运动的。倪夙不管这个，周末不是踢足球就是打羽毛球，要么就约着藏族同事游泳、爬山去！别的援友都担心，他那身体受得了吗？还不等他自己说话呢，旁边的藏族同事就替他说了："倪主任比我们身体好，羽毛球我们都打不过他！"倪夙就乐呵呵地说："所以你们得多吃鸡蛋，多喝酥油茶，得多交藏族朋友……人家怎么生活咱们也怎么来，肯定没问题。"

在了成都。倪夙就给人家企业做工作，说你这样成本多高啊！你把研发、生产线放在一起不好吗？都定在拉萨不行吗？人家老总就跟他诉苦："不是我不想放，是拉萨成本太高了，人才引进也困难。做生物制药研究的，怎么也得是硕士以上学历的专业人才吧？这样的人才谁愿意到拉萨来啊？"

倪夙想想也有道理，可是再一想，长期来不了，短期总可以吧。可是，短期的人才引进，一批一批之间的技术衔接又成了问题。倪夙收起了自己的笑模

样，在办公室、企业里面接着转，搞调研、咨询企业意见，最后他琢磨出一个办法来，给堆龙经济技术开发区成立一个博士后工作站。把各个企业对专业人才的需求统一报上来，从全国各大院校里聘用博士来拉萨进行项目研究。这不也是技术援藏嘛！专业人才需要平台做项目；企业需要人才来搞科研，一个项目一个项目地做，就不存在人才流失和断档的问题了。

　　这个想法一提出来，企业们都特别高兴，可又担心，这事要是批下来得多长时间啊？倪夙又乐了，说："没事，我来！"

　　他又从拉萨市开始跑起，不到一个月，西藏自治区人社局就表态了，说一定支持！再过一个月，这博士后工作站就能建起来了。

　　这么多事在这儿摆着，倪夙的娃娃脸再怎么显年轻、他再怎么没有领导的范儿，开发区里一百多家已经投入生产的企业还是认他。从对他半信半疑到心悦诚服，倪夙这两年可是没少干活。活干到了，朋友也交到了，所以倪夙也瘦不下来、黑不下去了。一到周末、逢年过节，他的藏族老总朋友们就请他去家里喝酥油茶吃糌粑，都怕他一个人在拉萨闷得慌。老去人家那吃吃喝喝的也不合适。倪夙一个单身汉也不会做什么，平常都是在食堂吃饭。端午节前倪夙突发奇想，买了几斤藏鸡蛋，回家给煮熟了，又一个一个地磕破了皮，放在茶叶水里，加了酱油、花椒、大料接着煮，煮好了一锅之后就打电话，挨着个叫平时老上人家去蹭饭的那几个老总，给他们备上了青稞酒和酥油茶，几个老爷们儿坐在他宿舍里一口青稞酒一口酥油茶，一人手里一个茶叶蛋，接着聊上市。

你来
我也来

　　要是把夏夜放在人群里，又没穿制服的话，十个人有十个都得认为他是个中学生。白白净净的小伙子，戴着一副眼镜，清瘦清瘦的，说话还没大声，不知道的，谁能当他是拉萨市环境监测站的站长呢！

　　夏夜是 1981 年出生的，土生土长北京人，家里的独生子。援藏之前是北京市环境保护监测中心的工程师。他来拉萨，就是为了帮助当地做环境监测的工作。拉萨还有环境问题？不是青山碧水、蓝天白云吗？话是没错，但是拉萨同样也得监测大气质量、水质和噪声。

　　夏夜就是干这个活来的。他来之前，拉萨市环保局还没有整建制的环境监测站，从北京到拉萨，下了飞机，他就直奔环保局。仗着自己年轻身体好，也不说休整休整，一头就扎进了单位。拉萨当地的同事特别热情，知道夏夜哪天来，知道这个从北京来的工程师是马上就要成立的拉萨环境监测站的站长。在他到来之前，环保局特意找了一间会议室，给夏夜和同事们当办公室用。

夏夜走进这间办公室的时候，同事们已经把这里打扫干净了。可是有一样，办公家具、电脑统统都还没购买呢，桌子椅子是从别的地方淘换来的，倒不至于缺胳膊少腿，可是都挺陈旧是真的。夏夜拿眼睛一扫，会议室里有的地面不平，有的桌子腿不平，三条长一条短，同事们也会将就，找了几本旧书废杂志给垫底下了，反正不摇晃、能用就行了。

夏夜再一看迎接他的同事，基本上都是85后，有汉族有藏族，一个个年轻的脸上洋溢着朝气，每个人都在笑，都充满了热情和活力。夏夜也笑，虽然监测站是刚成立的单位，虽然大家都是刚刚从四面八方招进来的，但是有这股子热情就什么都好说。

上班第一天，虽然没有电脑、办公设备，十几口子人挤在一个临时会议室里，可气氛特别好。夏夜说，设备和电脑都没来，也干不了什么活，这么着，我先问问大家，咱们这环境监测都干点什么啊？

十几个小伙子大姑娘就七嘴八舌地说开了，有说检查空气的，有说要查水质的，还有说要查汽车尾气的……夏夜问："怎么咱们还查汽车尾气啊？这个不是环境监测站的职责范畴啊！"旁边就有同事给他解释，这事啊它还真归咱们管，咱们单位别看小，下面还管着几个汽车检测厂呐！

这么一说，夏夜就明白了，他心里的小本本上也记下了一笔：职责不清。他接着问："那大气、水质这些，咱们按照什么程序监测啊？"这一句可把大家给问愣了。夏夜到拉萨之前，也就是拉萨的环境监测站成立之前，拉萨市没有独立监测环境的任务，都是西藏自治区环保厅来做这个事情，所以，同事们对这件事都是门外汉，还真不了解。夏夜心里的小本本上又记下了一笔：专业不熟。

然后，夏夜再问，咱们人员是新到的，我听说各种环境监测设备可是有的，内地是不是给咱们捐赠了好多啊？

这么一说大伙就来精神了，拉着夏夜就到了仓库。还别说，里面大大小小的设备真不少，绝大部分都还没开箱呢。有两年前捐赠的，有三年前捐赠的，还有五年前捐赠的。因为拉萨市当时没有环境监测资质，没有人员，这些顶新顶新的设备就在仓库里躺着睡大觉，从来没有派上过用场。夏夜看在眼里记在了心里，小本本上又多了一项：设备闲置。

这三笔小账记下来，夏夜就知道应该如何开展工作了。环境监测站一成立，就要独立对拉萨市的大气、水质、噪声进行监测，独立发布数据。要干好这几件事，首先要把设备调试好。环境监测设备对于精准度的要求相当之高，这么多簇新的设备虽然一直没有用过，但是也没有校正过。拉萨本地没有专业设备校正人员，夏夜干的第一件事就是把仓库里的设备全都抬出来，安置在应该在的地方，然后从内地请专家上来，一台设备一台设备地检测、校正。

设备校正好了，后面的事就该人干了。夏夜又拉着专家对工作人员进行全员培训。环境监测是一项专业性极强的工作。夏夜的 85 后同事们好多都不是学这个专业出身，都是从各个领域招考进来的，专业知识相对匮乏。理论不足、实践也不够，培训起来肯定要费点力气。但是，让夏夜感动的是，大伙的学习劲头、干活的劲头都特别足，上班学下班也学，有时候他都看不过去了，说："要不咱们休息一天？"年轻的小同事们还不干呢！他们跟夏夜说："站长，你不知道，以前咱们环保局要什么数据都得去自治区环保厅，可费事了。得咱们领导出函，套红头、盖公章，然后再去找自治区的领导，要是有一个人不在，这数据就要不来，每次都要折腾好几天。我们要是都考下资质了，咱们的设备也能用了，以后就再也不用找自治区环保厅要数据了，是不是？"

夏夜一看大家劲头这么足，自己也得加班加点地干啊！他一边对同事们进行手把手的培训，一边把自治区环保部门对于拉萨环境监测的要求拿到手，提前给大伙讲明白、说清楚……到拉萨的第一年，夏夜就全身心扑在单位了，就连周末节假日都不闲着，偶尔休息一天，他还会被同龄的小伙子们拉到自家去做客——大家都喜欢这个从北京来的小站长，都怕他独自在拉萨生活得太孤单。

一年里没什么时间能回家，夏夜结婚没几年的爱人就要跑到拉萨来看他。夏夜是 1981 年的，他的爱人李梦凡是 1986 年的，一对金童玉女正是新婚燕尔的时候，却不得不分居两地。李梦凡在北京搞设计，钱挣得多、工作也稳定，可是，就是想夏夜啊！在夏夜第一年援藏的时候，李梦凡就跑到拉萨来看他。在夏夜局促的小宿舍里，两个人过了几天甜蜜的日子。夏夜很忙，没工夫陪老婆，白天一上班，就只能把梦凡一个人丢在家里。李梦凡就在家给他洗衣服收拾屋子，空闲的时候就自己出去走走，一句埋怨的话都没有。不仅没有，在临回北京前，李梦凡还做出了一个让夏夜从没敢想的决定，她要把北京的工作辞了，也到拉萨来，陪着夏夜！

这个决定一说出口，就把夏夜吓了一跳！这真是又惊又喜！惊的是，夏夜没想到自己的爱人能有这么大勇气，对自己能这么支持、这么包容！喜的是，梦凡这么爱自己，这是人生的大幸事啊！都说青春做伴好还乡，爱人在侧才好创业呢！但是惊喜之余夏夜也发愁，第一，梦凡在北京能挣一万多，在拉萨能找个什么工作呢？第二，两个人都是独生子，梦凡的爸爸妈妈还好，五十多岁，身边还能离开人；夏夜的爸爸妈妈都快七十了，尤其是爸爸，高血压心脏病，家里真是需要人啊！以前梦凡在北京，能随时有事随时到，以后两个人都在拉萨，家里有事怎么办？

一边是妻子一边是父母，夏夜还真挺犹豫。但是家里边的老家儿拍板了，小夫妻两个连孩子都没有，当然应该在一起。既然儿子选择了援藏，家里就做奉献吧！

就这么着，李梦凡在夏夜援藏的第二年也来到了拉萨。没有公职、没有高原补贴，连工作都辞了，两个人挤在夏夜的援藏公寓里，每天还其乐融融！

援藏的第二年，是夏夜最开心的一年。老婆来身边陪着自己了，工作也开展起来了，所有同事都通过了自治区的专业考试，设备在运转，人员在提升，工作程序一步步地也理清了，大伙儿的干劲更高了。就是有一样，家里的老人还是让夏夜放心不下。平时家务活也挺重，身边连个帮手都没有。梦凡给出主意，说咱们在网上给家里定个小时工呗！咱们人在拉萨，可活儿还是能干啊。

这个主意的确好，夏夜尝试了几回，确实能帮助家里老人解决实际问题。夏夜是个孝子，平时电话也勤，和家里隔天就要通

银耳莲子羹

银耳莲子羹是甜品，甜得淡淡的、糯糯的，生津败火还止咳。对于夏夜来说，梦凡就是他的银耳莲子羹，不声不响、默默地从北京来到他身边。所有援藏的人心里都明白，在雪域高原，最难克服的困难就是孤独。那是一种远离家人、亲友之后内心的焦灼，它不仅仅是寂寞，是带着无助、空洞的难过。夏夜的宿舍很小，但是梦凡带着她的银耳莲子羹就那么悄悄地来了，她的身影和甜品的味道一起充满了他们的小屋。爱，不就应该是这样，你在哪，哪里就是家吗？

一次电话。梦凡那边更先进，丈母娘为了见闺女，还学会了视频通话，每天母女俩都聊得可欢了。

这天，夏夜下班回家，一进宿舍就闻到一股甜香。两个人平时就在食堂吃饭，很少下厨，这是怎么了？太阳从西边出来了？进屋一看，梦凡正在火上煲着一锅银耳莲子羹，雪白的银耳和米色的莲子在砂锅里翻滚着，应该是已经放了冰糖，甜丝丝的味道弥漫了整个小屋，羹汤上面还有几颗鲜红的枸杞，再伴有几粒碧绿的莲心，咕嘟咕嘟地煞是好看。

梦凡一脸甜笑，对夏夜说："老公，我找着工作了。也是咱们援友帮着我找的，在一个旅游公司做项目设计，明天就去上班啦！"这可是又个大惊喜。夏夜赶紧问："工作环境怎么样？收入好吗？"梦凡开心地说："同事们都不错，专业也对口。工作我也喜欢，设计的都是和拉萨旅游相关的内容。收入嘛，一个月三千多。虽然比在北京少点儿，可是咱们在拉萨也不用花什么钱，我觉得够了。再说，挣多少钱也比不上能和你在一起重要啊！"夏夜愣了一下，从月收入过万到现在的三千多，从北京到拉萨，梦凡始终给自己的都是微笑。她说的，你来我也来；对拉萨，你爱我也爱。还有什么比两个相爱的人能在一起更重要？在银耳莲子羹浓郁的香气中，看着梦凡灿烂的微笑，夏夜给了妻子一个大大的拥抱。

不

好使

范永红在尼木县当县委书记，老话说就是尼木的县太爷，时髦的说法是"一把手"。

老范本来是个慢性子，山西人，做啥事都不着急不着慌的。可是当了一把手，做事就得雷厉风行，一个唾沫一个钉。在拉萨的六个县里，尼木是最穷的，耕地少、山地多，还老发生自然灾害。一到夏天，范永红就得长在乡镇里，有时候还得在村子里待着。为啥？因为老出事。

6月份一到雨季，范永红就开始忙活。尼木县紧挨着318国道，一边是砂石山，一边是雅鲁藏布江，一下雨，就有泥石流。拉萨的司机一到6月份就不愿意往尼木去，因为实在是太危险。可是尼木又是拉萨通往日喀则的必经之路，6月到9月又是旅游旺季，来往车辆本来就多，范永红每年的那几个月过得都是提心吊胆，恨不得在318国道上搭帐篷住下。

今天这个村有了泥石流,他就赶紧过去,查看灾情、疏散百姓;没几天又下雹子,青稞刚长出来就给砸死了,他又得带着保险公司去给农民上门理赔,不能让人家一年绝收啊！山沟里啥都种不了,他就发动当地老百姓养藏鸡,给藏鸡蛋找销路;吞巴乡出藏香,他就把老百姓组织起来,家家生产藏香,还组织乡政府、县政府给他们卖……

在尼木两年多,范永红去过所有尼木境内的乡镇、村子,他的脸在尼木大街上就是通行证,谁都认识他。他的车一出尼木县委大院,什么抱着孩子的藏族妇女、背着青稞的藏族老爷子伸手就拦,车一停,拉开车门就问他："书记,你去拉萨吗? 捎我一段……"

藏历仙女节,有女性找男性亲属要钱的风俗,有点像内地过春节要给孩子们压岁钱的意思。这一天,范永红别出门,否则从宿舍区的清洁工到食堂的服务员,只要是女的,都乐呵呵地过来找他伸手要。他也乐呵呵地就给。别人给也就三块五块,是个意思,图个吉利;他觉得自己一个县委书记、一把手,不好意思给那么少,见着谁就都给一百两百,一天下来,愣能把自己一个月工资给出去。

虽说走到哪儿老百姓都认得他,要钱、搭车的时候都不把他当外人,可到关键时候,提他还真不好使。

尼木刚把藏鸡事业开展起来的时候,有好几批援藏干部都过来参观考察。在村子里,养殖户把林子用铁丝网围起来,把藏鸡散养在林子里。藏鸡个头不大,下的蛋也小巧,但是营养价值高，口感也好。援藏干部们过来参观，还以为参观完了能一人尝一个藏鸡蛋呢。没想到，看完了就完了，连饭都没人管。问范永红，能在你们县委食堂吃个饭吗？范永红挠头："你们人这么多，不好安排啊！"

有援藏干部试探性地问："那能尝尝您这儿的藏鸡蛋吗？"

范永红回答得倍儿实诚："你们问问老乡家里有吗？买几个试试！别多买啊，人家厂家还得来收呢……"

有的人实在忍不住了，问范永红："这藏鸡项目是不是你主抓的呀？"

老范说："是啊！鸡苗我们县里给买的，鸡蛋我们负责找企业收购，买饲料县里有补贴……"

问的人就有点急，说："那提你的名字要个鸡蛋吃都不好使啊？"

范永红特淡定，一点都不觉得没面子，说："不好使！不信你就试试。"

大家半信半疑，鸡蛋吃不成就去别的地方试试吧。吞巴乡是著名的尼木藏香的发源地和出产地，家家户户都做藏香。藏香是用柏木和其他的天然香料混合而成，每家的配方都不一样，生产出来的藏香味道也不一样，但是，都是手工的。范永红主管尼木县之后，把藏香这个产业给做大了，他找了一家北京的文化公司，帮着吞巴的老百姓开发了很多藏香的衍生产品。除了柱香，吞巴还生产香囊、香枕、香包、塔香；除了在家里自产自销，还在拉萨开了门店、在淘宝上开了网店。以前要买名副其实的尼木藏香，要么来老百姓家里买，要么就得去拉萨的门店买。后来尼木县想了一个办法，在尼木县城的大街上专门开了一个门店，由吞巴乡政府收集老百姓的藏香产品，放在门店里卖。价格由老百姓自己说了算。每个柜台上都写着香农的名字，谁家有什么产品、卖多少钱，明码标价。店面费全免。销售人员由乡政府委派，卖出去的钱全都归香农自己。

尼木县城就两条大街，新开张的店面挺好看、挺显眼。第一个发现它的是几个尼木县的援藏大夫，下班路过，好奇地进去看。里面的藏香种类还真不少，价格也公道。有几个大夫就想买点准备带回北京。买东西嘛，北京人习惯了先去砍价。一捆香10块钱，几个大夫就在那砍，5块行不行？负责销售的小伙子一脸冷峻，说："不行。明码标价。"

大夫们不甘心，又问："那8块行不行？我们人多，多买点？"

小伙子还是倍儿酷地说："不行。老乡把东西放在这儿，人家标多少钱我们就卖多少钱。不信，给你们看账本。"

一个大夫就问小伙子："你是乡里的还是县里的？"

小伙子说："我们是县里派来的，负责给吞巴乡香农卖藏香的。"

大夫就问："你认识范书记不？"

小伙子点头："认识啊！"

大夫有点兴奋，说："我们跟范书记也特熟，提他好使不？能不能给便宜点？"

小伙子一乐，痛快地说："不好使！你要非得一捆香给8块也行，那两块钱我找范书记要去。他肯定给我们补上。"

这口儿可够正的！几个大夫啥也别说了，麻利儿地掏钱买完走人吧！回到宿舍大伙儿就跟范永红抱怨："您这书记咋当的？买个香提您都不好使！还号称尼木谁都认识您呢！"

折箩

来援藏之后，好多人都问过，你们一个月挣多少钱？听说是拿两份工资？实话实说，挣的真不多。人家问你们不是原单位还有一份工资呢吗？出来援藏少则一年、多则三年，来的基本上都是中青年男同志。你一走，家里什么也指不上，还不得把工资卡交到媳妇手里？为什么援藏干部老得自己做饭啊？一来食堂是有时有点的，援藏干部们工作没白天没黑夜，错过了开饭时间，不自己做就得饿着；二来拉萨物价高，一碗牛肉面的价格是北京的两倍，天天吃，谁受得了？赶上有心灵手巧又勤快的援友，互相帮衬着做饭，那就是大伙的福气。做什么吃什么，没人挑三拣四。有剩饭吃就不错了，好歹是热乎的。高原消耗大，上一天班回到宿舍，看见什么带着热乎气都觉得是香的。大家心里都明白，来援藏，谁也不是来享福的。

范永红不好意思地乐，一乐一脸褶子，安慰这几个大夫："不就是买藏香吗？你们要多少？我买点送你们行了吧。"

一个大夫说："反正我们也买完了。您要是有诚意，我在街上看上一个门帘子，想带回北京去，你给我买了吧。"

那个又说："我看上一个羊毛帽子，想带回去给儿子戴。"

还有一个说："咱县委对面那家店里有串砗磲手串，我砍了半天砍不下来，您去给我收了吧！"

老范脸都红了，就差嚷嚷了，说："你们打土豪啊！我一个月挣多少钱你们又不是不知道。"

大夫们一看，这书记还不禁逗，就说："算了算了，我们不买了还不行吗？"

范永红嚷嚷："不买不行！都看上了就得买，临回北京，你们咋也得再给尼木做点贡献。"

几个大夫一看，这还真急了，就往回哄他，说："行了，书记，我们这就去买去还不行吗？可是我们都出去了谁做饭啊？"

范永红脸色缓和了，又带了点笑模样，说："去吧去吧，我做。保证你们爱吃。"

几个大夫逛了一圈回来了，抱着门帘子、拎着羊毛帽子、盘着手串。进家门一看，饭桌上还真摆好了，一大盆，折笋！头一天剩下的晚饭和头一天剩下的中午饭，加了点半年前买的午餐肉罐头，煮了煮炖了炖，还冒着热乎气呢。

北京市文联组织首都艺术家为拉萨市民送上文艺演出

北京援藏指挥部宣传联络部在北京发起"为海拔4500米的门堆幼儿园捐赠图书"活动，一千多本书送到了孩子手中

拉萨市城关区援藏干部看望结对帮扶的拉萨市民（上下图）

首钢男篮队员教拉萨市小学生打篮球

援藏干部慰问拉萨市SOS村家庭

教师篇

小两口
的煲仔饭

拉萨北京实验学校，是头一所北京从头到尾援建的学校。以前，北京出钱建学校，拉萨出老师教学生。如今不同了，拉萨北京实验学校不仅是北京出资建设，还要由北京的老师来教。2014 年，学校落成开始招生，初中高中都有，从北京一下子就来了五十多位老师。

这五十多位老师里有一对是小两口。女孩叫王蕊，男孩叫卢虎成。俩人都是教语文，王蕊还是初一一个班的班主任。刚到拉萨的时候，卢虎成一天到晚绷着个脸，王蕊倒是乐呵呵的。旁人不解，三问两问地打听，等卢虎成说了缘由，其他的老师们都点头理解，难怪嘛！

啥原因呢？本来王蕊和卢虎成是新婚一年的小两口，来拉萨之前家里刚刚买了新房、完成了装修。领证一年终于有了自己的小窝，俩人都憧憬着美好的未来，也计划着该要个宝宝了。就在这个当坎儿，学校里来了通知，招募去拉萨的援建老师，一走就是一年。王蕊和卢虎成在同一个学校同一个年级组，事先两人谁都不知道这个消息，开大会的时候校领导现场通知的。卢虎成压根没往心里去，没想到，坐在自己旁边的王蕊一听到这个信儿"噌"的一下就站起来，不打磕巴地大声说："我报名！"

事先没请示、事后没通知，卢虎成都傻了！全体老师开大会，自己又不能公然把王蕊拉下来，王蕊一脸兴奋，卢虎成一脸铁青。大会刚散，卢虎成迫不及待地就跟王蕊嚷嚷："你去什么西藏啊！你跟我商量了吗？"

王蕊笑意盈盈，不慌不忙地解释："我这不也刚知道吗？"

卢虎成更生气了："你也知道是刚知道，你能不能跟我商量完再决定啊？"

王蕊撒娇地说："你会不同意吗？"

卢虎成都委屈了，说："我怎么同意啊！新房刚装修完，你不想住啊？你不是说咱们可以计划要宝宝了吗？我爸我妈你爸你妈都等着咱们生孩子呢！"

王蕊还是一脸好脾气，哄着老公说："新房装修完了又跑不了，我不在你先住呗！孩子晚一年要不要紧，咱们都这么年轻，去拉萨让我锻炼锻炼不好吗？"

说出大天来，卢虎成就俩字："不行。"王蕊的倔脾气也上来了，说："不行也得行，反正我都报名了。"卢虎成没辙，搬出来两家老人挨着个地去给老婆做工作，一连做了好几天，全都败下阵来。最后，卢虎成耐着性子又问："你为什么非得去拉萨啊？我对你、我们这个家对你就这么不重要吗？"

这一下，把王蕊给说哭了，跟老公发脾气地说："我就是想去帮助别人嘛！那里的条件不好，我就想让自己多做点有意义的事嘛！"这一哭，卢虎成不言语了。小两口大学的时候就认识，卢虎成知道王蕊家里经济条件不好，她自小用功努力，一路考上大学。上大学的学费不便宜，家里拿不出这么多钱，但是王蕊很幸运，一直都有很多好心人无偿地资助她念书，一直到她成为一名老师。上大学的时候，王蕊就和卢虎成提起过，以后有了能力，一定要多去帮助别人，回报社会。

既然源头在这儿，卢虎成也就不再说什么了。第二天，他也做了一个让王蕊瞠目的决定，他也报名了！这回轮到王蕊做他的工作了："两边四个老人，我走了他们还有你；你也走了，万一家里有什么事他们怎么办？"卢虎成把一脸铁青换成了一脸柔情，说："我更不放心你。你去我也去。我在你身边心里才踏实……"

就这么着，小两口就从北京来到了拉萨。到了学校王蕊就跟上了弦似的，本来教课任务就重，还带着一个班，一天到晚起早贪黑，卢虎成又不乐意了，脸色又沉下来了。

听了卢虎成这一解释，年纪大的几个老师都劝："王蕊这是一腔热情，特别难得！既然来了，你就得支持她、关心她。咱们学校就你们是小两口一起来的，我们这些别妻弃子的人羡慕还来不及呢！可别闹别扭啊！"

想想也是！学校里几乎全是藏族孩子，好多从牧区来的孩子连汉语还说不利落，语文教学，尤其是古汉语的教学在这里变得异常艰难。王蕊上课教下课也教，几乎没有停歇的时候。学校是寄宿制，到了晚上，班主任还要盯着晚自习；自习完了，还要把孩子们送回宿舍才能走。老师的宿舍在学校外面，和学校隔着一个村子，值班老师每到晚上都要结伴而行。王蕊是这批老师里最弱小的一个，一米五几的个头、90斤的体重，戴着眼镜、梳着娃娃头，扔在学生堆里就是个高中生。卢虎成也顾不得生气闹情绪了。自己也在这里教学，自己对这儿的工作难度感同身受。他不是班主任，不用值晚班，可是每天都要在这里等着，等到王蕊下班，俩人再一起走回去。

本来下班就晚，王蕊又认真，时不时地还要给学生做做单独辅导，俩人回到宿舍的时间就越来越晚。不到一个月，俩人的晚饭彻底就吃不上了——人家食堂是有固定时间的，不能谁来都开伙啊！眼看着王蕊越来越瘦，卢虎成也心疼。宿舍里不具备开伙的条件，回来晚了只能泡方便面，这也不是常事啊！

援藏记者来学校采访，把王蕊和卢虎成小两口的故事记录了下来，然后，擅长做饭的记者王师傅还教了卢虎成一个小秘方，能让他们小两口吃上热乎饭。卢虎成偷偷学了，想着第二天就给王蕊一个惊喜！

第二天，卢虎成下班之后先赶回宿舍，把在超市刚买的电高压锅拿出来，淘好米、兑了水，切了几片广式香肠和腊肉——这都是王师傅教的，超市里都有卖的——然后又洗了几个荷兰豆放在里面，按下煮饭键，开始蒸饭。王师傅还嘱咐了，买菜的时候还得记着买一瓶生抽、一瓶老抽、一瓶蚝油，还有糖和盐，以后做什么都用得上。卢虎成记住了，每样来了点儿兑在碗里，放在桌子上，再一看表，该接媳妇去啦！

天已经擦黑，卢虎成一路小跑穿过村子来到办公室。一开门，一股浓重的酥油味扑面而来。甭问，准是孩子们刚走，王蕊应该刚给做完单独辅导。再看自己媳妇，呦！小脸通红、眼泪汪汪，怎么了这是？

王蕊一看见老公眼泪就下来了，原来，是自己班上的孩子和别的班的孩子打架了。老师们闻讯赶去，赶紧给拉开了。王蕊一看，打架的是自己班上的学习委员，一个表现一直不错的藏族小男孩。也是护犊子心切，王蕊当即就站在自己班孩子这边，先入为主地认定自己班的孩子有理！

说起来也不是什么大事，另一个班的老师过来批评了自己班上的孩子，就都去上课了。结果，放学之后这个叫普琼的小男孩来到了办公室，又真诚又羞愧地找王蕊老师承认错误，敢情错在他！王蕊这个犊子护的成护短儿了！王蕊也又气又愧，批评完孩子还得表扬孩子，得表扬人家勇于承认错误啊！那自己这又算怎么回事呢？是不是也应该找那个班的老师承认一下错误啊！

正纠结着呢，卢虎成来了。一听是这事儿，卢虎成就乐了，安慰说："没事！走，咱先回家！明天我陪你找老师承认错误去！"

王蕊郁闷地跟着卢虎成到了宿舍，一进门，一股混合着香甜的大米饭的味道扑面而来。王蕊吸着鼻子，问："这是什么呀这么香？"

卢虎成有点得意地打开高压锅，伴着香肠、腊肉、荷兰豆的煲仔饭已经蒸好。当着王蕊的面，卢虎成把旁边调好的酱汁倒在锅里，用筷子在里面搅拌了几下，一碗色泽丰盈、看着好、闻着香的煲仔饭就递到了王蕊手上。

王蕊开始还好奇，后来就头都不抬，大口大口地吃上了，一边吃一边夸："老公你什么时候会做煲仔饭了？真好吃！"

卢虎成爱怜地看着妻子，说："好吃吧！明天咱们请那个老师过来，请他吃煲仔饭，帮你道歉。我保证，吃了我做的饭，人家有什么气都能消了。"

煲仔饭

煲仔饭好吃是因为它的"宽容"，米饭、腊肉、绿菜、甜咸口的汤汁……都混合在一起，谁的味道都在，各自不争不抢，一加一大于二。援藏干部和他们家人之间的关系也是这样，家里的直系亲属，只要有一个强烈反对的，他人也不可能出现在拉萨。离家几千里，谁的父母不担心？谁的爱人不挂念？但凡能来的，都是家人给予了自己无限的宽容，送到机场的时候，甭管心里有多少不舍，脸上一定挂着微笑。王蕊和卢虎成到了拉萨还能在一个锅里吃饭，多少人看着羡慕啊！年长些的女老师都说王蕊好福气，能这么包容她、支持她的选择，这样的老公，夫复何求！

小
利利

房山区的郭永利老师到了拉萨，万万没想到这儿的学生有这么难管。整整半个学期，他都跟一个叫克珠的小男孩杠上了。不杠不行啊，几个班的孩子都看着呢，他要是杠不赢，他带的这四个班全都得造反。

郭老师教初一年级的政治，这点课程对他这个有二十多年教龄的教师来说不算个事。可孩子跟孩子不一样，在北京，老师瞪个眼，孩子肯定就低头了，心里就是再不服，面子上也基本上过得去。拉萨可不一样，尤其是从偏远牧区来的孩子，自尊心特别强，逆反心理也特别重，一个班里的孩子以抱着团儿欺负老师为乐，大家都私底下攀比，看谁最能跟老师顶嘴、最能把老师气跑！

郭永利上第一天课就认识了克珠。一个 13 岁的小男孩，从牧区来。老师在前面写板书，他就突然从座位上站起来往外走。班里的孩子好像都司空见惯，谁也不言声，等郭永利回过头来，克珠都走到门口拉开门了。郭老师吓一跳，这种场面在北京从来没见过，上着课、孩子跑了，这是教学事故啊！他赶紧给拦下，因为是藏族孩子，口气还不能太重，问他："你干什么去呀？"

克珠脖子一梗，说："我出去喝水。"

郭永利赶紧说："咱们上课呢！你忍耐一下，下课再去喝。"

克珠又是一梗脖子，挑衅地看着他，说："我渴了，你管吗？"

郭永利就有点来气，但还是耐着性子说："我讲了半天课，也渴了，下面的同学也有口渴的，但是现在在上课，谁也不能出去。你，回到座位上，下课再去喝水。我请你喝饮料都行。"

有这句话，克珠回去了。下了课，别的同学都出去玩了，克珠站在讲台前两只眼睛不错眼珠地盯着郭永利，郭永利知道，这是等着他兑现许诺呢。行，给你买饮料。郭永利带着克珠来到学校的小卖部，买了一瓶可乐给他，一边给一边想给他再强化一下上课的纪律。谁想到，郭永利还没开口，克珠一把抢过饮料瓶子就跑了。什么纪律啊、思想工作啊，你留着说给自己听吧。把郭永利给气得直窝脖。

谁想到更生气的还在后面！克珠回到班上就拿着饮料显摆，郭永利刚回办公室，一个班的孩子就围上来，七嘴八舌地跟他喊："老师，你为什么只给克珠一个人买饮料？你偏心！"郭永利有苦难言啊！都给我气成这样了，我还偏心他！得了，谁让话说出去了呢，走，一个班的孩子，一人一瓶可乐！小卖部老板可高兴了，一个劲说："郭老师您常来啊！"

第二天上课，还是这个班，郭永利就防着，可别再有什么情况。

果不其然，讲着讲着，就看见克珠又站起来了。郭永利诧异地看着他，这孩子这回没往外走，而是径直走到教室后面，从角落里拿起扫帚和簸箕，开始扫地！

郭永利教了二十多年课，还没见过这个阵仗。什么情况？他赶紧从讲台上走下来伸手拦，这一拦着，他的手就碰到了克珠的胳膊，克珠不干了，扔下簸箕就嚷嚷："你们汉族老师不许打人！"

郭永利给气得脸都白了，指着教室墙上的监控探头说："你现在就去中控室看，看我哪打你了？"

克珠斜着眼睛说："那你也不许碰我！"

郭永利提高了嗓门说："现在在上课，你这是干什么？"

克珠理直气壮："我打扫卫生。今天我值日！"

郭永利给气的，血往脑门上顶，说："值日都是课下做的，怎么能在上课时间扫地？"

克珠还是不服气，说："下课我还要去吃饭，去晚了就没饭了；不做值日就扣分，我们班卫生不合格你管吗？"

郭永利抢下扫帚簸箕指着座位说："你要么就回去听课，要么就在后面站着，不要影响大家。课上的事我就得管，你回去！"

这回克珠倒是没说什么，还真回去了。郭永利紧紧张张把这堂课讲完，气得再也不想见这个孩子。可是一个是老师，一个是学生，哪能不见呢？没几天，还是政治课，讲着讲着，克珠开始在课堂上玩手机！拉萨北京实验学校是寄宿制中学，学生来自四面八方，很多孩子一学期才回一次家，大多数都要靠手机和家里联系。但是学校明确规定上课时间不得带手机。郭永利从讲台上走下来，很明确地要没收克珠的手机。克珠这回倒是没说什么，瞥了瞥郭永利，把手机丢给他。

下课之后，郭永利第一时间就把手机交给了克珠的班主任。本以为这件事就这么过去了，没想到下班的时候，克珠堵在了郭永利的办公室门口冲他嚷嚷："你把我的手机放哪里了？你为什么不还给我？"

郭永利很诧异，问他："班主任老师没有还给你吗？"

克珠根本不听，还嚷："你拿走了我的手机，为什么要班主任还给我？"

郭永利意识到可能是班主任老师给忘了，就跟克珠解释："我把手机交给你的班主任了。他可能忘记还给你了。你别着急，明天早上我去提醒他让他还给你……"

克珠根本听不进去，大声喊了一句："我不要了！"转身就气呼呼地跑了。郭永利心说，这不是闹误会了吗？赶紧又给班主任打电话，班主任还真是给忘了，手机就锁在办公室的抽屉里。虽然说第二天一大早班主任和郭永利一起，把手机还给了克珠，可克珠看郭永利的眼神，还全是不忿呢！

就这么过了俩三月，郭永利和克珠基本上不说话。下课之后在楼道里，克珠看郭永利时候的眼神都带着挑衅；他要是从克珠身边经过，克珠就会用藏语和其他孩子高声议论。克珠一边说，别的孩子一边乐。不用翻译郭永利也知道，肯定没好话，十有八九就是骂他呢。

半个学期快过去了，有一天晚自习快结束的时候，郭永利看见楼道角落里有个黑影，蹲在那儿捂着肚子，埋着头。郭永利赶紧过去看，一拍肩膀，脑袋从膝盖里抬起来，是克珠！郭永利问他："你怎么了？是不是不舒服啊？"

克珠开始还不想说，可又确实耐不住难受，最后磨磨唧唧说："我饿得难受……"

郭永利一看表，都晚上9点了，就问他："你没吃晚饭吗？"

克珠眼睛里终于有了一点他这个年纪应该有的眼神，不好意思地说："我玩去了，没吃。"

郭永利一拉他胳膊，说："走，我给你买面包去！"

这个时间食堂早关了，郭永利就来到学校的小卖部，给克珠买了面包、饼干和酸奶。这回克珠没拿着东西就跑，而是蹲在小卖部门口狼吞虎咽地就开始吃，吃完了看看郭永利，不好意思地说了一句："谢谢老师。"

这可是太阳打西边出来了，半个学期都过去了，郭永利这是第一次听见克珠叫他"老师"。郭永利拍拍他，说："不用谢。你在课堂上不捣乱就行了。"

克珠一边吃着郭老师给买的面包酸奶，一边小有得意地说："我们就觉得你好欺负，欺负你有意思。反正北京老师都不敢打人，是吧？"

郭永利听了这话真是哭笑不得，这是拿着善良当软弱啊！可那又能怎么办？他是学生。郭老师心里始终有根弦，自己是援藏老师没错，但是在拉萨这个特殊的岗位上，维护民族团结、和藏族师生真正融合比上课教书更重要。毕竟还是孩子，一点点感化吧。

牦牛肉炖土豆

牦牛肉对拉萨郊区县的孩子们来说，绝对是奢侈品。别看牧区养牦牛，一家子一年也就舍得吃一头。一头牦牛售价一万多，一家好几口人都指着牦牛养活，谁舍得天天自己吃？牦牛肉要想做好吃了，就得豁得出工夫去炖它，不然嚼不烂，再好的东西也咽不到肚子里。郭老师用了一年的时间，给孩子们上课、和他们交流，小火慢炖了300天，换来了藏族孩子们对他的尊重。孩子的眼睛最亮，你对他是不是真的好，就跟那牦牛肉嚼在嘴里是一样的，一品就知道。

克珠一边吃一边跟郭永利聊着天，聊着聊着，郭永利就觉得这孩子还是挺可爱的，至少不会跟自己藏着掖着地耍心眼。郭永利平时也没什么特殊爱好，就是练练大字写写诗。他就跟克珠聊文学、聊诗歌、聊书法。时间长了，俩人还挺投机。

搞定了一个刺儿头，一个班都好带了。到了第一个学期末的时候，班里调皮捣蛋的孩子明显少了。虽然也有人忍不住上课的时候还想往外走，但至少会主动说，老师，我想上厕所……

　　学期快要结束的时候正好是年底，郭永利走进班里准备上最后一堂课。刚走进教室，多媒体就响起了生日快乐歌，班里的投影仪上是孩子们平时偷拍的他的照片，上面写着：郭老师生日快乐！郭永利眼泪都下来了，孩子们怎么知道这一天是他的生日呢？还费尽心思做了一个PPT来为他庆祝。讲台上，是孩子们从家里带来的糌粑和酥油茶，他们把自己平时舍不得吃的好东西拿出来送给他。郭老师是在感恩和幸福中上完了学期的最后一节课。课后，郭永利小跑着去菜市场，买了小10斤牦牛肉，又买了好几斤土豆。回到宿舍也顾不上吃饭，先洗土豆、切块；又切牦牛肉，汇在一起放在电高压锅里，加上酱油、料酒、姜、蒜一起炖，炖好了又在高压锅里保温。第二天他把高压锅端到了教室，赶在课间加餐的时候给孩子们一人来了一小碗。孩子们吃的那叫一个香！

　　第一学期结束的时候，孩子们成群结队往外走，准备回家。郭永利也收拾好了东西和同事们准备回宿舍。就在他和孩子们相遇的时候，学生群里突然有人喊："一、二、三！小利利！"正准备离开的好几个老师都回头看，郭永利的脸唰地就红了。他赶紧走过去跟孩子们说："你们什么时候给我起的外号？不许在学校这么叫我……"孩子们哈哈大笑："郭老师你就是我们的小利利！"

金枝
玉叶

刘玉叶在家里排行最小，上面有两个哥哥。父母宠、哥哥疼，她是名副其实的"金枝玉叶"。可就这么一个娇娇女，自从来了拉萨，在拉萨北京实验中学做高三年级的政治老师，她一个还单身的姑娘，却找到了当妈的感觉。

到拉萨的学校上第一堂课，下面坐的都是十七八岁的豆蔻少年。刘玉叶开口讲第一堂课，不是讲课本，而是谈人生。下面五十多双眼睛都羞答答地看着她。那眼神纯净得一塌糊涂，但是也充满了迷茫和困惑。整整 45 分钟，整个课堂上就听刘玉叶一个人讲。没人回应，没人举手，没人提问，就连接下茬、小声嘀咕的都没有。反正她说什么孩子们都没反应，一堂课上得刘玉叶口干舌燥，心说怎么一个提问的都没有啊？他们这是听懂了没有啊？

下了课刘玉叶就找来学生信息登记表，一个一个地看学生们的个人信息。全班五十多个孩子，这家庭条件不好的占了一多半。还有个叫次仁白姆的孩子，是从拉萨市海拔最高的当雄县来的，家里是牧民。这个小姑娘在"家长"一栏里居然什么都没填，空着！父亲、母亲后面都没写名字，只在备注里面写了一个名字，这个名字跟她本人的关系，居然写的是"姨夫"。监护人是姨夫，这个孩子的家庭会是什么样子？凭着十几年的教龄和自己的敏感，刘玉叶觉得，这个孩子必须得重点关注。

下了课刘玉叶就赶紧问孩子所在班的班主任，班主任老师悄悄告诉她，这孩子是个孤儿，很小的时候就父母双亡，从小跟姨长大的。家里的生活条件也不好，姨和姨夫还有自己的孩子，家里主要靠养殖牦牛为生。要不是拉萨地区的政策好，孩子们上学读书所有费用全免、国家还有补贴，这个孩子很可能就辍学了。班主任老师还一个劲夸次仁白姆，说这个孩子学习特别用功努力，善解人意，是个很有潜质的姑娘。听了班主任一席话，刘玉叶就暗暗上了心，这样的女孩子内心一定特别敏感，自尊心也会很强，跟她说话的时候可得注意，除了日常学习，生活上也得多关心她。

高三文科班的课程特别紧，一个星期刘玉叶要上13节课，天天都得跟孩子们见面。上了几天课以后，刘玉叶就开始发怵。学校是寄宿制的，可是没有建浴池，学生们一星期回一次家，有的甚至一个月回一次家，在学校期间没地方洗澡。五十多个人的班，全是农牧区来的藏族孩子，身上有着浓浓的酥油茶味、藏香味、糌粑味，还有青春期孩子身上的汗味……刘玉叶每次进班，第一件事就是忙着打开窗户通风，不然，一节课都讲不下来。

可是上完课还不能走，高三的学生普遍都有紧迫性，都喜欢在课下围着老师问这问那。刘玉叶再受不了班里的味道也得乐呵呵地给孩子们解答问题。次仁白姆就特别爱提问，除了问课上的还喜欢问点别的。什么哲学的问题啊、人生的问题啊，有一次她还眼泪巴巴地问刘玉叶："老师，我要是考不上大学怎么办？"

刘玉叶耐心地开导她，告诉她，她的成绩很不错，只要发挥正常就可以考上理想的大学。就算考不好也没有关系，人生的路有很多，只要自己始终有前进的动力、知道自己的目标，就可以生活得很充实。次仁白姆就问了："老师，怎么才能有动力？"这可是个大问题，刘玉叶就说："我认为人只要有责任感就会有动力。你对自己要负责任，对家庭要负责任，对社会也要负责任，有了责任感就会有前行的动力，就会自己督促自己去努力……"这是次仁白姆第一次和汉族老师敞开心扉，刘玉叶在教育孩子的同时还得鼓励，她问孩子："想过报考哪里的大学吗？想过要学什么专业吗？"次仁白姆看着刘玉叶，说："老师你教完我们是不是就要回北京了？我想考北京的大学，考上了能去找你吗？"

刘玉叶特别痛快，说："当然能啦！你要是考上了，一定来找我啊！"这一席话聊完，次仁白姆不知道从哪掏出一把糌粑，她把糌粑放在手里，从水壶里倒了点水在手里，一只手就那么攥啊攥的，没一会儿，刚刚还是粉状的糌粑就被攥成了糊糊状。她把攥好的糌粑捧到刘玉叶面前，特别真诚地说："老师，我请你吃糌粑。"

刘玉叶看了看面前这只小黑手，还有手里面看不出颜色的糌粑，她把心一横，笑着伸手过去抓了一把放在嘴里，都没怎么嚼就赶紧咽了，还笑着对孩子说："好吃。谢谢你。"

吃了一个孩子的，就有第二个孩子等着呢。拉萨的孩子们就是这样，淳朴得让人无法拒绝。刘玉叶吃了几回心里就坦然了，什么手攥的糌粑啦、生的牛肉干啦，人家能吃咱也能吃。吃完了自己再买点小蛋糕、小饼干回送给孩子们，大家吃得都很开心。

这一来一往地吃得多了，好多孩子就放开了。这天，课上正在讲银行利率、股票这些经济问题，讲得刘玉叶有点起急冒火。为啥呢？藏区的孩子数学普遍不好，现在高中的政治课里有很多经济学知识，需要计算、统计。就一个银行利率问题，都讲了三节课了，学生们还是听不懂、做不会，刘玉叶这个着急啊！偏巧这个时候一个叫卓嘎的小伙子居然在座位上吃起了苹果。可能也是实在听不懂，找别的事情缓缓神。可这都高三了，上课应该遵守的规矩还不懂吗？刘玉叶本来就起急呢，一看这个更来气了，她把卓嘎叫起来，很严厉地批评他。小伙子一看平时笑眯眯、乐呵呵的刘老师今天真生气了，赶紧就把苹果扔在一边，给老师一个劲说好话："老师我知道错了，我再也不这样做了……"看着一个一米七几的小伙子一脸羞赧，眼神里也全是歉意，刘玉叶的火气也消了，说："卓嘎，其实你很聪明，长得也很帅，老师一直都很喜欢你……"

这句话在内地听没什么，在拉萨学校里说了可炸了锅了。好几个女生站起来跟刘玉叶抗议："刘老师，你怎么能说喜欢他？他是男生！你不可以喜欢他……"

刘玉叶又赶紧解释，这种喜欢是老师对学生的喜欢，是不分性别的，老师喜欢班里所有的孩子，也希望你们所有人都能喜欢我！

这件事完了之后刘玉叶心有余悸，敢情汉藏两族的文化差异这么大！不过没关系，刘玉叶自诩是个大大咧咧的人，跟孩子们相处的时候自己也像个孩子。从这以后，每次上课前，刘玉叶都

酸菜馅饺子

2015年是拉萨北京实验中学参加高考的第一年。刘玉叶是北京援藏的第一批高中毕业班老师。学校成立一年，高考上线率80%以上，这个成绩在拉萨就是平地起惊雷，一下子就让这个城市看到了首都教育品牌的厉害。但是身在其中，只有老师们自己知道这一年是怎么过来的。每个老师都跟刘玉叶一样，先得跟孩子们处出感情，然后才能正常教课，要不然，学生们都懒得搭理你！一个班四五十人，一般一个老师要教两三个班，就这么两个学期，要跟百十多孩子处成朋友，让他们信任你、尊重你，那该有多难？刘玉叶在后半学期，擀饺子皮擀得手都起了泡，临毕业前，女孩子们拉着她哭得不肯撒手，这样的感情就是传说中的血浓于水吧。

和前排的孩子们握握手，向他们展示一些汉族的礼仪文化。这么做了一段时间，到后来每天刘玉叶来上课的时候都会有学生主动等她，说，老师握握手吧；老师抱一抱吧；老师我好喜欢你啊！

刘玉叶一边笑纳着孩子们给她的微笑，一边也给孩子们反馈她的拥抱。好多孩子一个月才能回一次家，刘玉叶就在周末把这些孩子带回宿舍，给他们做上一顿好吃的。

刘玉叶是涿州人，烙肉饼、包饺子都是一把好手。第一次请孩子们来宿舍吃饭的时候，刘玉叶买了两颗酸白菜，又买了二斤肉馅，把白菜剁碎了，和肉馅搅拌在一起，放上姜、葱、盐和料酒，又和好了一大盆面，自己擀皮，手把手地教孩子们包饺子。饺子包好后，用高压锅一煮，每个孩子都吃了一大盘子。

本来就是想让一周回不去一次家的孩子能有个地方打牙祭，结果，吃了酸菜馅饺子的几个学生回去一显摆，全班孩子都不干了，说老师你不能偏心！刘玉叶又把心一横，说，成，咱们现在就分组，每周六有三个同学跟我回宿舍吃饭，全班都有份！

高考前，全班孩子都吃过刘玉叶包的饺子了。高考那天孩子们进考场，刘玉叶收拾行李准备回北京。把学生们送进考场的时候，孩子们冲她喊："金枝玉叶！我们去北京看你！"

跟学生
比赛跑

在拉萨，新建的拉萨北京实验中学可以说是软硬件最好的一所学校。论硬件，总投资 2.2 亿元，两栋教学楼，五栋学生公寓，还有操场、篮球馆。一进大门口，就看见又是喷泉又是绿地，一水儿的藏式建筑，整齐漂亮。论软件，学校的领导班子、主要任课老师都是从北京来的，而且好多都来自于名校，包括十一学校、八中、育才……

按理说，这样的学校应该没什么可操心的，可分管德育的副校长张志宏来了一年多，人瘦了一大圈。

张志宏来拉萨之前是人大附中翠微学校的副校长，到拉萨当副校长之后，他最大的感触就是不仅得动脑子还得动腿。

刚来的时候，学校硬件还不完善，摄像探头也没安装，张志宏就发现怎么早上草地还是绿的，到了下午就秃了好几块？还有楼道里的照明灯，昨天还好好的，今天再一抬头，怎么灯管都露出来了，灯罩哪去了？

问题多了他就开始了巡查，占地 200 亩的学校，他一个人哪够用啊？每天都得有将近 10 个老师跟着他在各处巡查，有北京来的老师，也有当地的藏族老师。

晚自习开始前，巡查到操场，老师们就看见学生们三五一堆坐在草地上看书吃零食。藏族老师没觉得怎么样，张志宏就得过去跟学生们讲，这个草坪吧……它是绿地，是观赏的，是用来美化咱们校园环境的，它不能践踏。藏族学生听不懂什么叫"践踏"，还得叫过藏族老师来给大家翻译，就是不能站、不能踩、不能坐。藏族学生不理解了，说："老师，草坪就是可以坐的呀……"藏族老师也解释："我们的习惯是一到节假日就去过林卡，林卡就是草地的意思，那天我们就要坐在草地上吃肉、喝酥油茶、唱歌……"张志宏被说得没脾气，敢情学生们到学校的草坪上野餐来了。

但是不管怎么说，学校的绿地就是不能踩。为了这个事，张志宏在每周一的升旗例会上给全校师生讲了好几次，这才把已经凹凸不平的草坪给救回来了。

白天巡查能看见草地上的事，晚上熄灯之前，那可什么事都能碰到。学校招收的学生来自拉萨七县一区，孩子们住家分散、太远，只能采取寄宿制。有的孩子一周能回一次家，有的孩子甚至一学期才回一次家。开学的时候，家长们把生活费带过来直接交给班主任保管的事情很常见。家长们信任学校、信任老师，学校就更要对孩子和家长负责。所以，学校自建校以来一直采取封闭式管理。

按理说，一天三顿饭，学校里面还有一个小超市，应该能满足孩子们的需求了。可对青春期的孩子们来说，学校里做的饭怎么也不比外面小商贩卖的零食好吃。别看那些游商都是无照商贩，卖的吃食也真上不了台面，可就是闻着香、看着馋。自从学校一开学，好多游商慕名而来，每天一到下课的点儿，就在教学楼后面的路上溜达。校园和外面的马路只有一道铁栅栏隔着，学生们从栅栏里面一伸手，就能花钱买吃的。有一个买的就有第二个，终于有一天，一个初中的孩子吃坏了肚子，正赶上张志宏值班，眼看就要下班了，宿管老师给他打电话，说一个孩子拉肚子还发高烧。张志宏开着学校买菜的皮卡，连夜赶紧把孩子送到了医院。大夫说了，就是吃了不干净的东西，引发了肠炎。学校食堂的饭肯定没问题，不然，拉肚子的就不只是一个人了。问孩子，还吃什么？孩子不好意思，说吃了校外游商卖的零食。

张志宏这个气啊！怎么跟孩子说不许买外面的东西吃都不管用。孩子嘛，不可能有那么严格的自律性。打这儿以后，每天晚上晚自习快结束的时候，张志宏就沿着校园里的铁栅栏溜达，看见偷偷摸摸过来的学生他就紧走两步；要是能抓个正着呢，他就勒令孩子不许买。有的高中孩子贼啊，知道张校长要夜查，看见他过来就跑，他就在后面追。一开始追不上。你想啊，张志宏四十多了，又是从北京来的，没经过高原训练，孩子们都是本地的，从小跑到大，又正值青春年少，那跑出去几百米他哪里追得上。

可张志宏不服啊！光说不管用，那就得抓现行！不就是比谁跑得快吗？不行就练呗。从北京到拉萨，三个月之后，张志宏迷上了跑步。开始时在跑步机上跑，后来就干脆在学校的跑道上跑。还真别说，有系统的训练就是比不练强，跑了俩月之后，上楼气也不喘了，走路也快了，尤其在追学生这件事上，那基本上没跑儿了！只要被张校长看见，这学生一准儿能被追上。到后来，张志宏不仅巡查校内，还时不时地去查查校外。远远看见有商贩隔着铁栅栏叫卖，他就跑过去撵。不仅能撵上，还能苦口婆心地教育小贩几句。一来二去，游商看见他就跑，比城管来了还管用。

在张校长的"跑步管理"之下，学校里面的环境、周围的环境好了很多，学生们的自律意识也在一点点增强。原来都是没学过汉语、在林卡上读书的藏族孩子，现在要让他规规矩矩地坐在教室里，读书写字，这个转变是挺大的。

校园环境好了，就是人文环境好了，可是张志宏还得巡查。为什么？因为有的时候，管得住人管不住动物。

拉萨这个地方有很多独特之处，比如，流浪狗多。曾经有一段时间，拉萨的常住人口据说有 10 万，但是流浪狗的数量能达到 11 万。藏传佛教忌讳杀生，认为众生平等。所以，不管是在拉萨哪里的流浪狗都只有人喂、没有人打，当然也没有专门机构去给这些流浪狗做绝育，因此，拉萨满大街都是狗。

拉萨北京实验中学地处的东郊教育城地段算偏僻，人流量不大，但是周围村子里的狗多。张志宏有一天晚上正在巡查，走到初中宿舍楼门口，突然就听到了点异动。他问其他的值班老师："听见了吗？"老师们仔细听，还真是，好像是什么东西在哼哼。

　　几个老师赶紧进宿舍，挨着屋子这通找，终于在一个宿舍里找到了，居然是三只小白狗。刚生下来，眼睛将将张开！

　　几个老师赶紧把宿舍里的孩子给叫回来。原来，就是初二的

炖猪蹄

刚到拉萨的时候，张志宏还自诩是全校最适应高原的老师。别人都有或多或少的不适感，头疼啊、失眠啊、喘不上气啊，他说自己什么事都没有。别人都掉斤两，只有他能维持原有体重。这话说了刚几天啊？再见张志宏的时候，人都瘦脱了相了。两个腮帮子全瘪了，脸上也尽是疲惫之色。问他怎么了，他就说操心；再问，敢情还中长跑的体力运动。他自己也没算过，一年下来，他追学生、逮小贩，跑出来的公里数是不是都够从拉萨回北京了，就知道看着他越来越瘦，脸色越来越让人心疼。他自己会炖肉，炖的还特好吃，而且每次做，都是几种肉放在一起炖，那香味能把全校老师都招来！自从练上"中长跑"，他也没工夫保养自己了，援友们炖的猪蹄子成了最爱。老师们心疼他，每次端来都说：管够！大伙轮着做饭，谁做好了都给他留一份，想着回北京之前，怎么也得把他损失的体重给找补回来啊！

孩子发现一条大白狗在操场的旮旯里生了一窝小狗，几个孩子喜欢，就一人抱了一只回来，还想在宿舍里养！

张志宏又气又笑，赶紧让孩子给带路，一人抱一只，跑着把小狗又给狗妈送回去。然后还得跑回来教育孩子们，你们这么做，第一，它影响学习、影响宿舍环境；第二，小狗还在吃奶，你们给抱走了，那不是要它们的命吗！

后来，张志宏跑步巡逻的时候，除了查学生、撵商贩还得注意狗，有大狗就得给轰出去，怕把孩子咬了；有小狗也得给请出去，怕哪个孩子一动善念就给抱回宿舍去了。直到最近，张志宏不用跑步了，那是因为预算批下来，学校终于安上了监视器，有了中控室，还实现了全天全方位没死角。

中控室投入使用这一天，几个校长在张志宏宿舍里开伙，有人专门上街去买了几个猪蹄子，回来放上花椒、大料、姜、蒜、酱油、白糖，用大火炖了，加了点黄豆，也说不清楚是煲汤还是吃肉，反正就是一盘子热乎乎的炖猪蹄。张志宏一回来，碗筷都给摆好了，面前的盘子里是一切两半的油光嫩软的猪蹄。其他校长对他说："老张赶紧吃！这小半年尽让你练长跑了，都跑瘦了，咱得把跑出去的损失吃回来。"张志宏一边啃猪蹄子一边笑："吃哪补哪，吃完了我接着跑去！"

表现好了
有糖吃

北京的老师到了拉萨，做的第一件事都是立规矩。

学校要给新入学的孩子们立规矩：窗户不能打、顶灯不能打、窗帘不能撕、草坪不能踩、水池不能跳……

拉萨北京实验中学是个新学校，是北京从头到尾援建的，老师也是从北京调来的。别看这些老师都是各个区县的教学骨干，好多还是从名校来的；也别看他们教北京的孩子得心应手，面对从农牧区来的藏族学生，他们还真得从头来。急不得、恼不得。

从大兴区来的觉立明是地理老师。按说他教的是科任课，也不带班，上课来下课走就行了，可教了一阵子学校就发现，平常找他的学生怎么那么多啊！

你问他，学生怎么跟你那么好啊？觉立明老师也说不出个所以然来。看他上课，大面上和别的老师也没有什么明显差别；再跟他聊，他有一套理论的确挺独特。

　　觉立明老师觉得，对于拉萨地区的初中孩子，要先从立规矩教起，规矩立起来了，才有可能建立良好的学习习惯，然后才有可能对他们输出正确的价值观。传道授业解惑，这立规矩，就是"传道"。

　　觉立明也知道学校的规矩不少，有很多都是针对拉萨学校的特殊情况制定的。规矩都不错，可是如何让孩子们守规矩却是个难题。学校明确说了，大门口的喷泉水池不能跳！为什么立这个规矩？因为有孩子开学第一天就"扑通"一下跳进去了。为什么跳？因为孩子高兴。学校里面绿化好，有树有草有水池，藏族同胞平时休闲过林卡的时候就找这样的地方，看见这样的地方，就带着牦牛肉、酥油茶往草地上一坐，吃吃喝喝唱唱歌，太阳晒热了，就跳到水里泡一泡。孩子们把上学当成了过林卡，看见草地就想坐，看见水池就想跳。

　　习惯是多年养成的，还是根深蒂固的。你一下子就说"禁止""不许"，好多孩子也听不进去。觉立明就想了一个"招儿"，叫"循序渐进"，他每天上课前先给孩子们讲一个规矩，讲为什么立这个规矩，怎么做才能高高兴兴地遵守这个规矩。他跟孩子们说："学校的草坪是人工种的，不是外面野生的。这样的草地，踩多了就秃了，你们得看着日子去坐草地。春天不能坐，因为正是小草长身体的时候；夏天可以坐，秋天也可以，冬天就不行了，小草得休息，明年还得长呢……"

　　这么一说，孩子们就能理解了，为了以后还能坐在草地上看书吃东西，春天冬天就先别去了。

　　踩草坪这事用了快俩月才算把规矩立下了，还有别的事呐。

在内地上课，尤其是中学，上课铃声一响，老师走进班，同学起立行礼之后就开始讲课，黑板上肯定是干干净净，上节课的板书内容早就由值日生、课代表给擦干净了。到了这儿可不行，从牧区来的孩子们没受过这个教育，好多孩子也没怎么用过黑板。觉立明一看这情况，光说是没用的，只能自己来。上课一进班，觉立明行完礼之后先自顾自地擦黑板，擦完黑板再自己接多媒体——拉萨北京实验学校的教学设施是一流的，每个教室都配备了多媒体教学设施，老师可以用电脑给学生们放PPT，可以放视频，可以联网教学，手段很丰富。按理说，擦黑板、连接多媒体这种工作都应该由值日生和课代表提前做好，可这儿没这规矩。觉立明就自己做，一边做，一边还得有意无意地给孩子们敲边鼓："这些事要是课间完成就好了，那样老师来了就可以直接讲课，节省大家时间了。"

第一次说，孩子们不知道什么意思；第二次说，好像有人懵懵懂懂地听明白了；第三次说的时候，就有人不好意思了。沥沥拉拉过了一个月，突然有一天觉立明进班的时候，发现黑板居然是擦好了的，讲台上，好几个孩子正撅着屁股给他连多媒体呢！他这个感动啊，赶紧跟孩子们说："擦干净黑板就好了，多媒体的事情还是老师来。里面有电，你们别管了。"孩子们还不干了，争先恐后跟他表示："老师我们会弄！我们看你弄的时候已经学会了！"

觉立明一看自己这招"循序渐进"起作用了，得赶紧乘胜追击啊！他从北京来的时候带了一些家里的土特产，什么大虾酥啊、果脯啊，本想着送给当地的朋友，这下全派上用场了。他把这些小零食带进课堂，今天谁擦了黑板，就奖励一块大虾酥；谁积极举手发言，就来一块果脯。

这一下班里的气氛就热闹起来了。农牧区来的孩子们有个特点，就是热情淳朴、自由奔放，对任何人都不藏着掖着，想表达的时候拦都拦不住；不想说话的时候，一整天都闷着。好多北京来的老师都发愁，说这里的孩子怎么上课不发言啊？怎么跟老师没交流啊？那我讲的课你们到底是听得懂听不懂啊？

觉立明的课堂上就没这个问题。他把大虾酥、果脯、棒棒糖往讲台上一放，他不用鼓动谁举手，只要问题一提出来，教室里就能开了锅。孩子们争先恐后回答问题。可有一样，这里的孩子们不习惯举手起立，想起来坐在位子上就开说，你说他也说，还得比谁声音大，最后觉立明要想控制局面得靠嚷。

这也不行啊！觉立明就又想起个招儿，头几堂课是说发言就奖励谁；后来是谁能主动举手起立发言就奖励谁。忘了也没关系，只要孩子坐在座位上答对了问题，觉立明就让他再举手、起立，当着全班的面再回答一次，然后郑重其事地给他奖励。别看就一块大虾酥，奖了几次，孩子们就记住了：举手、起立、回答问题，这也不难嘛！

遵守规矩的奖励，考试测验前20名的奖励，那还有差一点的孩子呢，怎么办呢？觉立明自己定的尺度执行起来也有弹性，看见哪个落后生有一点点小进步，他都把孩子叫到办公室，悄悄给他一颗棒棒糖，还得告诉他，为什么给他，让他内心里荣誉感的小火苗一点点地烧起来。到后来，即使他没发现，孩子们都主动找他，说："觉老师，今天我又进步了，我告诉你啊！我做了……"
只要属实，觉立明就给奖励！

　　到了学期后期，觉立明的办公室里老是聚集着乌泱乌泱的孩
子。有来汇报自己有进步的，有来问问题的，有来提前找他要

煮花生

都说偏远地区来的孩子们难管、没规矩，觉立明开始也这么觉得。后来处着处着就发现，孩
子们比内地学生调皮是不假，可他们打心眼里的那股真诚也是别的地方同龄人所没有的。你
喜欢红色，看见什么红的都觉得好看；要是不喜欢，怎么看就怎么都不顺眼。拉萨的孩子看
北京来的老师也是一样。他长这么大，头一回有北京来的汉族老师给他上课，他从小没见过
你、不认识你，凭什么就相信你？你上课，他爱听就听，不爱听就自己给自己念经，你怎么
管？觉立明的"糖果亲近法"对十二三岁的孩子是很有效果的，别看就是一块大虾酥，孩子
伸手接了，就是对老师有信任了。难为觉立明，自己还是个大孩子，整天还要想着怎么变着
花样对孩子们实施鼓励。那一盆煮花生，弄得觉立明一宿没怎么睡。之前哪里碰过炉灶啊？
生怕煮不熟或是煮烂了。在拉萨一年，不仅当老师，连当爹的感觉他都找着了。

PPT 的，就连他值班的时候孩子们都来，找他问这问那，还有孩子拿着数学和英语题来问他。这可是隔行如隔山，觉立明每到这时候都特羞赧地告诉孩子们："这个老师真不会，你还是去问数学老师和英语老师啊！"孩子们一听这话，眼神里就会有点小窃喜和小狡黠的光，那意思就是："老师你也不会啊！"觉立明看见孩子们偷笑也不介意，也不好意思地跟着笑。也是，觉立明是个 85 后，自己也还是个大孩子呢。

一年援建期说话就过去。期末盘点，学校让孩子们给所有北京来的老师打分，觉立明的分数遥遥领先，他任教的两个班，地理课成绩也在全年级拔尖儿！这样的分数，孩子们高兴，觉立明自己也美啊！

眼看学期快要结束了，觉立明想在临走前再给孩子们发一次奖励。这回不是大虾酥和棒棒糖了，他想给孩子们做点好吃的发下去。做什么呢？又要是零食，还得让班上孩子们人人都有份，这可难为死他这个大男孩了，平时也没怎么做过饭，难度大的还真不会。

想来想去，他觉得煮花生行！出去到菜市场买了好几斤花生，回来问同来的老师们，人家教他，把花生洗干净了，用花椒、大料、盐和干净水一起泡，水要没过花生。泡上半天之后再煮，放上几只干辣椒，盖上锅盖，水开之后大火变小火，等水收干了，就煮好了。

一大盆子花生，煮好之后觉立明一个都没舍得吃。等最后一节课的时候，他就端着盆去，想着孩子们吃着花生的样子，这一年过的，让他觉得真真的有些舍不得。

恶狗
难挡

　　从北京来到拉萨的老师，工作在学校，居住生活在宿舍区。宿舍区距离学校说远也不远，直线距离六七百米，但是中间隔着一个村子。老师们上下班得步行穿过村子。白天都好说，主要是怕天黑，村子里的路不好走，深一脚浅一脚的，还有好多野狗。一到晚上下了晚自习放学的时候，老师们就都结伴而行，尤其是女老师，身边没几个男老师还真不敢走回去。

　　王垚老师是丰台区的政治老师，到拉萨来以后，除了日常教学，还为孩子们开展了一些课外活动，像法律讲堂啊、模拟法庭啊，这些活动既能让孩子们对法律、政治有一些直观的了解，也利于他们对课本知识的学习和认知。

　　但是搞这些活动它消耗时间啊。搞一个模拟法庭，王垚老师就得求助拉萨市中级人民法院的法官，正好法院里也有北京来的援藏干部，人家法院的副院长亲自跑到学校，帮助王垚老师一起设计案例，给学生讲法制课，还得告诉孩子们，何为被告、何为原告，审案是什么意思，法官是干什么的、律师是干什么的，审案的基本程序是什么样子的……一连一个多星期，人家院长过来和孩子们一起在课下学习研讨，王垚老师当然也不能闲着，也得陪着忙里忙外。

这一忙就错过了下班时间，天黑了还得走回去。王垚就郁闷啊！其他老师都已经走了，王垚这儿饿着肚子也没有个交通工具，只能靠步行。出校门走大路的时候都还好，进了村子之后王垚心里就开始犯嘀咕。平时大家结伴而行的时候还好，几个人聊着天、说说笑笑地就过去了，村里有几条大狗总是在外头溜达，但每次看见好几个人，就也只是远远地看着，不吱声。

王垚自己走在村子里，心里多少有点含糊。村里的小路不宽，还弯弯绕绕的，天黑，又尽是视觉死角，路上也没有路灯。王垚绕过第一个路口，远远地看见路中间有个模模糊糊的东西，走近了再看，好像还在动。王垚心说，这是条狗吧？正琢磨着，那东西又动了动，两束小绿光射过来，王垚心里"咯噔"一下，可不就是狗吗？还是条大狗，刚才闭着眼睛在路中间歇着呢，这会儿听见王垚的脚步声，把眼睛睁开了。黑夜里看狗的眼睛是绿色的，像两个绿灯泡，跟狼的眼睛一样，看的人心里直发毛。

王垚身高一米五，四十多岁一个女老师，手无缚鸡之力，身上除了背包啥都没有。王垚听人说过，遇到这种情况，千万别跟狗对视，装看不见它，赶紧溜边过去，还不能跑。你一跑，它反而要起身追。

王垚爹着胆子，掏出手机，找到同事的电话，准备不时之需——万一被狗追了、咬了，得赶紧求救啊！她紧紧攥着手机，又搂紧了背包，用余光扫着那条狗——走进了才发现，是条大黑狗，看样子是野狗和当地藏獒杂交的品种，面露凶光，眼神里有警惕也有不屑。王垚低着头快步走，走过大狗身边的时候，说不想跑那是假的，可是又不能跑，只是下意识地加快了步伐。走过大黑狗的时候，王垚刚要松一口气，就听见后面窸窸窣窣一阵作响，她紧张地回头一看，只见大黑狗的姿势从卧着变成了站着，爪子也伸出来了，这是要跟着她往前走啊！

王垚也顾不得许多了，赶紧加快了脚步，没承想就跑了起来。这一跑可坏了，大狗也跑起来了。人的两条腿哪儿跑得过它的四条腿，王垚眼看着黑狗的白牙距离自己越来越近，不由得就高声喊起来："狗咬人了！"连着喊了两声，大黑狗有点迟疑，跑了几步站住了。王垚惊魂未定地继续往前跑，就听见旁边一家的院门"咣当"一声打开了，里面出来一个藏族妇女，看了看王垚，冲她笑笑，然后冲着路中间正在疑惑的大黑狗吼了一声，大黑狗低着头蔫不出溜地跟着藏族妇女进院子了。敢情这狗是有主的！

王垚气喘吁吁地跑回宿舍，跟其他老师说起这事。女老师们都替王垚后怕，商量着第二天开始，大家身上都带着点火腿肠吧，遇见狗就赶紧给撒买路钱，不然这条路是没法走了。

第二天王垚还得加班，还是帮孩子们搞模拟法庭的演练。这回她一大早先到楼下的小超市买了一捆火腿肠塞到包里。等晚上下班的时候，趁着天还没黑透，她赶紧往回走。果然，大黑狗还在昨天那条路上，还是昨天那个位置，还趴着呢。

看见王垚过来，那两束小绿光又打开了。王垚赶紧从包里拿出两根火腿肠，撕开了塑料皮，颤颤巍巍地递过去，一边递一边说："大黑啊，你看清楚啊，是我，我给你送好吃的来了，你可别咬我啊！你要是喜欢啊，明天还有。我天天从这条路上走，你可不能咬我啊……"

碎碎念了半分钟，火腿肠摆在大黑狗眼前，别说，它还真不客气，闻了几下，然后就低头开吃。王垚趁着它低头吃饭的功夫，赶紧走了。

第三天，还是这出儿，王垚接着喂；第四天也喂；第五天还喂……王垚加班加了一个星期，喂狗喂了一个礼拜。眼看着大黑狗看自己的眼神从警惕到淡漠，从淡漠到熟悉，王垚觉得这回可能有戏，这人和狗之间的感情应该能建立起来了。

一周之后的一天，也是模拟法庭正式展示的那天。王垚带着学生们来到拉萨市人民法院，在真正的法庭里，由学生扮演了一次律师、法官、原告、被告，完全按照真正的审案程序感受了一次法律的威严。那天，孩子们很受触动，法官们很高兴，学校的老师也很高兴。王垚为了这天的活动，还特意换上了红色的衣服，活动结束后，王垚和孩子们相拥庆祝，特别开心。

这一开心又晚了，王垚心里也没多想，反正包里还有两根火腿肠，再说，这么多天了，大黑狗都认识自己了，应该没事了。

天又黑了，王垚又自己往回走，又看见大黑狗在原地趴着，王垚还想着从包里拿出火腿肠去打招呼呢，没想到大黑狗"呼"

地一下子站起来，不由分说地朝着王垚跑过来，一边跑一边狂叫。王垚都吓傻了，下意识地拿背包挡着大狗的獠牙，一边躲闪一边高喊："狗咬人了！狗咬人了！"

这回，也不知道是喊声小了还是主人听见晚了，等到狗主人从院子里出来拉住大狗的时候，王垚的背包上已经有了两个深深

黄酱炖猪蹄

王垚是这批老师里的大姐，岁数偏大，阅历也广，脾气也好。她给孩子们上课、带着课外小组学习，从来不惜力。长这么大、教出来那么多学生，王垚没怵过什么。唯独拉萨这些野狗，让她打心眼里怵得慌。自从她挨了咬，女老师们就不敢独自走那条路了，身边必须有几个男老师拎着棒子护送。还有几个老师，跟王垚拍胸脯，说以后每星期都炖一回大骨头，甭管是牛肉的还是猪肉的，保证让王垚每天都有骨头带。真担心把那几条狗养滋润了以后怎么办，下批老师交接的时候，免不了还得提醒新老师们，恶狗出没，大家记着出门带骨头。

的大洞。要不是这个背包，这俩大洞就得落在王垚的大腿上了。

王垚又怕又气，心说这不是白眼狼吗？都喂了一个星期了，怎么还咬我啊！回去跟老师们说，大家左思右想，说："是不是因为您今天换了件红色的衣服它不认识您了？"王垚这个委屈啊！想了半天好像也只能是这个原因。王垚郁闷地说："我明天还穿着旧衣服去，看看它是不是只认衣服不认人！"

正说着，隔壁的老师端过来一个电饭锅，说知道王垚今天准是又没吃饭，他们几个老师买了点猪蹄，还带着蹄筋呢，在高压锅里炖了半天了，还是拿从北京背过来的黄酱炖的，又香又烂，特地给王垚留着让她回来吃口热乎的。

高压锅一打开，牛肉香味就出来了。王垚拿起一个看看，有肉有筋还有骨头，赶紧说："你们吃剩下的骨头还在吗？我明天早上带着，接着喂狗去！"

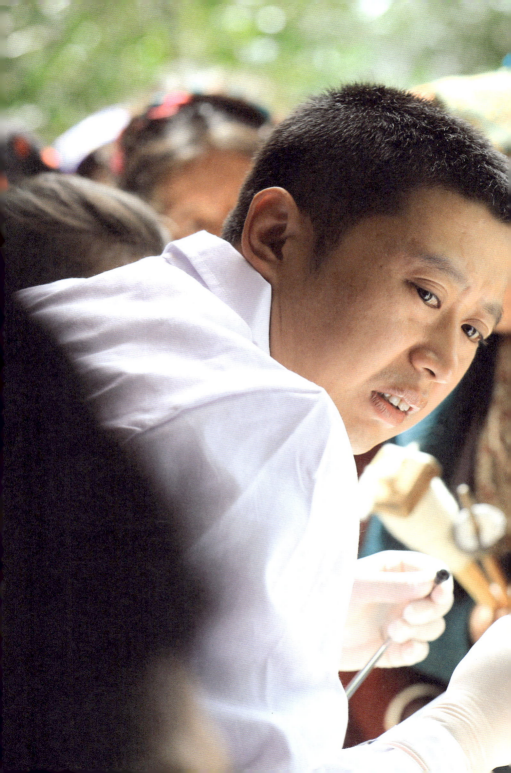

医生篇

吉隆灾区
的鸡蛋

尼泊尔地震了，震中就在加德满都。拉萨也有震感。住在三层以上的人都跑下楼来了。从北京来的援藏干部嘛，多少都对地震有些了解，感觉到脚下一晃、天花板上灯一摇晃，赶紧跑！

下楼之后发现震得不厉害，然后新闻就报了，说是震中在加德满都；紧接着，新闻又报了，说日喀则地区与尼泊尔接壤的几个县也震感较强；再接着，新闻又说了，吉隆等县受灾严重，樟木有的乡已经失联。

站在空地上的一群北京人，身上的手机此起彼伏地响起来。电话那边是远在千里之外的亲人焦急的声音："地震了是吗？你那里怎么样？拉萨安全吗？能不能回来啊？……"

站在人群里的援藏干部遍布在拉萨的各个单位，里面还有十几个援藏大夫。别人都忙着接电话，大夫们忙着往外打电话。给拉萨的医院、给北京的单位领导，意思就是一句话：灾区需要医疗队吧？我去！

震后第四天，自治区组建医疗队，从北京妇产医院来的助产士宋征随队出发。当助产士之前，宋征做过全科护士，报名请战的时候，这个身高将将一米五、梳着一条马尾辫的小姑娘说："我月经刚结束，一个月内什么艰苦环境都能适应！"

于是，这支由北京、上海、西藏当地医生组成的医疗队就出发了。在西藏，去哪里都要坐车，车过不去了的地方就要靠走。4月底的西藏还是冬天，从拉萨去日喀则再翻山到吉隆灾区，一路上白雪皑皑、走走停停。翻过五千多米山口的时候，背着医药包步行在雪地上，突如其来的高原反应让宋征忽然恍惚了一下，这是哪儿？自己还能回家吗？

连开车带步行，走了十几个小时，医疗队终于到了目的地——吉隆县人民医院。宋征的任务不是留守在医院，而是去临时搭建的安置点巡诊。吉隆地区受灾严重，房倒屋塌、公路被毁，老百姓都已经被县政府紧急撤出来，安置在了帐篷里。

宋征跟着大夫们一个安置点一个安置点地跑，天黑了，就找个帐篷挤一宿；该吃饭了，就给正在做饭的藏民一些钱，人家吃什么就跟着吃什么。

眼看着吉隆的安置点都跑得差不多了，医疗队到了该返程的日子，在最后一个安置点占岗村，宋征居然发现了一个要临产的孕妇。宋征在帐篷里给孕妇做了详细的检查，感觉上用不了多久就要生了。占岗村地处偏远，孕产妇没有做产前检查的习惯，什么时候怀孕的、怀孕了几周，孕妇自己基本上说不清楚。宋征在拉萨市妇幼保健院援藏了两年，跟专业相关的藏语基本上会说了。她连说带比划告诉家属，孕妇应该马上就要生了，家里一定要做好准备。她又把自己的电话号码留下，说万一要这两天生，自己就赶过来。

回到住宿点没多久，电话真的响了。宋征拿起产包和药品就往孕妇家跑。二十多分钟的山路，深一脚、浅一脚，赶到的时候产妇的宫缩已经很频繁了，宫口开到了6厘米、胎膜没破。宋征环顾四周，这在哪儿生啊？连个产床都没有，一家子都睡在地上呢！她赶紧让家属找点软和的东西，藏民家里都有羊毛卡垫，就跟咱们沙发上的厚海绵似的，几个人七手八脚地拿来几块，在地上拼成了一个单人床垫。宋征又把消毒垫铺好，招呼家属帮忙把产妇抬到垫子上。一层羊毛卡垫也就30厘米厚，产妇躺上去之后大夫就不得劲了。没辙，宋征只好"扑通"一下跪下去，用两个膝盖支撑着身子，两只手去给产妇接生。这两只手，一只要去护住胎儿的头，一只要去保护产妇的会阴，全身较着劲，连个能借力的支点都没有，就靠俩膝盖顶着。膝盖下面就是草地，说是草地，还有石头子、沙子、土、牛粪，跪在上面硌得生疼……等孩子生下来，宋征已经站不起来了。

接生的过程并不长，产妇生产得很顺利，但是帐篷外面的家属很是心焦。生之前，宋征早早把家属请了出去，产妇的老婆婆又紧张又好奇，想进帐篷帮忙又不敢，只好来来回回地在外面踱步，时不时地扒开帐篷缝往里看。看见宋征跪在地上给儿媳妇接生，老太太转身就出去了。

鸡蛋拌蒜

到拉萨之前，北京的援藏大夫们都没用这种方法吃过鸡蛋。在把几个熟鸡蛋搅碎、拌上调料盛在一个碗里、大家你一口我一口地轮着吃的时候，吃的人都想起了小时候学的课文《上甘岭》。战士们传着吃一个苹果，大夫们轮着吃一碗鸡蛋。想家的泪水就在眼睛里噙着，跟鸡蛋一起咽下去，那滋味，应该是终生难忘吧。

等宋征揉着又酸又疼的膝盖走出帐篷，产妇的老公和婆婆都站在门口。老公一手拎着一个暖壶、一手端着一个茶碗，看见宋征出来赶紧就从暖壶里倒出一碗热腾腾的甜茶。老婆婆双手捧了好几个红皮的煮鸡蛋，生生往宋征手里塞。这是灾区啊！安置点里的藏民们除了几床羊毛卡垫和锅碗瓢盆，其他的什么东西都没抢出来。鸡蛋在这儿是奢侈品，产妇能吃到嘴里的最有营养的东西也就是它了。宋征用藏语说了一百个"不要"，还是被老婆婆生生地给塞进了包里。

从占岗村回来，第二天医疗队就返回拉萨了。宋征把几个鸡蛋揣在身上，舍不得吃，一直揣回了援藏公寓。北京在拉萨的援藏大夫有十几个，真正被调派到灾区的只有两个人，宋征又是唯一的女孩子。知道医疗队要回来，所有援藏大夫都在宿舍里等着，看见宋征安安全全地回到拉萨，大家都喜笑颜开。宋征掏出了这几个鸡蛋，给大家讲在帐篷里跪着接生的故事。不知谁说了一句："赶紧把鸡蛋吃了吧，这是藏族老婆婆的一片心呐！"宋征笑着说："就是想带回来给大家吃！灾民们不知道我是谁，就知道我是从北京来的大夫。这几个鸡蛋是给咱们大家的！"

十几个人，四五个鸡蛋，怎么吃呢？驻藏记者站的王晓龙是记者、摄像兼大厨，人称王师傅。这活儿就交给他了。王师傅在厨房里翻出了几个青辣椒、两头蒜、几根小葱儿，然后就把煮鸡蛋剥了皮、捣碎了，再把辣椒、小葱和蒜都切碎了放进去，加了把盐、倒了勺醋、点了点儿香油，盛在碗里，用一片绿莹莹的圆白菜叶子垫着，大夫们一人都来了一口。软糯、味足、没油还解馋。吃到嘴里，有个老家是山东的大夫说了一句："这道菜我吃过！在我们老家，那得坐月子才能吃这口儿呢！"王师傅乐了，问："有你们老家的味儿吗？"大夫说："有啊！就是这个味儿！"

宋征把鸡蛋含在嘴里，说了一句："吃饱了才不想家……"一句话，十几个大夫眼眶都湿了。

外科
急诊室

　　贾善勇，人称"贾院"，北京市丰台区中西医结合医院的外科大夫，今年 8 月来拉萨当援藏医生，为期一年。

　　贾院工作的地方叫尼木县人民医院。报名援藏之前，他从来没听说过这个名字。尼木是拉萨的一个县，在拉萨西南 140 公里的地方。从市区开车过去，大概要两个小时，走 318 国道，一边是陡直的崇山，一侧是奔腾的雅鲁藏布江。贾善勇援藏期间要担任尼木县人民医院的副院长，所以，他刚一踏上尼木的土地，"贾院"这个称呼就落地开花了。

　　到岗第一天，贾院顾不上摘下脖子上的哈达，就一门心思扑进医院，挨着科室地看。检验科不坐班！为啥？陪着的当地大夫说，平时病人少，来了人再叫，都住在县城，来着方便……B超室不坐班！为啥？平时病人少，来了人再叫，都住在县城，来着方便……麻醉师也不坐班！为啥？贾院说了，我知道了，平时病人少，来了人再叫，都住在县城，来着方便……我说您这儿平时有多少病人啊？当地医生说："不好说。反正全县3万多人口，还有一大部分在牧区，没有着急的病人家也不来医院……"贾院又问："那一般什么病是'着急'的病啊？"人家答："生孩子！"贾善勇一看，这活自己也来不了。他是普外科医生，可尼木县医院就没有外科。凡是做手术的都去急诊。他要想收外科病人，就得去急诊蹲着。好在当地大夫说了，贾老师，您来了就好了，再有外科病人我们就不用转了，肯定给您留着，叫您啊。

医院的医生们大多住在医院附近，医院就挨着县政府，县政府在尼木县中心区，中心区就两条大街，方圆300米。贾院和另外两位援藏医生一起，住在县政府大院的宿舍里。住下第二天，他就领教了啥叫"来了人再叫，都住在县城，来着方便"。

这天贾院正排队准备吃中午饭呢，电话来了，说是一个木工小伙子在干活的时候不小心，被工具枪给打了，把一根大钉子打进肱骨头里了。病人从小百十里以外的续迈乡来，疼得已经快虚脱了。贾善勇扔下饭盒就往医院跑，直奔放射科。科里的同事正等着他呢，看见他来了，把片子递过来。只见一根六七厘米长的大钉子清晰可见，连钉子帽带钉子尖整个都进肉了，外头一点富余没有。这还不说，钉子碰到肱骨头，遇到了阻力，折成了90度直角，就那么跟骨头和肉交融在一起，不疼才怪！病人连胳膊都不能动，一碰就大喊大叫！

贾善勇赶紧叫同事准备手术室！同事高喊："老师！手术室里正做妇科手术呢！"贾善勇急得没辙，再叫："那就在急诊病床上做！你们赶紧准备！"医生、护士、麻醉师齐刷刷地又推着病人往急诊跑，刚进门，"DUANG！"停电了！贾善勇都没脾气了，哪次都这样，一遇到急茬儿手术十有八九准停电！一边等来电，一边叫同事找手电筒。顿时，身边又是手电又是手机，在贾善勇和病人的头顶上打出好几圈光环。

贾善勇就着手电光和自然光，先在钉子眼处把皮肤切开，分离肌肉到骨头表面，然后用手指头摸。对着 X 光片子，找准位置，用手指头一点一点探出钉子的具体所在，费了半天劲，终于找着了钉子帽！找着是找着了，可是手术钳夹不住钉子。一个是钉子在里面和肌肉、血液搅在一起，太滑了；另一个，钉子已经成了 90 度直角状，实在是不好往外夹。试了几次，每次手术钳都打滑，一打滑就溅贾善勇一脸血，滑了三次，溅得眼睛里都是血。没办法，还是下手吧！贾善勇带着手术手套，用一根手指一点一点往外抠这颗钉子，生生抠破了三只手套，这才把钉子从骨头里移出来。再用手术钳夹，想着把它拽出来，可是手术钳不是用来夹硬物的，根本使不上劲！眼看就要弄出来了，可是就是没有合适的工具，也不能这样把病人转走啊！贾善勇突然想起一个东西叫咬骨钳，顾名思义，是夹骨头用的，按说夹钉子也不合适，会把工具用坏的。也顾不上这些了，救人要紧！

贾善勇赶紧让助手把咬骨钳消毒好了拿过来，又叫所有的手机手电都往伤口处照，他攥着咬骨钳夹住钉子帽，一点一点往外拉。劲儿小了钉子出不来，劲儿使大了怕钳子也折里头……终于，一点一点给拽出来了。拽出来还不放心，贾善勇又叫来病人的工友来看，问他们钉子就这样吗？是这么长吗？有缺失没有？几个藏族小伙看了，连声说："敏度、敏度！"意思是"没有，就是这样！"

手术做完，病人回病房养伤去了。同事们问贾善勇："老师，这算外科手术吧！找你对了吧？"贾善勇一乐："这个？应该归骨科管。"

管他骨科外科，反正得动手术刀。不过，后来接诊的病人多了，当地大夫也有经验了，知道哪些是贾善勇的专业和强项。反正只要看不懂的病，找贾院就对了。

那天大夜里的，快 12 点了，医院来电话，叫他赶紧过去，说有个外科急诊。贾院小跑着回到医院，看见一对心急火燎的藏族夫妇抱着一个两岁多的小男孩，小男孩脸颊上有个四五厘米长的血口子，在眼睛下面、嘴上面，血肉模糊、都看见骨头了。贾院当时就惊了，赶紧带着医生护士做创面处理，一边做一边问："这是怎么弄的？"

藏民不懂汉语，当地的藏族医生一边给打下手一边给当翻译。问清楚了告诉贾院："牦牛顶的。"

身为一个父亲，贾院很愤怒，带着情绪问人家："怎么没看住孩子啊？这么小的孩子让他逗牦牛！"

惊慌失措的藏民跟当地医生解释了半天，贾院才明白，人家是背着孩子在放牧，赶上一暴脾气牦牛，从后面把孩子给顶了。生计使然，不能全怪父母。贾院还是忍不住埋怨："伤了多长时间了？怎么才来医院啊？"这回当地医生没给翻译，直接给贾院解释："他们住的村子离县城好远，走过来要两个多小时，不通公路，没车……"

孩子疼得哇哇大叫，贾院带着医生护士和孩子的父母一起按着孩子，清洗伤口，检查眼睛、骨头。确认只是皮肉伤，贾院就停手了，又让当地医生跟孩子父母解释："咱们医院没有美容整形外科，就这么给孩子缝合伤口，以后会留疤的。你们要不要转到拉萨市医院去？"

牧民不知道何为"美容整形外科"，听了贾院的话，答非所问地问贾院："孩子眼睛会瞎吗？"贾院说不会，眼睛没受伤。父母很高兴，跟贾院说："那就缝上吧，不流血就行了。"贾院缝合完伤口、给孩子输上液，折腾了半宿之后还心有余悸，还不到三岁的孩子，脸上留了一道疤啊……更让他心里难受的是，父母抱着受伤的孩子，走了两个多小时才到医院。尼木县下辖1个镇、7个乡、35个行政村，最高的村子海拔5000米左右，就在雪山下。今天这对夫妇是没辙了，走也要走到医院来。要搁一般的病，牧民们肯定在家忍了，谁费这么大劲跑医院来啊？

贾院第二天就跟县领导讨论牧民看病难的问题，县领导说："这就要靠你们啦！你们来了，咱们每月去一次义诊，到村里给老乡看看病、发点常备药！""那咱们怎么去呢？"领导问："你会骑马不？"

还没等贾善勇学会骑马，病人们就接二连三地来了。3月底的一天，一贯平和安静的急诊室里突然紧张起来，送来的一个病人是个藏族老爷子，一问岁数，家属说59了，症状是肚子疼。急诊室立刻紧张了，赶紧叫北京大夫贾善勇过来看。贾善勇是外科大夫，过来一看，老人的肚子已经是板状腹了，硬得都快按不动了。而且病人全腹都是压痛、反跳痛和肌紧张，阑尾的位置最严重。贾善勇问病人疼了几天了，老爷子嘴里一直嘟囔，贾善勇叫人翻译，人家说了，老人那是念经呢，没跟你说话。贾善勇这个急啊，又问家属，跟着来的儿子说疼了一周了。先去乡里卫生所输液，不管用；又去拉着看了活佛，活佛看完了，说去医院吧，就坐着拖拉机来尼木县医院了。病人是尼木县下面的续迈乡的，单程28公里，拖拉机颠了将近两个小时才给拉到。

　　贾善勇一看这病情，基本上判定是典型的阑尾炎，而且很可能已经穿孔化脓了。可是当地医生有异议，说贾老师，我们给病人做血常规化验了，没问题啊！贾善勇笃定地跟他们解释，这是典型的老年人得阑尾炎的表现，血常规没有异常，但是必须做手术，再不做就有生命危险了。当地大夫还是迟疑，他们是真发怵，老人今年59岁了，尼木县医院的历史上还没接诊过这么大岁数的手术患者呢！贾善勇对他们连鼓励带吓唬，一个劲儿说："没事没事，有我呢！我做！这个病人无论如何也转不走了，从这里到拉萨市区两个多小时车程，没开到人就没了……"当地医生这才鼓足勇气去跟家属沟通。谁想到，家属也不愿意做手术。活佛就说送来医院，可没说要做手术啊！商量来商量去，病人的小儿子站出来说话了："既然活佛都让送医院了，就听大夫的吧。治好了，说明爸爸命大；治不好，也没办法……"

　　有了这个话儿，贾善勇赶紧叫麻醉师做麻醉准备，麻醉师是个藏族小伙儿，一看是续迈乡来的，当时就蹲在墙根儿不起来了，一边点着烟一边用祈求的口气求贾善勇："贾老师，咱们把病人送拉萨吧……"

贾善勇一听就火儿了，都这个节骨眼儿了，怎么麻醉师又掉链子了！麻醉师一个劲儿解释："以前只麻醉过三四十的，没做过这么大岁数的麻醉；再说又是续迈乡来的……"

贾善勇问："续迈的怎么了？"

麻醉师郁闷了，说："之前做过几个续迈乡的都不好，要么是手术中麻醉效果不好，要么是硬膜外麻醉置不进去导管……"

贾善勇把他烟一掐："没事！这次有我呢！实在不行我就局麻做，你放心吧。活佛让他到咱们医院来，咱就肯定能做好！"

好说歹说，麻醉师总算是克服了心理障碍，把活干了。20分钟后，麻醉起作用，效果很好！贾善勇赶紧把病人腹腔打开，嚯！一股脓水喷涌而出，恶臭登时就弥漫了整个手术室！这回当地医生全服气了，果然是阑尾炎！果然穿孔化脓了！光脓水就足足吸出了300多毫升……

手术顺利完成，病人和家属都很感激。贾善勇拽着麻醉师出来给他递上一根烟，问他："这回续迈阴影可以治好了吧？"麻醉师一脸虔诚："还得听活佛的！"

贾善勇也没辙，这是两条线上的思维，一个是科学一个是信仰，只能尊重，不能改变。贾善勇的朴素的想法是在这两者中间找一条线路，能够贯通勾连，可巧，一个偶然的机会，让贾善勇自己就差点当上"活佛"。

那天，贾善勇走在医院的楼道里，迎面来了一个中年藏族妇女，身高模样已经记不得了，左侧脖子下一个目测得有四五斤重的大肿物当时就让贾院眼睛一亮。他小跑着追上藏族妇女，一个劲儿问她哪不舒服。人家听不懂，就是一门心思要去诊室看病。贾院只好亦步亦趋地跟着，直到找当地医生问了才知道，她挂的是内科！贾院当时就崩溃了，赶紧让大夫和家属把病人往自己的外科诊室带，当地大夫一脸不解："贾院长，她看的是胃疼！"

贾院着急："她那脖子上的大瘤子也得治啊！那都长了多少年了？得切开看看病理，要是肿物就得切除啊！"

当地医生就去给病人解释，除了看胃病，您脖子上这个大瘤子也得看看。病人回答得特干脆："不看！不疼不痒，切它干吗？"

贾院听了这个解释哭笑不得！那么大一个瘤子，就算是个单纯肿物，没有癌变，它也影响生活啊！下地干活时候脖子上耷拉着一个快5斤重的瘤子！睡觉时放哪？吃饭时咋弄？

人家牧民不管，任凭你怎么做工作，就是不看。上内科，拿了点胃药，走了。

贾院这个郁闷啊。没多长时间，又来了一位，急诊科转来的病人，说是干农活的时候被机器给崩了，把一个金属颗粒打进了身体里。当地医生在透视下面找了半天，一直定不了位。贾院根据大概位置又上了一回透视，用四个曲别针在病人胳膊上各做了一个定位点。然后贾院一手拿着家什，一手用手指在曲别针定位的延长线上摩挲，摸着摸着就给找着了，用钳子轻轻取出来，一看，就是一个金属碎屑。然后清创、消炎、缝合。

这一套动作一气呵成，旁边观摩的当地医生就差鼓掌了。一个小大夫凑近了跟贾善勇说："贾院，您取出来这东西一定别扔，得给病人！"

　　贾院赶紧拿给病人告诉他就是这么个东西。没想到病人眼泪都快下来了，紧紧攥着那金属颗粒，热泪盈眶地冲贾院叫"仁波切"。来了尼木四个多月，贾善勇知道"仁波切"就是活佛啊！贾院赶紧说："不敢当不敢当！您这是言重了！"病人说了："身体里的东西都是佛赐给我的，您帮我把进入身体的东西取出来，您就是活佛。这个东西您已经给它开光了，我要把它戴在脖子上！"

　　听了这番话贾院醍醐灌顶。当时就跟医院商量，咱们能不能跟附近寺院的活佛都说说，凡是长了瘤子、肿物又拒绝治疗的病人，都请活佛去给做做思想工作，给他们解释一下不是所有长在身上的东西都是原始配件，也不是所有东西都是佛赐的，该切该剌的还得到医院来……

　　医院里藏族大夫就说了："贾老师，在我们这看病做手术都是大事，有时候要请活佛算；有时候也要看日子的。"贾善勇开始还不明白，活佛算了还不行？还得看日子？是黄历吗？后来他就知道了。

　　那天医院里来了一个 15 岁的藏族孩子，肚子疼得厉害，又发烧又恶心呕吐，当地医生确诊不了，不知道是急性阑尾炎还是肠胃炎。天还没亮呢，贾善勇睡眼惺忪，脸也没洗、牙也没刷，就一路小跑、呼哧带喘地跑到医院。虽然缺氧缺得厉害、脑子疼得不大好使，可是他还是根据经验判断孩子得的是急性阑尾炎。当然了，光是医生的主观判断还不够，还得看化验指标。贾善勇是尼木县人民医院的副院长，赶紧叫着检验科、B超、放射科一块儿给孩子做检查。

这边抽血、化验、照B超去了，贾善勇才想起来自己还没洗漱呢。赶紧又一路小跑跑回宿舍，急着忙着洗脸刷牙。尼木县的作息是9点半吃早饭，10点上班。医院没有早饭，贾善勇洗漱完了又跑到县委食堂去蹭吃早饭。都忙活完了，再跑回医院，一看孩子还疼着呢。贾善勇当时就急了，急火火地问值班大夫，为什么不给用上止痛药？当地医生一脸委屈，说，贾老师，检查结果没出，按照规定不能用药。那怎么办？这儿就是这个效率。活活等了快两个小时，检验结果总算出来了，果然是急性阑尾炎。贾善勇赶紧又叫大夫，准备手术！

这里手术服都换好了，大夫们都开始给自己消毒了，值班大夫进来了，苦着脸跟贾善勇说："贾老师，病人家属不同意做手术！"贾善勇头都大了，这、这、这……孩子疼得都快穿孔了，不做手术咋整？找了藏族医生再去沟通，贾善勇支棱着胳膊就在手术室等着，又等了半个多小时，藏族医生回来了，说出大天人家父母也不同意做手术。

贾善勇一点辙都没有，只好重新指挥值班医生把孩子推到病房，上抗生素、保守治疗。本想亲自再去做做工作，可还没转身，又一个病人来了，也是急茬儿！一个藏族小伙子被石头砸了脚，从70公里以外的山区赶过来看伤。从受伤到医院已经超过了24小时，小伙子的伤口已经惨不忍睹。又肿又胀就不说了，皮肤也烂了，流着血还出了脓。值班医生带着去照了片子，结果是右足第二、三、四、五跖骨均有骨折。贾善勇是外科医生，可这大半年尽处理骨科病例了。一看这情况，果断要求病人住院，处理治疗，等待消肿后进行手术。这回没费事，一听说要手术，病人连反对意见都没有，直接就跑了。跑得那叫快，病人和家属，几分钟就不见了人影儿。

贾善勇不放心，找接诊的藏族大夫给病人打电话，还想劝人家回来治疗，那边果断说，用土办法找草药敷上了，让北京的大夫就别管了。

好吧……贾善勇想今天这是怎么了？为什么一听见"手术"这些人就跟掉了魂似的？就在百思不得其解的时候，又一个摔伤病人进医院了。这回是个藏族老婆婆，65岁了，右侧肘部摔伤。赶紧去照片子吧，结果也是骨折。贾善勇又费尽口舌地跟家属说，得石膏固定，然后看骨头愈合的程度考虑要不要做手术……家属再一次强烈反对，不做！坚决不做手术！贾善勇都有心理准备了，说现在肯定是不做，可总得上石膏吧？不然病人这条胳膊就废了……连说带翻译了20多分钟，家属总算同意先打上石膏，然后再看。

把这一堆病患处理完，贾善勇筋疲力尽地回到办公室，无意间在同事的桌上看到一本小册子，大小跟小人书似的，全是藏文。他问藏族同事，这是啥啊？同事告诉他这是一本藏历，里面写有藏历的日期和各种节日以及每一天的民俗禁忌，藏族同胞每天进行的宗教礼仪和农牧耕作都要看着它进行，相当于一本黄历。贾善勇灵机一动，问藏族同事，这上面是不是写着今天不能做手术啊？

炖酸菜和木耳炒腐竹

在拉萨生活时间长了，很多援藏干部都把两个字挂在嘴边：缘分。能从北京到拉萨来，就是缘分；在这里碰见一百多号在北京可能一辈子都不会认识的人，缘分；再交到好多藏族朋友，更是缘分。有了这些机缘巧合，就不得不对生命中的偶遇有了尊重和珍惜。医生是彻底的唯物主义者，只相信科学；但是在这样的环境里，对宗教、对民俗、对本地人的生活习惯，他们必须要尊重。你尊重患者，患者就信任你。每治好一个病人，贾善勇都会收获一条哈达，还有人喊他"仁波切"，他和拉萨之间的缘分会情定一生。

要不然怎么该做手术的全跑了？人家给他查了查，说："贾老师你真说对了，今天就是不能做手术！"

贾善勇就好奇啊，说你们这上面还写了什么？人家就给他翻译，说每一天都有说法，有的日子要敬神，有的日子要转山，有的日子一定要去庙里拜佛，有的日子要耕种，有的日子要庆丰收，有的日子绝对不能杀生，苍蝇都不能打……

这天回到宿舍，几个大夫都回来了，说今天咱们是炒个木须肉啊还是做个丸子汤啊？

有个大夫说那咱能炖点酸菜吗？酸菜排骨、酸菜白肉都行。贾善勇是东北人，说行了，这菜我做。你们还想吃什么？还有个北京大夫说想木须肉了。贾善勇琢磨了一下，把腐竹、木耳拿出来给泡了，酸菜炖上，米饭蒸上，不一会又起锅、放油、热炒，端上来大家一看，酸菜是酸菜，炖得也挺像样，就是既没有排骨也没有白肉；木须肉长得还真像，可吃到嘴里才知道，就是木耳炒腐竹。

贾善勇小声解释："我查藏历了。今天忌杀生、忌吃肉。"

老师，
你怎么看

在拉萨当地的医院里，无论是老百姓还是本地的大夫，说起北京医生来，那就是一个字"行"！患者觉得你行，什么病北京大夫说能治就能治，说不能治就不能治；当地大夫更觉得你行，什么看不懂、诊不出的毛病都等着北京大夫下结论呢！本科室的问，有时候跨着科室也问，反正在当地同事的眼里，北京来的老师都是专家，都是"问不倒"，所以，他们的口头语就是："老师，你怎么看？"

殊不知，北京大夫也不是万能的。孙岩是房山区第一医院的检验科医生，在拉萨的堆龙德庆县医院援建。从毕业到工作，孙岩的工龄都十几年了，在堆龙工作满打满算就一年。可就这一年，孙岩觉得把自己十几年的经验全用上都未必够使。

到拉萨上班没几天，检验科的同事就喊他过去帮忙。只见一个女患者过来送标本。一个小塑料瓶，里面装着一个棉签。孙岩看不懂这是要做什么化验，问同事，这是做细菌培养吗？同事说不是，是妇产科送来的，是要做妇科检查。孙岩一看那棉签，都快干了，赶紧给接过来取样、上仪器分析、出报告……都做完了，孙岩很严肃地找同事们说："妇科化验绝不能用棉签，要用玻片。取样之后要滴入适量生理盐水，这样才便于咱们分析样本。棉签吸附力太强，送到这儿来再取样基本上就什么都没了，都被棉花吸收了，检测出来的结果肯定不准确。"当地同事有点茫然地看着孙岩，说："老师，我们一直用棉签啊！"孙岩再一次耐着心告诉大家，棉签检测有多种弊端，结果不准确。同事又问："老师，你做也做不准吗？"孙岩一口气说了那么多话已经缺氧了，可看着藏族同事一脸迷茫、眼神里也是充满了疑惑，他只好喘着粗气再一次重申，如果不用适当的器材、介质，不用科学的手段，就是神仙也做不准，因为这种做法不规范。所以，不能用棉签，只能用玻片。同事终于认识到了这个问题的严重性，转过身刚要走，又马上转回来，不好意思地对孙岩说："老师，我们没玻片……"孙岩坐在椅子上做深呼吸，足足有两分钟没起来。他喘了几口粗气，定了定神，缓过来之后下楼找院长，他就一个诉求，给妇产科买点玻璃片。

那天又有同事喊孙岩，叫："老师，你过来看看！"孙岩过去一看，是一个孩子的大便样本。当地医生通过仪器看见里面有东西，但是不知道到底是什么。问孙岩，老师，你怎么看？孙岩说，我怎么看都看不见，那得用显微镜看啊！拿到显微镜底下仔细研究，基本上可以断定是一种虫卵。什么虫？孙岩说，这个我得去查资料。当地大夫乐了，说："还有北京老师不认得的东西啊？"孙岩忍着郁闷耐心给大家解释："我上大学时候认过各种寄生虫卵和幼虫，从毕业到现在，我没接触过一个寄生虫病例。北京绝大部分地区已经见不到寄生虫了。保险起见，你们等我回宿舍查查书行吗……"

宿舍距离医院步行需要20分钟。孙岩一路小跑返回宿舍，也顾不得头疼胸闷，进了门，一边喘着气一边翻箱倒柜找出参考书，查实之后又一路跑回来。这是高原啊！来回得一公里多，手边既没有汽车也没有自行车，全靠两条腿跑。孙岩确定自己跑回办公室的时候血压血氧心率呼吸都已经不正常了，那也不能坐下来歇会儿、喝口水、吸吸氧，他还得赶紧跟同事说，标本里的虫卵是蛲虫卵，这种虫卵容易寄生在幼儿体内，患者夜间肛门会有瘙痒，有的还会有小虫子爬出来。孙岩让同事去找患者过来问问，看看有没有这样的症状。同事找了一圈，回来说，人都走了，估计是您查资料的时间有点长，他们等不及了。孙岩坐在椅子上捂着胸口，心里头这个委屈，心说，您倒是等会儿啊！怎么也得容我跑过去再跑回来啊……没辙，谁让自己在北京行医十几年没见过蛲虫卵呢。当天回宿舍孙岩就把参考书全找出来，挨着个背寄生虫、虫卵特征，完了还用手机把一些自己没怎么见过的寄生虫图片拍下来，预备着时时在单位能查阅，真比大学时备考还认真。

可是再怎么认真，也有让人觉得无能为力的时候。拉萨的县级医院普遍没有血站。没有血液储存，就意味着医生大夫们都缺了一只手。做什么手术都得畏首畏脚的，本来没什么大事的手术，稍微谨慎一点的，就得转院，找有条件的大医院去。医生们生怕做手术过程中出现突发问题解决不了。万一有个大出血，小手术也能危及生命。

孙岩到了堆龙医院没几天就遇到这么一个事。妇产科接诊了一个患者，难产，好不容易把孩子生出来了，大夫又发现她宫颈裂伤，造成了大出血，这血一出就是1200毫升。堆龙县医院的妇产科还没见过这个阵仗，弄得整个妇产科都颤抖了。没有血库，医院里不能给产妇输血，要是在这个时间节点上转院那又是把产妇往火坑里推。说不定人在救护车上就不行了。另一个北京援藏的大夫带着整个妇产科的医生护士给她做紧急处理，抢救患者、缝合伤口、控制伤情。虽然最终结果是母子平安，但是所有参与抢救的人都浑身湿透了，手术完了、病人推回病房，从北京的援藏大夫到拉萨本地的医生，全都瘫倒在办公室里，一人一个氧气瓶，抱着吸氧。

这事很快就传遍了全医院。还有医生护士跑过来问孙岩："老师，你怎么看？"孙岩听说了之后也没怎么看，他第一个反应就是要帮医院建血站。这事说起来容易，做起来超难。拉萨所有的县一级医院都没有建血站的先例。医院领导很高兴，拉萨市卫生系统的领导也很高兴，可怎么建啊？要人没人、要钱没钱。孙岩以前在血站干过，这事既然是他的动议，就干脆交给他了。可怎么干呢？孙岩琢磨了半天，申请回北京一趟。

回到北京，孙岩直奔自己的医院。别看房山第一医院不大，可院领导真敞快。一听说自己医院派出去的大夫要在拉萨给县医院建血站，这是前无古人的好事啊！当时就表态了："你说要什么吧？"

烤羊肉串

在援藏医疗队，医生们最高兴的事就是聚在一起烧烤。十几个人，买一条羊腿、切了穿成肉串，再穿点蒜苗、大蒜、辣椒什么的一起烤。大夫们做手术稳准狠，烤起羊肉串来也不含糊。每次围在烧烤炉前，妇产科大夫一边吃一边说的是今天又做了几个剖宫产手术；外科大夫说怎么这边胆囊疾病这么多；急诊大夫说上周我们收了一个疑似鼠疫……吃着还讨论着各种邪乎的病例，大夫就是大夫，心理素质绝对过硬！

建血站当然得要设备，血液存储有严格的标准和程序，需要精密的仪器和一整套设备。孙岩就拉了一张单子，大大小小的点了几十万元的东西。领导拿着单子左看右看，不吱声。孙岩心里就打鼓，心说这是不是要多了？领导这是给还是不给啊？

领导看了一会儿，说："你光要这些设备也不行啊！你们医院除了你还有谁会用这些东西？"

一句话就把孙岩说愣了。是啊，整个堆龙医院只有他自己见过血站长什

么样，也只有他知道血站怎么运转。过些日子他援建时间一到期，他一回北京，这些设备谁能用呢？领导问得有道理啊！

孙岩正琢磨呢，领导一拍他肩膀，说："要么这么着吧！你先把设备带回去，然后我们再找点专家过去给你们医院培训。你先回去组织点人，咱得保证等你走了以后这血站也能正常运转啊！"

有了这句话，孙岩麻利儿地从北京赶回了拉萨。几十万的设备也跟着到了堆龙县医院。回来之后，孙岩马不停蹄地就跟堆龙县医院的领导做汇报，这边赶紧选调人手，他带着设备给选派出来的工作人员做第一批培训，然后，北京的专家再来，再做深入培训……

等这些事都忙活得差不多了，孙岩一看日历，离自己援建期满回北京的时间也就差俩月了。不过，血站马上就能建起来，自己的心气儿也挺高，就是希望即便自己离开了拉萨，以后的堆龙医院、所有的医生大夫都能用上血站，再给患者做手术的时候不至于肝儿颤。

回程的日期一近再近，堆龙县医院的几个医生也一直说聚聚。北京那么大，回去之后再想见可不容易了。正好血站也建起来了，孙岩心里也高兴，就找了一个周末，约着大家来他的宿舍烧烤。说是烧烤，其实就是烤羊肉串。点了一个炭火的烧烤炉，在医生宿舍门外的空场上，有带着羊肉的、有带着啤酒的、有带着各种凉菜的……一群援藏大夫，蹲在地上穿串、站在烤炉边上烤串，那手艺不比在手术台上差。有援友一边烤羊肉串一边问孙岩，你一个化验科的大夫怎么想起来建血站，眼看快走了，这活干得多累啊！孙岩说了，这不是就冲着堆龙同事叫我的那一声"老师"吗？咱干了一年，总得对得住这俩字啊！

搂不
住火

在这批援建的医生里，励国的脾气是最好的。堂堂一个北京三级医院的急诊科主任，到尼木县人民医院这种地方，干什么事都不着忙不着慌的。

励国来尼木，出的第一个"急诊"，是抢救三个溺水的中学生。都是花季年华的小伙子，夏天为图个凉快，跑到雅鲁藏布江的支流里面去游泳。下去了三个，只上来一个，还是被人捞上来的。从发现孩子溺水，到励国见到这几个孩子，前后不到一个小时。但是励国到的时候，三个孩子里已经有两个都凉了。励国的职业准则，是先抢救有生命体征的人。所以那两个就放一边了，紧急抢救还有救的这一个。警察也说，打捞上来的时候那两个孩子已经没有了气息，可是给生命做判决这种事，只能医生干。励国也不多说话，就是尽着最有可能生存的生命去抢救，还真给救回来了。

当时的场景，那两个孩子的家长已经哭成一团，正在救的这个的妈也哭得嗷嗷的，励国脸上啥表情都没有，该干什么干什么。救完了这个孩子、心跳复苏之后，回到医院继续观察抢救，别的大夫都说，励主任你真是幸运。这要是在内地，那俩家长看着你不管他们的孩子紧着忙活另一个，不把你打了才怪。励国特镇定，说："我一急诊室主任，我啥没见过？哪年夏天不抢救几个刀砍斧剁的小混混？一边是警察一边是他们老大，那不也得该干什么干什么吗！急诊急诊，就是诊急人不急。"

励国说到做到。不光是不着急，还特有耐性。看病人有耐心，吃饭也有耐心。别人来西藏都往下掉体重，一年掉个十几斤不是新鲜事，尤其是男同志。可励国不但没掉肉，还长了肉，这和他能吃有关系。不管大家觉得多不顺口的饭，他都吃得特别香。早上食堂的包子，女大夫吃一个，男大夫有时候能吃两个，励国一吃就是八个，还说半饱；平时宿舍里做饭，励国都是后吃的那个，看着别人都吃得差不多了、快放下碗了，他就问："你们都不吃了？那我吃了啊！"然后，不管做多做少，他一经手，准能见锅底儿！

人家都说，但凡能吃的男人脾气都不会太差，很有可能还有点呆萌。可就这么一个好脾气的急诊主任，在尼木县呆了俩月之后，脾气也见长了，还有好几次，真是急了。而且吧，头一回急得都冤得慌，急完了还不知道跟谁。

尼木海拔三千八百多米，经常会遇到急性高原病的病人。这天励国值班，一下子就送来两个，都是急性高原肺水肿。这个病可大可小，救治不及时一定会有生命危险。这种病人在平原地区压根看不到，所以，对北京来的医生来说，治疗这个病也是个极大的考验。

病人推进来了。一个是即将退役的武警战士，一个是地质考察队员。两个人的症状都很危急，励国的第一个反应就是上呼吸机。紧要关头，救命要紧。甭管是有创呼吸机还是无创呼吸机，也管不了是不是要切气管儿，先救命再说。

励国这里说"上呼吸机"，旁边的护士大夫都愣了，一个护士对励国说："老师，我们没有！"

励国当时就急了！这是高原的医院啊！急性高原肺水肿是高原地区多发病，治疗这个病呼吸机是必不可少的，怎么能没有？大夫护士面面相觑，都说："就是没有，老师！真的没有！"

励国稳定住自己情绪，问："那平时遇到这样的病人你们怎么办？"

当地大夫护士异口同声："转走！去拉萨……"

励国耐着性子说："这两个病人情况很不好，尼木去拉萨要走两个小时，路上又那么颠簸，不等到拉萨人就不行了！"

那……那就不知道该怎么办了……没辙！励国赶紧给用上药，各种能找到的、能想到的药，吸氧、输液……励国想了，实在不行就把气管切开，先救人再说！

一天一宿，励国的心悬在嗓子眼，他也琢磨好了，病人情况一旦好转，就赶紧转院送走。到了第二天早上，励国查房时一看，万幸！这俩小伙子身体素质都算好，对药物也都很敏感，保守治疗对他们有效！励国这才把心放回肚子里。他转身就去找医院领导，这次病人救过来了实属侥幸，下次再有急性高原肺水肿的病人怎么办？他急赤白脸地找院长，要求医院购买呼吸机，必须买！院领导想了一下，说："要不，你先去库房看看？"

励国带了人直奔库房，进去一看，差点缺氧坐地下。库房里，有两台有创呼吸机、半台无创呼吸机。他指着这一堆东西问同来的大夫护士："你们不是说没有吗？这是什么？"

同来的护士有点懵，问："这就是呼吸机啊？我们不知道……不会用……"

励国快疯了，又追问那半台无创呼吸机的下落。问了一圈，有人弱弱地说："是不是拆了玩去了……"

励国啥也不说了，赶紧把两台崭新的有创呼吸机从库房里弄出来，挨着个教大家使用。他一个劲强调："我们援藏就一年，等我们走了，没人带你们了，你们也得会用这机器！"

励国急赤白脸了两天，到最后把这点火气自己消化了，因为实在不知道该怨谁。回宿舍，大家那两天连着做了两顿顺口的饭，励国吃饱了，心情也就舒朗了。可是紧接着这次，励国又没搂住。这次是跟病人家属。

一个小伙子，开着拖拉机，拖拉机上一共五个人，开着开着撞石头上，把自己给甩出去了。送到医院的时候，小伙子一直处在半昏迷状态，意识不清、痛苦不堪。拖拉机上的乘客都是直系亲属，有媳妇儿、有老爹。老爹鼻梁子上全是血。

病人一到励国这儿，马上就判断出颅内有损伤。励国把所有检查都做完了，就差 CT。尼木医院里没有 CT，病人只能转到拉萨的自治区医院。励国叫过来一个藏族医生，让把病人的危险性交代给家属，并且叫好了救护车，一个劲儿跟家属说："他现在很危险，必须马上送到自治区医院，现在怀疑他颅内有挫伤，六小时之内必须马上救治。从尼木开到拉萨市区就要两个小时，还要做检查，你们马上走，不然他有生命危险！"

藏族大夫也给家属都翻译了。可是所有家属脸上全都是无一例外的平静。老爹用手背蹭蹭鼻梁子上的血，点点头，啥也没说。媳妇儿还不忘从拖拉机上把暖壶拎下来——里面是热腾腾的酥油茶。老爹从怀里拿出两个瓷碗，人都血了呼啦的，暖壶和茶碗倒完好无损！就在急诊室里，媳妇儿给倒了两碗酥油茶，老爹和亲戚们一碗一碗地喝着。励国看着都傻了。病人躺在旁边，症状越来越明显，昏迷、狂吐，亲属们就端着酥油茶一口一口喝。励国忍不住又急了，跟家属嚷嚷："救护车就在门口，你们怎么还不走！再耽误人就死了！"

旁边的藏族大夫悄悄解释："老师，他们在等家属给送钱来！他们身上没钱，到了自治区医院也看不了病……"

励国都快哭了，说："你先让他们去医院，家属带着钱直接去拉萨，到那里会合。病人的黄金救治时间就这么几个小时，他们不能就在这儿喝酥油茶啊！"

家属们仍然面色平静。励国还有别的病人，实在不能干看着他们着急。他出去忙活了一个多小时，送钱的人总算到了，交代好陪同的藏族大夫，看着救护车驶出医院，励国一屁股坐在大门外的台阶上，跟护士说："我得吸点氧！"

当天晚上回到宿舍，大伙一看今天励国这个气色可不对了。

西红柿彩椒午餐肉意面

援藏一年了，即使是援藏医生，十几个人中绝大多数也都闹过毛病，血压高了、感冒了、拉肚子了，都难免。一年下来，大家发现励国居然啥毛病都没有，问他心得，就俩字：能吃。励国是急诊科主任，他的养生方法很简单，能吃能睡就好。他这么说也这么做，不管心里有多别扭的事、遇到了多难治的病人，只要吃饱了肚子，立刻心情舒畅，满血复活，该干什么干什么！家属来探亲，连他爱人都诧异，你怎么在拉萨这么能吃？人家都瘦了你怎么没事？励国就一边吃着一边淡定回答，我调整得好。

本来黑脸膛的汉子，回来怎么见白啊？一问才知道是气的。励国一生气只能有一个安抚的办法，就是让尼木县的大厨、也是尼木县医院的外科大夫贾善勇给做顿好吃的。贾大夫是东北人，面能煮得，菜能炒得，还会烙饼包饺子，做外科手术挺牛，做饭也是大厨水准。

可巧那天励国回来家里没买菜。大家那几天都忙活得四脚朝天，没时间做饭炒菜。不过励国心情这么差，都吸上氧了，怎么也得做点啥让他开心啊！贾善勇从厨房翻出来一袋空心面，是春

节回来的时候，女大夫带上来的。家里还有几个西红柿、红彩椒，还有午餐肉存货罐头。贾善勇把这些东西切成丁全倒在一块，放在锅里噼里啪啦一炒，用高压锅把一袋子空心面都煮了，励国端着盘子盛好面，贾善勇用炒勺盛了一勺西红柿彩椒午餐肉丁做的卤，励国拿筷子一拌，这回也不问别人吃不吃了，埋头就呼噜呼噜地吃起来。

知道励国心情不好，大家这回都看着他吃。他一共盛了三盘子，等他说了句"差不多了"，剩下几个援藏干部才动筷子。这回，面锅和卤锅都见底了。剩下的几个人只好象征性地一人盛了点。贾氏意面很好吃，就是做少了，贾善勇不好意思，问大家："要不我再烤点馒头片去？"书记范永红来了一句："今天这个饭，要是凭良心吃，应该够……"

心惊
肉跳

当大夫都得胆大心细，这没得说。刘怡在北京一年做几百台手术跟玩儿似的，无论是手艺还是心智早就练出来了。到拉萨市妇幼保健院援建，还挂职当副院长，按理说并不是什么大的考验和挑战，结果，从上岗第一天到临走前，她每一天都得心惊肉跳。

本来刘怡是妇科医生，到了拉萨，人家医院里急需产科大夫。反正妇科产科是一家子，刘怡之前也干过好几年产科临床，没二话，拿起手术刀就干呗。

但是拉萨的产科和内地的产科不一样。拉萨市妇幼保健院接收的大多是农牧区的患者，这些地方的藏民还保持着传统的生活习俗，对于孕产的检查基本上没有概念，对基本防疫也没有概念。刘怡接收的第一个产妇临上手术台了发现是乙肝患者。这要是在北京，早就给转到传染病医院生去了。在拉萨你可转不出去，只能由妇产科大夫接生。

这边准备做剖宫产手术，那边刘怡找防护服、护目镜，找了一圈，当地大夫说了，老师你别找了，我们医院没有这些东西。刘怡这就吓了一跳，不是对病患有歧视，医生就是救死扶伤的，对什么病人都得救治，但是总要先对自己有个科学的防范吧！可是人家医院就是没有。产妇麻醉也打上了，手术上也得上不上也得上。刘怡也顾不得多想了，挽袖子、刷手、消毒，直接上台做手术。

产科医生在接生的时候，什么情况都有可能遇到：羊水滋出来，溅到眼睛里；产妇的血流出来，淌大夫一身；遇到新生儿窒息，情急之下还要嘴对嘴地给婴儿做人工呼吸，那羊水啊血液啊就直接吸进了大夫嘴里……如果明知道产妇患有传染病，这些事情还是要做，因为情急之下，必须救命。大夫在那一刹那肯定会将自己的健康置之度外，但是事后想起来，又有几个人能不后怕？

刘怡就是这样，做手术的时候肯定是全神贯注，满脑子都是职业惯性，救人救人救人……可等手术完了、孩子能"哇"的一声哭出来了，她自己就开始出冷汗。

偏偏拉萨妇幼保健院的硬件设施也不太齐备，当地大夫护士的能力也差一点，刘怡又在医院里顶着"北京援藏老师"的光环，还得使劲接手术，一年一百多台，没少让她后怕、心惊。

那天刘怡计划有两台剖宫产手术，其中一个胎心音听着已经不太好，产妇又很年轻，是生头胎，刘怡就建议家属签字，赶紧给她做剖宫产。没想到跟着来的老公一听说要做手术，心里就打鼓了，用藏语跟刘怡叽里呱啦地说了一通。当地医生给刘怡翻译，说，家属想等一等，做手术是大事，得找活佛给算算。

刘怡就问你找活佛给算需要多长时间啊？人家说得半天吧。刘怡一看，那先做另一台吧，等您算回来再说。

第一台手术特利索地就做完了。刘怡刚说出来歇会儿，等等找活佛那位，可产妇等不及了。当地大夫呼哧带喘地跑过来大叫："老师，孩子胎心音听不见了！"

刘怡脑子就"嗡"地一下，赶紧跑到产妇的病房，仔细检查一番，果然是胎心音弱了，再不剖，孩子大人就都危险了。刘怡一边叫家属，让他赶紧签字；一边高喊做手术准备。家属那边还在犹豫，毕竟活佛还没问呢！可再看自己老婆，宫口也开了，疼得死去活来，孩子又生不出，她老公也急了，上来就薅住了刘怡的脖领子，叽哩呱啦一通大叫。刘怡也听不懂，还得用汉语好言安慰，说："没事没事你别着急，你赶快签字我们赶紧做手术！"

当地大夫把家属拉走去签字，那边产房里又出了状况，产包没有了！拉萨妇幼保健院一共就五个产包，昨天用了四个还没消毒，今天又用了一个，轮到这个产妇做的时候没产包了！

刘怡这个急呀！那边家属签完字也回来了，产妇疼得大声哀嚎，家属情绪激动，胎儿情况危急……刘怡也顾不得许多了，叫麻醉师："赶快麻醉！"又叫护士："拿手术刀来！"

麻醉师一管子麻药直接打在了腰椎上、做了局麻，刘怡拿过手术刀，就在病房里、连手术巾都没铺，看准了产妇的子宫位置，一刀就划下去……连着三刀，不到半分钟，把孩子取出来。小男孩不到6斤，出来的时候呼吸微弱，刘怡又赶紧给孩子做复苏，直到听见哭声。等孩子都哭出来了，消完毒的产包才给送来，刘怡摸着滚烫的产包又赶紧往上倒盐水降温，然后又忙着给产妇缝合……看着老婆孩子都平安了，家属的情绪才不激动了。刘怡擦擦汗准备换衣服，当地的大夫拉着她悄悄说："老师，刚才那男的跟你说，要是大人孩子有一个不好，他都让你偿命！"刘怡浑身打了一个冷颤，说："幸好听不懂，要不我这手术没法做了！"

做手术的时候心惊肉跳，就连坐门诊、查房的时候也不消停。那天刘怡刚查完房在办公室，看见一个大肚子孕妇过来办理住院手续。这个孕妇肚子挺得老大，一看就是足月了；可她怀里还抱着一个宝宝。不知道刘怡哪根神经动了，就问了一句："你这是生第几胎啊？"孕妇说是第二胎。刘怡又问："第一个孩子多大了？"孕妇指了指怀里的宝宝，表示就是这个。刘怡一惊，看着怀里吃手的孩子好像还在哺乳期，应该一岁都不到，那这第二胎怀得也快了吧！她又追问了一句："第一胎是怎么生的？"人家说是剖宫产。刘怡当时就叫护士："什么手续都别办了，赶紧让她上床，检查！"

凡是做剖宫产手术的，要想生第二胎必须在两年以后，否则子宫的伤口无法愈合，对产妇会造成生命危险。刘怡一看这位，头胎还不到一岁，二胎就要生了，这周期也太短了，子宫肯定有问题。上了床一看，孕妇的肚子成葫芦形，这是明显的病理性腹缩环，是子宫出现伤口的显著症状。刘怡赶紧叫家属签字，还不能吓唬人家，说你第一胎是剖宫产，第二胎最好也剖，不然不好生……

等把产妇推进手术室、刘怡用手术刀剖开子宫，发现子宫已经出现了近10厘米长的裂口，羊水膜堵在裂口上马上就要破裂了。一旦羊水破裂，那就是羊水栓塞，那时候这产妇的命无论如何也救不回来了。

这么惊心动魄的一幕刘怡只能咽在肚子里，不能跟家属说，

炒土豆

刘怡本来是北京市第六医院的妇科大夫，拉萨这里缺产科大夫，她就上了。用她的话说，反正之前也干过，不怵！刘怡上岗没几天就落了一个外号"刘一刀"，只要她接诊的产妇，不管出现了多复杂的情况，上了她的手术台，就一刀，孩子就出来了。但是她自己说，每次手术完身上也是一身冷汗。因为每次情况都不一样，大夫也是人，也有心里没底的时候。可能是羊水、血水的见得实在是太多了，刘怡又是一个清清秀秀的小女子，弄得在拉萨的时候只吃素。别人的冰箱里塞着各种零食，她的厨房里节俭得很，就是圆白菜土豆。难为她，天天顿顿就吃这几样，脸色还挺好，模样依旧清秀可人。

也没跟别人提。只是在手术之后，她教当地的医生护士，遇到这样的情况一定要多问、仔细检查，不然大小两条生命很可能就没有了。

在拉萨一年，刘怡不止一次被产妇的血水浸透衣服；不止一次嘴对嘴地给婴儿做人工呼吸。她说自己现在只能吃素，偶尔吃一点海鲜。生孩子这种事又没点儿，经常是回到宿舍都半夜了，刘怡只能自己做饭吃。每天不管手术多晚、查房到几点，回来之后在宿舍的小厨房里，看看头天剩下点啥，有时候是一把苦菊，有时候是几个土豆。拌个油醋汁苦菊、做一个素炒土豆片，就是刘怡的一顿饭。经常有别的援藏大夫过来串门，说说当天自己的病人、手术情况，也会有别的妇产科大夫念叨说今天又做了什么抢救、给哪个婴儿做了嘴对嘴的人工呼吸。那会儿刘怡就会一边嚼着土豆片一边打趣他们："没喝过羊水的大夫是妇产科大夫吗？"

怎么尽是
传染病

1982 年出生的古豫是这批援藏医生里岁数最小的，可是去的地方却是最艰苦的——当雄县医院。她在这一年里接触的病人，也是最奇怪的。

拉萨市的县医院基本上都不分科室。常设的就是急诊、妇产、内科和藏医科。急诊室就是个大杂烩，从阑尾炎到胆囊炎都归这个科室管。有的病人出车祸，颅骨损伤，急诊给看；有的脖子上长了个大瘤子，急诊给看；肺气肿、肺水肿也是急诊给看。古豫就是急诊科大夫。来拉萨之前对这里县医院的软硬件条件也有所了解，她也做好了要做一年全科大夫的思想准备。但是等真的把工作开展起来，情况还是出乎想象。

到当雄第一个星期，古豫参照往届援藏大夫的做法，先要看看以往的病例。北京的医生在病例书写、问诊查房等细节工作上是严格按照规定制度来的，拉萨的县一级医院由于条件所限，往往往做不到严格规范。所以，只要来了北京的医生，就先从病例看起，一边看一边给当地医生做一些指导，规范病例的书写。

不看不要紧，一看吓一跳。这些病例五花八门，什么病都有。古豫在一年的病例中看见了鼠疫、梅毒，还看见了艾滋病！这可把她吓得够呛，再一看病例，上面只有个结论，后续怎么转院、怎么治疗的全都没有。古豫赶紧问当地的大夫，这些病人呢？当地大夫说："老师，他们都转院了，去拉萨看病了。"古豫又问："你们上报疾控中心了吗？"当地大夫埋头回想，回答是有的报了有的没报。为什么没报呢？"因为有的病不能确诊，是疑似病例。那个艾滋病就是……"古豫冷汗都下来了，说："疑似病例也得上报啊！由上一级医院去确诊，咱们不具备诊断艾滋病的条件，咱们医院不能给人家确诊啊！"再问那些没有上报还留在当雄县医院治疗的病人，怎么隔离治疗的？当地大夫带着古豫来到医院墙边的一排小平房，拿手一指，说："老师，这就是传染病房。"

古豫走近了一看，这哪是病房？分明像是地震棚嘛。医院其他科室都在楼里，只有这几间平房孤零零地在外面。你说它距离普通病房远吧，还真就隔着十几米；你说它不远吧，反正它在楼外面。

再看里面，一间一间的病房倒是独立分开的，没有统一供暖，靠烧牛粪炉子取暖。当雄每年的采暖季长达7个月，没有供暖就不能生活。病人只要入住了传染病房，就得自带被褥、自带牛粪、自己在炉子上生火做饭——因为不能出去。有家属陪同的，也得一块在这里住着，一边看病一边生活。也没有专门的传染病科医生，这边急诊的、内科的大夫看完自己的病人再来看他们，连个防护服都没有，甚至有时候连口罩都不戴，就这么在普通病房和传染病房中来回穿梭，这不是等着交叉感染吗！

看完传染病房，古豫立马掏出手机，给远在北京的也是医生的老公打电话："赶紧给我买几套隔离服和专业口罩，用最快的速度给我寄过来！"

装备还没寄过来，病人先来了。一个四十多岁的藏族妇女，来的时候发着烧、咳嗽，浑身上下长满了片状的红疹，眼睛也是红的，还迎风流泪。

病人来了没有往外推的道理，但是凭借经验，古豫认为这是一例疑似麻疹病例。麻疹是传染病，按照规定，要向当地疾控中心上报。一边上报一边只能保守治疗。这批北京援藏医生有个微信群，古豫把病人的照片发在群里求会诊。可这批大夫里既没有传染病医生也没有皮肤科医生，大家纷纷发言，有怀疑是皮肤结核的，有说是不是玫瑰糠疹？最后还有人把图片发回北京，找三甲医院皮肤科专家请教……后来，所有指向都怀疑是麻疹，古豫只好跟病人说明，要暂时隔离、不能离开医院，确诊之后还要转院……病人不乐意了，怎么那么麻烦呀？你们北京大夫还治不好我吗？古豫还得解释，我不是传染病医生，我是内科大夫……

后来疾控中心过来了专业的医生，证实了古豫的怀疑。病人确实得了麻疹，确诊后立刻转走了。那几天，和病人密切接触的古豫担心了好几天，确认自己没有症状之后才恢复了正常生活。

谁想到，平静的日子还没过几天，又一个病人把古豫给吓得够呛。这个病人是中年男性，来的时候右小臂严重溃烂，长了几个大水泡，皮肤都成了灰紫色。有几个水泡破了，脓水流出来。古豫怀疑是皮肤炭疽，使劲问病人发病之前都做了什么，病人这个症状已经有一个星期了，要不是皮肤溃烂到了不能劳动、又发着烧，还不来医院呢！病人想了想，说也没干什么，就是日常的那些活啊！古豫启发他，接触过动物没有？病人说我们家有牦牛算不算？古豫又问，接触过病死的动物吗？病人终于想起来了，家里有一头牦牛刚死不久，死因还不明，他去收拾牦牛尸体来着。

古豫赶紧把他隔离在传染病房，一边在援藏医生的微信群里求会诊，一边向疾控中心上报。这次，疾控中心的专业大夫来了，穿着厚厚的隔离服，看了看病人，也确诊了，然后说："就地治疗吧。"

古豫一边指导当地大夫用药，一边教他们自我的防范和隔离，正忙活着，护士跑过来报告："古老师，那个病人跑了！"古豫的头"嗡"的一声，赶紧问："怎么跑的？跑哪去了？"小护士说："我刚才去给他送药，他不在病房里了。"当地医生劝古豫，说："老师你别着急，他应该跑不远，估计是去茶馆喝酥油茶去了。"

古豫又找人穿着隔离服把病人弄回来，看着他老老实实在病房里待着，还要开出用药的单子——好多药当雄本地没有，还要赶紧去拉萨市内采购。

忙活完这个病人，古豫回到宿舍，想想自己一天都在和病人密切接触，尽顾着教当地的同事怎么穿隔离服、怎么防护了，自己身上就是那件白大褂——还好戴着口罩。

回到宿舍已经是傍晚，古豫特有自知之明地决定不去食堂吃

曲奇

古豫喜欢画画，无师自通。因为在急诊科当主任，当雄什么疑难杂症的病人都是她第一个上，弄得她只好经常自我隔离。隔离在宿舍里，干点啥啊？就画画。画布达拉宫、画天安门，画女儿。常年在海拔四千多米的当雄上班，难得回一次拉萨；回来就得忙不迭地进城采购，大包小包地买零食，各种饼干她都有，因为说不定什么时候就得把自己又关在宿舍里。这一年，你问古豫在当雄吃得最多的是什么，她肯定跟你说，饼干！

饭了。怎么说自己也是炭疽病患者的密切接触者，自己就把自己隔离了吧。翻了翻宿舍里还有什么存货，上周末回拉萨，援藏干部公寓的大师傅给烤了一些曲奇饼干，这可是稀罕物，在拉萨轻易吃不着。当时古豫没舍得多吃，带了一些回当雄。自我隔离的晚上，古豫左手拿着曲奇往嘴里送，右手攥着彩色铅笔在本子上信手涂鸦。一口曲奇，一笔线条，6岁女儿的脸蛋就那么勾勒出来。寥寥数笔，母女两人依偎的甜蜜小样儿就画在纸上了。

古豫吃着饼干，想女儿了。

病人
真能扛

来拉萨援建之前，白建云是房山中医院的外科大夫。在北京当外科医生，每天十几台小手术那是常事。做个阑尾、疝气手术的更是不在话下。一个普通的阑尾炎手术，快的十几分钟，慢的半个小时，没想到来了堆龙德庆县医院，阑尾炎手术也成了大事。

白建云在堆龙接的第一个阑尾炎病人，病症特别明显。右下腹持续疼痛，伴有恶心、体温偏高等症状，血液化验指标也高出正常值，B超看了也能确诊为阑尾炎。这边的农牧民长期喝酥油茶，所以胆囊炎、阑尾炎都是高发病，其他消化道疾病也比较多。白建云问病人疼了几天了，病人用藏语回答说是两天。白建云用手一摸，阑尾那个位置硬邦邦的，串的整个腹腔都是胀的。白建云凭经验就感觉不太好，初步判断里面已经化脓了，赶紧让同事们做手术准备。

麻药打好了，手术医生全部就位，白建云主刀。该剌的地方都刺开了，白建云汗也下来了。确诊是阑尾炎没错，可是阑尾呢？人的消化道器官排列组合得很复杂，大肠、小肠、直肠、阑尾……阑尾又是藏在别的器官后面，找起来的确是有难度。可是，都做了十几年外科手术了，白建云心说自己再怎么高原反应也不至于找不着阑尾啊！可就是找不着！白建云一边心里让自己冷静，一边指挥助手把手术床往左侧偏一偏，这样，腹腔内右边的器官能向左侧少许移动，白建云再仔细地找、目不转睛地看。终于，在弯弯绕的肠子后面把阑尾给夹出来了。夹是夹出来了，可是这长短也不对啊！正常的阑尾应该是六七厘米左右，长的能到十厘米以上。这个患者的阑尾满打满算不到一厘米，不是找不着，是真找不着啊！

再一看阑尾周围，和白建云之前判断的一样，的确是化脓了。白建云赶紧用器械把脓处理了，再把这一截小得可怜的阑尾给刺了——其实都不用刺了，因为这么短的阑尾，基本上可以忽略不计。一起站在手术台上的当地医生也纳闷，用不太流利的普通话问白建云："老师，他的阑尾去哪了？怎么这么小？"白建云想了想，又仔细观察了一下化脓的地方，无可奈何地说："他疼的时间太长了，阑尾化脓，那一部分阑尾已经坏死、烂掉了……"缝上伤口之后，病人清醒着，白建云擦擦脑门上的汗，让当地同事再一次问患者："您疼几天了？"

病人眨眨眼睛，还是回答："两天。"

白建云特认真地说："不可能啊！就疼两天，怎么能阑尾都快没了？您这阑尾都化脓了，一看就是很多天的持续炎症了。您怎么忍的，不疼啊？"

　　病人一脸茫然地看着大夫们，说："没有那么疼啊！就疼了两天啊！"

　　白建云没话说，把病人推回病房之后嘱咐家属："一天之内别吃饭别喝水，等到顺利排气之后再进食。有什么不舒服就告诉我，千万别吃东西。"都嘱咐完了，白建云干别的去了，俩钟头以后巡视病房，一进门就看见刚刺完阑尾的病人和家属，一个坐在病床上一个坐在地上，一人一碗酥油茶，喝得正香。白建云一个箭步冲进来，对着病人家属喊："不能吃东西不能喝水，他刚做完手术……"旁边的藏族同事刚给翻译了一半，家属就笑呵呵地给白建云也倒了一碗酥油茶，说："这不是水。北京医生，您辛苦了，您也喝一点……"

　　白建云哭笑不得，又叫身边的藏族同事给解释，什么叫"不能吃饭不能喝水"，当然，尤其是不能喝酥油茶。患者家属瞪着眼睛听了半天，又用藏语和患者交流了一下，这才恋恋不舍地把暖壶和茶碗拎出去了。

　　这个阑尾炎患者还没好利索，那边又送来一个出了车祸的藏族男子。说是送来的，其实是自己走进来的。这位自己挂号、自己找大夫，旁边还有一个人跟着。走到白建云跟前的时候，把白大夫吓了一跳。浑身上下不是土就是血，脸也破了、衣服也破了，一看就伤得不轻。藏族医生问他，出什么事了？患者说，走在大街上让汽车给撞了。大夫又问，那撞你的人呢？患者一指身后的小伙子，说就是他，一直陪着自己呢。

　　白建云赶紧给他做检查，发现患者身上多处损伤，而且胸口、肋骨的地方损伤严重，一碰就疼。赶紧给患者拍片子吧，一拍不要紧，X光片显示患者右侧的肋骨断了三根，其中，一根已经把右侧的肺泡给扎穿了！

　　这可太严重了！白建云赶紧跟患者说，咱们得准备手术，你这情况叫"气胸"，说白了，就是右边的肺泡已经压缩了、不工作了，得赶紧在胸腔穿刺，把气引出来。

　　患者一听这个，就问白建云，是不是要做个手术？白建云还是找藏族大夫给他解释，说这是个小手术，是一种治疗方法，并不复杂，打上麻药也不痛苦。患者听明白了以后摇摇头，说："我不怕疼。我是不想再花钱了。"

　　白建云一愣，问他："你不是被车撞了吗？撞你的人不是陪着吗？这钱让他出就行了。"

　　患者又摇头，说："他刚才把我送到市里的医院了，做检查已经花了不少钱。市医院也是这么说的，也要做手术；我觉得已经花了他这么多钱，不能再让他出钱了，所以才到堆龙医院来。你们怎么还要花钱呢？"

　　白建云没辙了，当医生二十多年，这是头一回看见患者替别人省钱的。白建云也不知道该说什么好，只能一个劲劝他还是要留在医院做治疗。患者说他再跟撞他的小伙子商量商量，再想想。白建云就站在楼道里等着，那俩人就出去商量去了。等了得有好长一会儿了，两人谁都没回来。白建云站不住了，就出去找，一出门诊楼，看见两人抽着烟聊天聊得欢！

给白建云吓得呀！赶紧跑过去，也顾不上什么医患关系了，一把就给患者手里的烟给抢下来了，患者吓一跳，说："大夫你干什么？"

白建云直嚷嚷："你都气胸了还敢抽烟？这是要命的事啊！"

生小葱

白建云的宿舍在一楼，有个小院子。他第一眼看见这个院子就打心眼里喜欢，让家里人从北京给寄了好多种子上来，什么小葱、茴香、萝卜、豆角。想得挺好，没事的时候打理个小菜园子，劳动怡情还养生。可是理想很丰满，现实很骨感。北京的大夫一上岗就必须挑大梁，每天忙得应接不暇，哪有时间打理菜园子？有时候连水都忘了浇。可即便这样，小葱啊、茴香啊还是努力地生长着，就跟较劲似的，你越不管我，我越要长好！每次蹲下身子看着这些绿油油的小生命，白建云就感慨，觉得自己得和它们一样，甭管条件多艰苦，都得向上、努力地去拼！园子里的菜长得都不大不显眼，可是随便掐一点放在嘴里，就发现那味道绝对是与众不同。

没想到患者乐了，说："大夫我觉得我不疼了。我们商量完了，我要回家了。"

白建云手里的烟头还没掐灭呢，俩人就乐呵呵地往外走。任凭白建云怎么叫、怎么拦，人家就一句话："我好了，不疼了！"

下了班回到宿舍，白建云心里郁闷啊。一边是觉得这里的病人是真淳朴、真善良；一边又觉得，怎么才能让大家明白，生命是无价的、是最珍贵的呢？

白建云住的宿舍在一楼，门前有一个小小的院子。刚来拉萨的时候，他在小院里撒下了生菜、茴香、小葱和萝卜的种子。在白建云房山的家里，他的阳台上也种了这些小巧可人的青菜。平时女儿放学回家，他俩一起给小苗浇水施肥，长大了，就让女儿采下一点给妻子做菜用。如今，拉萨的宿舍也种上这些绿油油的青菜，不为了吃，就为了看着它们，就像见到了女儿一样。

拉萨日照时间长，只要勤浇水，种下的植物很容易就长得郁郁葱葱。白建云心里有事，想着一天之中的两个患者，就觉得心里堵得慌。食堂不想去、饭也不想吃，蹲在小院的土地上，他低着头拔杂草。茴香已经长出了两寸高的小苗；小香葱也长了快一尺高了；生菜油亮亮的叶子跟花瓣似的。白建云随手掐了几根小葱，洗也没洗，就塞进了嘴里。有点甜，也有点辣。刚进嘴里是甜的，可眼睛里却被辣出了眼泪。

烛光

北京的医生来援藏，不知道的还以为他们多轻松呢！你想，北京哪个医院的大夫每天的门诊量不得上百个？甭管是三级医院还是二级医院，每个大夫每天都得把嗓子说冒了烟，谁回家不是一脸疲惫懒得动弹？初来乍到尼木，北京这几个大夫着实惊喜了一下，每天就看几个病人嘛！真轻松！

丰台妇幼保健院的曹霞是这批来尼木县人民医院援藏的唯一一个女大夫。据说在北京医生援藏之前，尼木县的广大农牧民都习惯在家生孩子。后来，县医院里有了北京大夫，产妇们就陆陆续续来医院了。

曹霞是产科大夫，来的第二天就接诊了一个产妇。产妇两口子一直在拉萨市里工作，但是家在尼木，怀孕到足月的时候想回家生孩子。人家跑了一百多公里回来找北京大夫接生，曹霞赶紧给检查，发现情况不太好，就征求家属意见，稳妥起见，要不要做剖宫产？

家属对北京来的大夫一百个信任，您说怎么生就怎么生。曹霞赶紧张罗准备手术，护士长不慌不忙地跟曹霞说："曹大夫，今天做不了手术……"

曹霞一愣，为啥啊？

护士长说："麻醉师不在啊！咱们医院就一个麻醉师。"

曹霞又一愣，赶紧问："他干什么去了？"

护士长说："上市里考驾照去了！都考了好几回了，还没考过呢！"

曹霞一溜小跑找院长，让院长给麻醉师打电话，问他能不能赶回来？产妇情况不好，不然也不会做剖宫产手术。院长打了电话，那边回答很明确，回不来！还没轮上考试呐！就算考完了，赶回来也得俩小时，天都黑了，产妇等不及啊！

曹霞这边急得火上房，院长淡定地说："没事没事……我再找！"然后又是一通电话，那边是曲水医院的麻醉师，住的地方离尼木不远。电话倒是打通了，可人家说了，刚给家里收完青稞，累得慌，就不来了吧！曹霞就差抢过电话亲自央求了。院长还是一脸淡定的笑容，东扯扯西扯扯，扯了20分钟，终于把对方给说动了，人家这才拖着劳累的身躯，赶过来给产妇做麻醉。等到曹霞上手术台的时候，她身上的汗都出透了。

这刚是上岗第二天，更惊心动魄的日子还在后面等着呢。在尼木，很多偏远地区的农牧民孕产妇是不做孕检产检的，好多人在家里自己生孩子的时候由于各种原因，经常会有新生儿夭折的情况。那天就来了这么一位产妇，之前连着生了三胎都没存活，眼看第四胎又要临产，那是什么心情？产妇倒是很淡定，曹霞很抓狂。

这是个从牧区来的产妇，第一胎和第二胎都是自行在家里接生的。第一胎孩子生是生下来了，可是到第二天就浑身抽搐，家里大人眼看着这条小生命就那么走了。第二胎还是在家生的，生下来就是个死胎。怀第三个孩子的时候，家里人终于认识到了问题的严重性，去了乡里的医院。这回有了病例，上面写着"脐带脱垂"，孩子又没成活。

曹霞见到这个产妇的时候，她已经足月了。了解到产妇之前的生产历史，曹霞心跳都过速了。她嘱咐妇产科的同事，要给产妇做所有检查。因为之前的两胎都没有医院诊断，无法判断产妇自身是否有遗传病、血液病还是生产过程出了问题。曹霞跟产妇和家属商量，孩子已经足月，咱们保险起见，还是剖宫产吧！这样，对产妇和孩子都更有保障。

藏族医生给家属做了半天工作，可人家说什么都不剖。曹霞找产妇的丈夫，想亲自跟他解释，谁想到人家根本没来，陪着来的是婆婆。婆婆说了，做手术对女人不好，我们不做！

行吧行吧，不做就不做。曹霞又给产妇做了详尽的检查，胎心音正常、产妇身体也还好，那就自然生产吧。可人算不如天算，这天上午，曹霞正在手术室里忙活着一台子宫撕裂的手术，眼看就要缝合了，妇产科的同事火烧火燎地跑进来，大嚷："老师！破水了！手出来了！"

曹霞一听头都大了，就知道是这个要生第四胎的！赶紧忙活完手上的活，口罩帽子手术服顾不得脱，一路跑着进了产房。等着生第四胎的产妇正在产房里躺着，羊水破了，孩子一只手出来了！

曹霞已经不知道该说什么了，换上干净手套就上手了。产妇胎位不正造成难产，妇产科医生最紧要的就是把手伸进产妇子宫，把胎儿推复位。阴道、子宫能有多大点地方？考验的就是大夫的胆大心细、稳准狠。曹霞把手伸进去，一点一点地把手推回子宫里，慢慢地正位，正着正着，脐带又出来了！这是最可怕的。之前的一胎，也是产妇的第三胎，就是"脐带脱垂"，也就是说，羊水破了之后，孩子头没出来，脐带先出来了。脐带出来之后，母体无法给孩子供氧，子宫还在继续收缩，孩子很容易就在一瞬间窒息而死。曹霞汗也下来了，一边继续用手往回送脐带，一边冲藏族同事喊："马上找家属，问他们能不能做剖宫产！再不剖孩子就又没了！这孩子还要不要？"

藏族同事一溜烟跑出去找家属，这时间曹霞的手就在产妇子宫里待着，一点一点地正孩子、推脐带……时间过得很漫长，可能只有 20 分钟，可感觉像是一世纪。这 20 分钟里，产妇又经历了三次宫缩，她宫缩一次，曹霞就跟着颤抖一次——不是手，是心！前面三个都没保住，无论如何得把这一胎保住啊！曹霞一只手在里面，一只手腾出来指挥同事检测胎心音，一会儿六七十下、一会儿没了、一会儿又有了……根据经验，曹霞判断孩子在子宫里面脸朝上，这个姿势无论如何也生不下来。眼看着胎心音越来越弱，曹霞眼泪都快下来了，声嘶力竭地喊："家属呢？同意不同意？

这孩子要不要？"

　　外面，藏族医生说破了嘴皮子，终于，陪着来的婆婆才吐口，说那要是有危险就剖吧。话刚带进产房，曹霞就大喊："麻醉师！打麻药！碘伏，赶紧消毒！直接倒、直接倒……"顾不上一个产钳一个产钳地消毒了，护士把一大瓶子碘伏全倒进了托盘里……

　　连手术室都来不及进，就在产房里，曹霞以最快的速度把孩子给取出来了。出来是出来了，怎么不哭啊？正常孩子生下来是红的，这个男宝宝生下来是白的，心跳慢、没呼吸，曹霞一边指挥同事给产妇缝合，一边给孩子做复苏……又是艰难的二十多分钟，终于，孩子哭出来了！曹霞眼泪也下来了。太不容易了，这、这、这是要大夫的命啊！

　　产妇和孩子都平安了以后，曹霞找到家属，劝他们两天以后转院。尼木县医院没有儿科，万一孩子身体有问题这边不好解决。家属前脚答应了，后脚又说不转了。问为啥，人家说了："前面三个都没活，就这个孩子生下来能吃也能拉了，还是北京大夫管用。我们哪也不去了。"

　　不去就不去吧，家属们坐在病房里看着新生儿高兴。可不是嘛，一个大胖小子，白白净净的，多招人疼啊！家属们来得多，每人来的时候都没空着手，一人拎一个大暖壶，一起打开，倒了好几碗酥油茶开怀畅饮、举杯庆祝。曹霞查房的时候生生被酥油味给顶出来了，在楼门口喘了半天气才进去。

　　当医生的，遇见什么病人都得处理，而且都得尽一切努力去处理。可是好多事，曹霞她一个大夫真处理不了。那天刚下班、回宿舍还没吃上一口饭，电话就来了，有个产妇从下午1点就宫缩、疼，现在还生不出来，家属让找北京大夫给看看。

大冬天的，曹霞赶紧摸黑赶来了，刚到医院，怎么医院里面也是黑的？护士迎上来，说："刚刚停电了。"

曹霞赶紧进病房看产妇，藏族医生和家属都站在旁边，老公手里端着酥油茶，藏族医生手里举着手机——那上面有手电筒，曹霞就着手机的亮光给产妇检查。之前生过一胎，按说二胎应该好生。阵痛了六七个小时还生不下来那一定是有问题。曹霞第一反应就是做剖宫产，可是停电啊！什么检查监测都做不了。曹霞里里外外查了一圈，确诊是枕后位。孩子生之前在妈妈子宫里应该是脸冲下，这个宝宝脸朝上，就是平时说的胎位不正。按说及时剖宫产就能解决，免得产妇受罪，可没电咋做？曹霞把喝着酥油茶的家属请出病房，又让护士们在病房里点满了蜡烛，弄得病房里跟开派对似的，然后，她就下手了……

好在产妇生过一胎，有足够的空间让曹大夫把手伸进去正胎位。已经疼了六七个小时的产妇此时已经到了极限，大夫手刚一进去，人就开始撕心裂肺地叫。家属不明所以也往病房里闯，藏族医生赶紧拦着给解释……要不是北京援藏医生手艺好的名声在尼木广为流传，家属听见产妇这么叫法，非急了不可！

这边刚正着胎位，突然间电来了！大伙这叫一个高兴！小护士一激动，吹灭了好几根蜡烛。曹霞赶紧把手拿出来，都是女人，谁也不忍心看着产妇疼成那个样子。曹霞刚指挥大家："准备剖宫产手术……"话音未落，又是漆黑一片。当地大夫习以为常："曹大夫，这是间歇性停电，可能一会儿还来。"曹霞快疯了，什么时候来？来了再停怎么办？得了，接着伸手进去吧……

刚伸进手去，又一个大夫气喘吁吁跑过来，拉着曹霞救急："曹大夫，来了一个妊娠高血压的产妇，她说之前一直是您给监测的，也要生了！"

楼道里黑漆漆一片，曹霞又在手机灯光的指引下跌跌撞撞奔了下一个病房。这边准备工作做得真不错，蜡烛给点了一屋子，弄得也跟结婚纪念日似的。曹霞一看产妇，认得，也是要生二胎，孕期一开始血压就高，曹霞逼着她每天来医院做一次监测。这次人家主动来了，要生！

仍旧停着电，还是什么检查都做不了，只能手动量血压。这边血压计刚给套胳膊上，胎位不正的又找来了："曹大夫，这次好像真要生了！"

曹霞把血压计交给本地大夫，一路小跑往那个病房赶，跑着跑着灯亮了！曹霞牢记刚才的提醒，间歇性停电，指不定什么时候又停呢！一边跑一边冲两个病房的人嚷嚷："别吹蜡！先别吹！"

果然，刚跑到这个病房，灯又灭了。医生护士举着手机把产妇送到产房，这边接生开始，那边病房的人又闻讯跑来，站在手术室外头喊："曹大夫，这个也要生！"

曹霞一边忙活着手头一边嚷："送进来送进来……"

左右两个产床，一个生着，一个让其他医生给监测着；这个刚把孩子弄出来，包好了，那个阵痛就频繁了；刚看了那个胎位，这边还等着侧切的缝合……

仨小时，俩产妇生了俩宝宝。母子都平安。胎位不正的顺产了，妊娠高血压的平安生了。家属们全都倒了酥油茶在庆祝。曹霞忙活完，就着一楼道的酥油茶味往宿舍走，嚯！病房里全都点着蜡烛，家属们都在举着手机凑近了在看宝宝，场面好温馨！

烤蛋糕

励国烤的蛋糕真是没什么卖相，就是最普通的纸杯蛋糕的样子。什么奶油啊、水果啊都没有。可是用料足，舍得放鸡蛋、搁蜂蜜，刚烤出来的时候就着热乎气，真的很香。蛋糕长什么样都不要紧，重要的是一份心意。曹霞看着蛋糕心里就翻腾，说不清楚是高兴、感动还是别的什么。蛋糕含在嘴里，曹霞下意识地抄起手机，跟电话那边嚷嚷：你知道今天是什么日子吗？连个电话都不打……大家侧耳一听，明白了，这是跟老公啊！嚷嚷了一通之后，曹霞心里这点因为工作上急出来的火也下去了。大伙在蛋糕上插了蜡烛，曹霞红彤彤的脸上笑开了花。

　　谢天谢地，后半夜的时候来电了。医院里值班的医生护士把孩子、产妇又都给检查了一遍，都没问题了曹霞这才一个人回到宿舍。宿舍里也是刚来电，倒是灯火通明的，隔老远曹霞就看见自己屋里亮着灯。进屋一看，嚯，够热闹的，怎么在尼木援藏的这几个援友全在呢？曹霞还问呢："怎么还不睡觉去呀？都在我这干吗？"

　　大伙说都等你呐！你不来谁敢走啊？

　　正诧异着，另一个援藏大夫励国端出一盘子小蛋糕来。看样子是纸杯蛋糕，可是大大小小、高高矮矮的，一看就是自己做的。励国还有点不好意思，说："我们家老爷子以前开过蛋糕店，我也会点儿。今天头一次做，见笑啊！"

　　曹霞还笑话他："这蛋糕是你做的？怎么做的？"

　　励国就如实相告："用面粉、牛奶按照比例配好了，再打几个蛋黄，用点泡打粉，放在烤箱里烤就行了。我还在上面用棉签刷了点蜂蜜呢。你别看卖相差一点，可是不难吃。我尝了。"

　　曹霞拿过一个放嘴里，别说，还真是挺好吃。甜丝丝的，带着奶香。不过这大夜里的吃蛋糕也太增肥了吧，大家看着曹霞笑，说："你真忘了？忙晕了吧？今天是你生日啊！"

　　曹霞鼻子一酸，还真是，自己都忘了，伙伴们还记得。难怪刚才看见家属们打着打火机、举着蜡烛凑近了看宝宝的时候，她心里觉得那就像个生日大趴呢！

孔
老师

　　从北京到拉萨来援建的人每年有一百多号，这一百多人里有各种专业人才，搞管理的、搞技术的，还有老师、医生。最受欢迎的人当然是医生，到了拉萨，不仅当地老百姓欢迎，北京老乡们也高兴，医生是大家最离不开的人。

　　这批来援建的医生里孔强算是来头最大的，他在北京的单位是宣武医院，他自己又是心内科大夫，来到拉萨之后，无论是在工作的拉萨市人民医院还是在援友们中间，大家都对孔强倍儿尊重，那可是货真价实的专家啊！这要是在北京，挂一个号得多难啊！

　　专家来了拉萨没几天，就发挥出了重要作用。刚进藏的时候，两个援藏记者觉得自己身体特好，每周大家找大夫们量个血压、查个血氧的，他们都不去。也是，两个壮小伙子，在北京都是生龙活虎，到了拉萨就工作，别人觉得头晕、气短，他们都说没事。

　　就在一天下午刚工作完，突然有一个记者叨咕了一句："怎么有点头晕呢！"就是一句自言自语，被身边的同事听见了。来拉萨之前，大家都受过专项教育，一定要及时关注自己和援友们的身体，谁要是有个头疼脑热的得赶紧就医；谁要是第二天早上没来上班得赶紧去看看，以前的援藏干部们有在拉萨牺牲的先例，还不止一个。

就这么一句话，身边有援友听见了，就赶紧连拉带拽地把记者拖进了孔强的宿舍。孔强一听说是头晕，赶紧让记者坐在沙发上，拿出血压计给他量，又拿出听诊器认真地在他胸口听。看着孔强的姿势不得劲，记者不好意思，说孔大夫我站着得了。孔强一把就把他按在沙发上，自己半蹲在地上，眼睛也不看记者，就跟他说："到我这就听我的，我是医生！你不要动！"几句话，说得记者乖乖地坐在原地，真是一动不敢动。孔强这一量不要紧，测出来记者高压 160，低压 120，这可太危险了！援友们都慌了，孔强特别淡定，问记者："在北京时候血压高不高？"记者说有时候高；孔强问他，在北京吃什么药？记者说不吃药，还说自己也没去医院看过，就是不爱听大夫忽悠。孔强哭笑不得，认真地说："兄弟，这是高原，你必须得吃药。我平时血压不高，可到了高原为了控制血压，我自己每天要吃两种药。我不能自己忽悠自己吧！"说完就拿出一盒药来，嘱咐他，每天一粒，按时定量必须吃。记者还不服，说我要是每天锻炼呢？是不是就不用吃药了？孔强又气又笑，说："你一高血压还要进行高强度锻炼，这不是跟自己过不去吗？我告诉你，从现在开始，你的全部工作就是吃饭、睡觉、降血压。把药用上，服完五天之后，我再给你检查。先把血压降下来再说！如果你不吃药，或者服药了也降不下来，兄弟，你就只能回北京了。这个地方不适合你。"

给这个记者看完，孔强又想起来还有另一个记者也从来没找他量过血压，一就事地给看看吧。这一看，更高！高压都到170了。什么也别说了，孔强赶紧给联系医院，先去看急诊，吸氧、开药，按时吃。俩人吃了一个多月，血压一点一点下来了。孔强还给做工作："高血压不吃药绝对不行，是治疗误区。尤其是在高原，必须服药，否则会有生命危险。"宣武医院的大专家都说话了，俩人就乖乖听了，大半年下来，身体无虞。

对付不听话不治疗的，孔强说话很好使；对常闹病的，孔强就是救星。援藏半年以后，大家陆陆续续都出现了心慌、血压高、血红蛋白增多的毛病，孔强一个一个对症下药，帮助大家调理身体。他拿出来的药好多都没怎么听说过，就更别提服用了。跟孔强同事一年，大伙儿这医学药理知识噌噌见长。

在援友中间都这么受欢迎，就更别提在医院了。在拉萨市人民医院，没有专门的心内科，孔强就在大内科待着。心内科病人收在三层，其他的内科病人收在二层，孔强就二层三层两边跑。

这天，二层的病房里收进来一个藏族老太太，已经70岁了，多个脏器衰竭，眼看就不行了，但是始终没有确诊问题到底出在哪儿。有的医生认为是冠心病，有的医生认为是肾衰，两方意见都有道理，又都不敢坚持。正赶上华西医科大有个专家在拉萨，医院就把他请过来看。那是病人入院的第三天，根据各项指标的显示，华西的专家认为是冠心病，治疗方向就指向了心脏。专家只在医院逗留了一天，当地医生按照冠心病给药、治疗，可是连续两天之后病人病情加重了。专家也走了，怎么办？医院把孔强叫过去再看。患者当时已经出现了严重的肺部感染，心功能不全，肾功能不全，孔强根据指标显示，认定这是肾出现了问题，赶紧调整治疗方案，终于把患者给救回来了。当地医生问孔强："孔老师，难道华西医科大的专家诊断错了？"孔强就给他们讲，不是人家错了，是病人每天的病理显示不一样，如果现在专家在，根据目前的指标也会做出和我一样的判断。怎么说呢，看病有时候要审时度势，还要辩证思维。几句话，说得当地医生很是服气。

那天，科里又收了一个病人，叫孔强过来看，孔强检查之后认为要做心包穿刺。当时科室里所有大夫都愣了，连主任都含糊，私下里跟孔强小声说："孔老师，我们医院 10 年没做过心包穿刺啊！"

所谓心包穿刺，其实是个心内科的小手术，就是一个介入治疗。患者的心包内有了积液，必须通过穿刺引流把积液放出来，不然积液会压迫心脏，轻的让患者心脏不适，重的可以引发死亡。但是心包积液对于介入治疗是有条件限制的，第一，积液数量必须要高于一厘米；第二，要在心脏彩超的配合之下，这样才能找准位置。

这个患者照了心脏彩超，但是积液量达不到一厘米，做还是不做？不做，不利于患者的下一步治疗；做，有风险。孔强跟主任说："正好我做一次让大家看看，就当是现场教学吧，不然，大家白叫我孔老师了。"

煮毛豆

医疗队的援藏医生都管孔老师叫
"孔大教授"。每周末，尼木、
当雄的大夫们回来，就跟说好了
似的，都会找孔强聊聊。聊的
时候不能干聊，第一次有人带
了两瓶啤酒，第二次就有人搬了
一箱。连业务讨论带心里疏解，
孔强的宿舍就跟聊天室似的。平
时一个人的时候，孔强的屋子安
安静静，他就坐在那里写大字，
都不出屋；只要一来了人，就着
点啤酒毛豆，孔强就像换了一个
人，一屋子欢声笑语，打老远就
能听见他爽朗的笑声。

然后就是局部麻醉、做准备，大家
里三层外三层地围着孔强，就看他拿着
针管一点一点地在心脏附近扎进去，又
一点一点地把积液抽出来。看着的人心
都揪紧了，主任手心里都是汗。孔强神
色淡定，一边抽针管，一边跟患者聊天：
"有感觉吗？觉得舒服一点吗？"患者
是局部麻醉，看着孔强完成了整个治疗，
轻松地说："我什么感觉都没有，一点
都不疼。嗯，现在舒服多了……"

这次治疗完了，"孔老师"的名字
越叫越响。经常有别的科室的大夫拿着

病例、片子过来找孔强让他给看。有几次，孔强从病例、患者的表现上直接判断出这不属于心内科的治疗范畴，那当地医生也说："您给看完了我们就踏实了。"

主任拉着孔强，说干脆您每周给我们讲一次课吧。关于心血管疾病治疗的，我们都想学习学习呢！

孔强说那就讲吧。我们每个援藏医生只有一年的时间，真正能治疗的病人并没有多少，但是如果能带出几个医生来、帮着把当地医院的医疗条件改善改善，那是善莫大焉！

每周一次讲课，每次都是黑压压一屋子人。不仅当地的大夫来听，北京的援藏大夫也来上课。北京的援藏医生有个自己的微信群，有手术、来不了的援友就要求去听课的人在群里给直播一下课件。每周到了讲课的日子，援藏医生群就特别热闹，上传讲课内容的，边看边讨论业务的，大家热情都特别高！除了在院内讲课，时不时地还要去医院之外给拉萨市的市民再讲讲高原保健，孔强的日子过得越来越紧凑，有的时候连晚饭都吃不上。孔强就在宿舍里备了点儿毛豆，有时间的时候就把毛豆洗干净，加上花椒、大料、姜、盐一煮。煮开了之后也不盛出来，就在锅里泡着，什么时候回来了，什么时候捞出来吃，还挺有滋味的。

后来好多援藏大夫都知道孔强这儿有这个零食，下班之后有人就带着点花生、啤酒过来，一边蹭孔强的毛豆吃，一边聊聊当天自己又碰到了什么病例、怎么治疗的。孔乙己爱吃茴香豆，孔老师爱吃煮毛豆，吃的人多了，孔强的毛豆宴就成了援藏大夫的经验交流会了。

乐
了

　　从北京到拉萨，很少有人能一下子就适应。高原反应是肯定会有的，可像刘大为这么邪乎的也不多见。

　　刘大为是怀柔区耳鼻喉科的大夫，到拉萨来，原计划是去当雄县医院援建。刚下飞机的时候，人还挺精神。刘大夫有点胖，小 200 斤吧，但是脸色红润、笑容洋溢、声音朗朗，一切都好。谁知道，休整了几天之后，刘大夫模样就变了。

　　食堂在二楼，吃饭的时候要走上来。在高原都怵爬楼，的确是又累又喘，想在北京那样一口气跑上来那可没戏。可刘大夫这步子迈得也太慢了点，一步一挪不说，还要迈一个台阶喘口气。大家都吃上了，他还在楼梯上踱步呢。

　　看着他就觉得不对劲，援友们有放下盘子过来搀他的，有赶紧给他搬椅子的，还有人把自己盛好的饭菜直接就拿过来，说，大为你坐下别动了，先吃这个吧……

几个大夫们坐在一起，一边吃一边相互念叨念叨这两天的高原反应。大多数人都是刚来的时候难受，血压高、心慌、憋得慌、睡不着觉，休整几天之后都有所缓解。大伙算着日子，还有一两天休整期就到了，大家就该各奔各自的工作岗位，有去市医院的，有去尼木的，有去当雄的。在市医院援建的心血管大夫问刘大为："兄弟你这样行吗？要不再歇两天吧。"刘大为努力地摆着手，弱弱地说："没事没事，我跟大家一起走……"

正说着，当雄县的几个县长过来了，跟即将要去当雄的大夫们打招呼。别人都站起来握手寒暄，刘大为颤颤巍巍地没站起来。当雄的副县长坐在大为身边，热情地给介绍当地情况，刘大为听着听着就觉得自己呼吸急促、心跳加快，紧接着，从手指头开始一点一点地发麻，这麻劲儿还传染，迅速就麻到了胳膊、上身、腿、肩膀……他对旁边的心血管大夫说："老孔，我好像不行了……"话没说完，整个人就瘫倒在了椅子里。

幸好一桌子坐的都是大夫。几个医生七手八脚地拼了几把椅子，让刘大为平躺下。又有人高声叫："哪有氧气瓶？"刚刚从当雄回到拉萨的副县长正好在车上备了一瓶，小跑着下楼给拎上来，几个大夫又把氧气给刘大为吸上，又联系医院、找车，忙活了大半天刘大为才算是转危为安。

有了这么一次，援藏医生领队就和拉萨卫生局商量，让刘大为再休整一段时间，然后再投入工作。眼看别的同事们都进入工作岗位了，刘大为心里特别着急，脸上都没有笑模样了。可是身体适应这种事着急没用，越急越不好。都快两个星期了，上楼还是一步一挪呢，稍微动动就不行。医生领队一看这个情况就试探性地征求刘大为的意见："要不，您还是回北京缓缓？"

那哪行啊！既然决定来援藏，就没有当逃兵的理！刘大为坚决不回京，生生地在拉萨扛着。他还跟同事们说，自己也是大夫，知道自己是什么问题，吃亏就吃亏在"胖"上，耗氧量太大，只能慢慢适应。

后来，援藏指挥部做拉萨卫生局和刘大为的工作。当雄海拔5000米，拉萨海拔3800米。在拉萨刘大为还这么大反应呢，到了当雄估计也无法开展工作。要不，先到拉萨市人民医院上班，看看情况再定夺。拉萨市区也缺少刘大为这个耳鼻喉科专业的医生。

就这么着，刘大为休整了几周之后就到了拉萨市人民医院。到了这儿，当地的藏族大夫都把刘大为当老师看，都知道刘老师身体还没恢复好，都是他们接诊，让大为在旁边把关。遇到处理不了的问题再让大为亲自上手。

本来一切都好，刘大为坐在诊室里帮着当地同事们看诊，只要不怎么活动，身体也就不发麻了。结果这天来了一个小姑娘，没说话眼泪先掉下来了，藏族医生一问，原来小姑娘是西藏大学学声乐的大学生，连续好几周了，练声的时候高音唱不上去了。老师批评了她好几次，说她不用功。小姑娘委屈，就只好加倍练，可是越唱声音越嘶哑，来到医院的时候基本上已经发不出大声了。当地医生为她做了检查，照了片子，发现是声带麻痹。但是为什么会有声带麻痹，他们就不清楚了。接诊的医生也替小姑娘着急，拿着 X 光片就喊刘大为，想让他给看看。这喊声急了点大了点，刘大为听见之后起身又急了点，一下子高原反应就又来了，还是那样浑身发麻、眼前发黑，"扑腾"一下就晕倒在了办公室的水泥地上！这下可把同事们给吓坏了，又是给吸氧、又是来抢救的，等看着刘大为缓过来，说什么也不敢让他看诊了，直接就用救护车给他送回了宿舍！

这下事大了！为了刘大为自身的健康考虑，援藏指挥部的领导跟他谈话，说咱们还是回北京吧。援藏事业要紧，自己的身体也要紧啊！刘大为那会儿也缓过来了，又跟领导表了一番决心，又从医学的角度说服领导，说自己真的已经快适应了……说了半天之后，第二天，领导还接到了刘大为写来的请愿书，言辞恳切，总之就是一句话："我能坚持！"

领导半信半疑地答应再观察一段时间。那些日子，刘大为真是咬着牙出门诊，一天都不休息。为了早点适应高原，他下定决心减肥。每天只吃一顿早饭，其他的全省了；为了练习肺功能，他还买了好几把笛子，把小时候的爱好全捡起来，每天不吃饭一吹就是两个小时……

还别说，刘大为对自己的这股子狠劲还真见效，体重立竿见影地掉下来了，上楼也不喘了。正常出门诊之后他还惦记着那个西藏大学的小女孩，回到医院第一件事就是把片子调出来，认真琢磨了半天，又让同事通知那姑娘回来复诊，他亲自给做的检查。这一查，就查出了大问题。声带麻痹只是表象，女孩是因为长了一个甲状腺瘤压迫到了声带，才出现了麻痹。瘤子的位置很隐蔽，幸好是发现得早，只要赶紧切除、恢复得当，女孩未来还能从事声乐工作；否则，不光是事业堪忧，连生命都危险了。

刘大为嘱咐病人和家属，在拉萨，目前还不具备做这个手术的条件，你们赶快去成都，去华西医科大附属医院，切除瘤子、好好保养，一定能好起来。姑娘和家属对刘大为千恩万谢，同科室的同事也特别服气，连科室主任都对刘大为一口一个"老师"地叫着，别的科室的大夫也都来认门儿……拉萨是甲状腺疾病高发地区，好多病人的最初症状都表现在耳鼻喉附近。有耳鸣的，有像是"鼻炎"的，还有声带嘶哑的，如果没有意识、不往甲状腺疾病上去联想，很难诊断出具体的病灶。

说来也怪，成功诊断出这个甲状腺瘤之后，刘大为的高原反应症状也消失了！他就觉得自己浑身都是劲，恨不得一天多看十几个病人，好把之前身体不好、耽误的损失给追回来。

这天科里又来了一个小伙子，是特警队员，身体倍儿棒，可就是发现自己声音嘶哑，鼻子也不太舒服。医生给检查了声带，没事；给鼻腔照了 X 光，报告上也显示没事。小伙子没看出所以然，就离开医院回去了。科里的同事把这个病例说给刘大为听，刘大为翻出片子一看就看出了问题。鼻腔是没事，可是鼻腔后面的颅腔里面有事啊！在不显眼的位置，X 光片上能隐隐看到一个阴影。刘大为叫科里同事："赶紧把病人叫回来。再检查！"

病人来了，科里的大夫们都看着刘大为做检查，都当是现场教学。只见刘大为对病人说："坐好了，跟我做一个动作啊！来，两个肩膀同时向上耸，对！非常好，然后再向左转转脖子；好的，再向右转……"当地大夫们都看愣了，这是诊断声带问题吗？看鼻子也不用耸肩膀啊!

大家正狐疑着呢,只见挺壮实的特警小伙子,在做了几个耸肩、转头动作之后就忽然瘫倒在椅子背上、大口喘气,一副特别疲惫的样子。刘大为又让病人站起来,双手向上举,举了几下之后,小伙子突然说:"我左肩膀疼……"刘大为耐心地问:"这段时间有没有耳鸣的现象?"小伙子想了想,说,有,已经持续了一段时间了,因为每次耳鸣的时间都不长,自己还以为是训练累到了,就没在意。

刘大为告诉病人,他的声带问题、鼻腔问题,还有耳鸣问题,都是一个原因造成的,就是在颅腔内有个瘤子,得赶紧去内地治疗切除。刚才做的那一系列动作,都是在做确诊。只有颅腔内出现问题,做那些动作才能让人感觉到疲惫和疼痛。这一下,全科室的大夫们更服气了,就连拍 X 光片的检验科主任都过来给刘大为道歉,说,刘老师,这么严重的问题我们拍到了但是都没看到,还在检验报告上写"正常",要不是您在,就把病人给耽误了呀!

刘大为连说"没事",说这些判断有些就是经验使然。科室主任说,那您每周给我们讲几次课吧!把您的经验多给我们说说,等你回北京了,我们也能用得上。

就这么着,刘大为一周出五天门诊,还要给同事们上上课,日子过得忙了、累了,可也能睡得着觉了、身子也不麻了。每天回来,吃完饭、散完步,刘大为还把在北京时候的手艺——炒葵花子,给捡起来了。拉萨物价贵,水果干果都贵,大家的高原补贴也不高,能省就省,很少有人舍得出去买大把零食吃。刘大为发现小区旁边的农贸市场有卖生瓜子的,买了几斤,在宿舍里,支上炒锅就开炒。

炒瓜子

刚到拉萨那会儿，刘大为脸上那是愁云密布啊！担心因为身体原因，指挥部会让他回北京去。后来身体渐渐适应了，这才看见他的笑模样；再后来，在拉萨市人民医院正常上班了，见谁谁刘大夫都乐呵呵地打招呼。再后来，身体硬朗了、体重下来了，刘大为的兜里就开始揣着炒瓜子，看见谁都给抓一把。吃了他的瓜子的人都立刻上了瘾，炒得实在是香，越吃越爱吃。到后来，不等他给，一个一个的都跑到他屋里要去。要是没炒出来呢，就坐在那等着。瓜子吃上了还不满足，还得让刘大为给吹一段笛子、看看他写的书法才算尽兴。

那香味，从刘大为的宿舍飘出来，布满了整个单元。每到周末，从县里、乡里医院回到拉萨的大夫们就来砸刘大为的门，尤其是女大夫们，一口一个"大为哥"地叫着，每个人兜里都得装满了瓜子才出门。

工作日上班，周末炒瓜子；上午出门诊，下午给同事培训。刘大为大夫的身边老是围着好多人，甭管是叫"北京大夫"，还是叫"老师"，抑或是叫"大为哥"，反正刘大为这高原反应是彻底没有了，一天到晚脸上都在乐。

心
真大

　　房山良乡医院的吴俊改是妇产科大夫，在这批援藏大夫里，大家都喊她吴姐。一是岁数比较大，经验丰富；二是热心肠，特能照顾人，北京话叫"能张罗"。这么一个人，心眼挺宽敞，脸上老带着笑模样，跟谁说话都特别温和，特能替别人着想。去年到拉萨，在堆龙德庆县人民医院援建。眼看援建的一年时间就快到了，问她啥感受？她回答就仨字：心真大！不是说她自己啊，她说的是当地的患者。

　　堆龙德庆县是拉萨的近郊县，距离拉萨市中心车程不过20分钟。跟几百公里以外的尼木县、当雄县不一样，这里的藏族百姓做什么的都有，不是纯牧民。堆龙县医院也是二级医院，平时接诊量也比山区的医院要大，老百姓对健康的重视程度也算高，可就是这样，从北京来的吴俊改还是适应了好长时间。

　　妇产科嘛，主要工作就是接生。以前拉萨的农牧民都是在家里自己生产，到医院找大夫帮助接生是近 10 年才建立起来的新理念。北京对口援建拉萨 20 年，这期间没少派妇产科医生到高原来。藏族老百姓也看见了，自从北京的大夫来了，孩子生的痛快了，产妇安全了，孩子也壮实了，再生孩子一准儿到医院来。来是来，那什么时候来可就不一定了。内地建立起来的一套产检机制在拉萨还没普及到每一个育龄妇女，好多挺着肚子来的产妇对吴俊改的问题经常是一问三不知。

那天下午，来了一位大肚子产妇。科里叫吴俊改给看看，拿过初诊病例一看，上面写着"足月、待生产"的字迹。吴俊改就给检查啊，一边查一边让藏族同事问产妇："末次月经是什么时候？"

产妇一脸茫然，不知道。吴俊改又改通俗问法："那你什么时候怀孕的？"产妇还是不知道。那为什么就来医院了呢？产妇说："肚子疼，觉得要生了。"吴俊改再仔细问，什么孕检、产检、定期检查一样没做过，只好赶紧拉着产妇去做 B 超。看了 B 超再听胎心音，听了胎心音还得上手摸……检查了一溜够，根据 B 超报告和经验手感吴俊改跟藏族同事说："没足月，还差小俩月呢！生不了，回去吧……"产妇不干啊，说大夫我肚子疼啊！吴俊改还得给解释，这是"假妊娠"现象，单凭宫缩、肚子疼不说明问题，您这个，还没到日子呢！产妇还是不依，说是住医院踏实、有北京大夫守着更踏实！当即决定住下不走了，一住就是小俩月，直到日子够了、平安生下个大胖小子才走！

吴俊改很诧异，什么时候怀上的、什么时候生……这当事人都不知道啊？当地大夫不以为然，说老师这有什么奇怪的，牧区好多人家孩子几岁都不记得呢！

那天又来一位，47岁的中年妇女，说一直在出血，都已经十几天了，不像是月经。去化验了，也没怀孕。吴俊改当即就把病人给留下了，赶紧就要做诊刮手术，要在子宫里取出组织来做病理分析，看看是不是子宫内膜癌。病人很配合，躺在产床上由着大夫们检查。吴俊改一边上手做一边指导年轻的当地医生，以后遇到这样的病例该怎么处理。又忙活了一溜够，盘子里的几块纱布都浸满了组织和血液，吴俊改先用肉眼观察，分析了半天，末了对助手说："送去做病理吧，应该不是癌。"

当地大夫凑过来看，说吴老师根据经验您觉得是啥毛病啊？吴俊改一脸哭笑不得，说："流产了。你们问问病人知道自己怀孕过吗？"藏族医生赶紧问，病人说不知道。怀孕了不知道，流产了也不知道，直到流血了才来医院。吴俊改也不知道说啥好了。再问啥也问不出了，再一看病人，虽说刚刮完子宫、做了个门诊手术，人家爬起来就下地，自己拎着输液的瓶子就出来了，说健步如飞有点夸张，一脸的淡定笑容可有感染力了。

这边患者心大，好处就是医患关系特别和谐了。不管治疗结果怎么样，从来没有人打啊闹啊的不依不饶。"贱人就是矫情"这种事在拉萨基本不会出现。甭管什么病，北京大夫说治好了，那就是治好了；说没治好，那就转院，找能治疗的地方治去。实在不行还有活佛呢！患者看医生的眼神充满了信任，纯净得一塌糊涂。虽然好多藏族同胞汉语说不太好，但是他冲你一笑，你就能感受到他的真诚和对你的尊重。患者越是这样，当医生的就越是上心。人和人之间的尊重都是相互的，吴俊改对这事深有体会。她越上心，对她下属、同事的要求就越高。她在堆龙德庆县医院，不仅是妇产科大夫，还兼着副院长，有这么一层关系，底下的年轻医生、护士们就觉得，吴姐这脾气可越来越大了。

到了援建快一年的时候，吴俊改跟当地同事处得也熟了，说话也越来越不讲究。在妇产科干了大半年，吴俊改没少数落当地的小姑娘。妇科B超报告不规范，上面不写清楚子宫大小，只写"正常"。吴俊改训人家："正常不是你说的，是指标显示的。你不写清楚子宫大小、不写子宫壁厚度这怎么能算正常？"负责B超的小姑娘委屈，说："老师，我们一直都是这么写的……"

吴俊改一边看病，一边管理妇产科，一边返回头去查之前的病例、检查报告。发现人家小姑娘说的真是没错，他们一直就是这么写的。一般就是俩字："正常"。要么就是仁字："非正常"。这哪行啊！

眼看北京的医生就要轮换走了，这么"一直"下去到哪儿才算一站啊？在堆龙德庆县医院援建的几个大夫一合计，还是利用咱们北京的优势给大家做做深度培训吧。不然，北京的大夫一走，该不会做的手术还是做不了，原来不规范的地方也规范不起来。

吴俊改是良乡医院的大夫，借着出差的机会，回北京就找医院把要求说了。能不能给堆龙德庆县医院的医护人员进行免费培训？娘家单位的领导说行啊，来吧！吴俊改说，堆龙德庆县医院也不富裕，来的人在北京人吃马喂的可也得不少钱呢……北京的医院领导一听，说，咱们有宿舍，来的人给他们提供住处，再给办一张饭卡。培训费也别交了，咱们援藏就援得彻底点。

吴俊改这趟差没白出，不仅给堆龙德庆县医院争取到了好几个培训名额，由北京三级医院的医生专家手把手地带，还免费，管吃管住，培训时间三个月……按说这待遇够优厚了吧，可

糌粑甜茶奶干

藏族朋友对你好，最直接的方式就是给你倒上一杯满满的酥油茶。有些藏族朋友怕你喝不惯，就贴心地给你倒甜茶——就是藏式的奶茶。后来就形成了一个传统，只要有汉族朋友来，直接上甜茶、上糌粑。糌粑端上来的时候是粉状的，谁吃谁用水或者酥油自己攥。还有切末、奶干、牦牛肉干，这都是藏族朋友待客的好东西。援藏大夫在拉萨工作了一年，从闻不了酥油茶的味道，到端起来就喝，这个过程并不长。临走了，吴俊改对甜茶啊奶干啊还吃上了瘾，两天没喝甜茶，还想呢。

吴俊改还不满足。她顺杆爬，跟领导央求说，我们马上就回北京了，这培训不能就搞一次吧？领导说你想什么你直说！吴俊改一乐："咱们能不能和当地签个协议，每年都给堆龙搞一次免费培训？不管有没有房山的医生在堆龙，这事咱们都一直干行吗？"

等吴俊改从北京回到拉萨，堆龙德庆县的一群年轻医生护士都翘首以盼呢！这里的年轻人视野并不像内地那么宽，但是大多数人都特别好学、上进。尤其是医生啊、教师啊，都不想放过任何一个能去内地学习进修的机会。他们都知道吴俊改回来不能空着手，她刚一出现在医院，一群年轻医生护士就围过来，莺莺燕燕地叫"吴姐"，问能去几个人啊？什么时候能去北京啊？

开始吴俊改还想逗逗她们，可再一看她们那充满渴望的眼神，心里一下子就明白了，就实话实说了。吴俊改告诉她们，每次三到五人，每期培训三个月，每年都有两到三批……话音还没落，一群小姑娘都跑了，赶紧回各自科室打报告，要求第一批去培训。

吴俊改回到办公室，她的桌子上摆了满满一堆藏族小吃。这些东西有拿青稞做的，有牦牛肉干，有奶制品，还有像北京炸排叉儿一样的卡赛……有的吴俊改都叫不上名字。可这么丰盛的东西聚在一起，吴俊改是见过的。那是藏族朋友过年时候吃的，特别隆重，今天这是怎么了？怎么都摆在自己桌子上了？旁边一个藏族小护士进来，羞涩地笑，对吴俊改说："吴姐，这是我们每人从家里带来给你吃的，谢谢你能带我们去北京。"说完，一碗热气腾腾的甜茶就端到了吴俊改的面前。

啥

都管

　　这几天可把侯文英大夫给累坏了。本来是北京儿研所的外科大夫，到堆龙德庆县医院援建，还是当儿科的外科大夫。可是堆龙德庆县医院没有儿童外科，侯文英就干普外的活儿；普外的病人也不多，比起在儿研所每天的工作量，侯文英觉得自己每天都跟休假似的。

　　可这假休了没几天她就坐不住了。以前是坐在诊室里被患儿和家长围得里三层外三层的，不敢喝水、没时间上厕所，一个孩子看不了几分钟，弄不好还得被心急如焚的家长吼几句。现在病人少了，轻轻松松的反而不适应了。别说给孩子做手术，就是大人一个月也做不了几例。没病人怎么办？找呗！

　　拉萨海拔高，生活习惯特殊，好多孩子在婴幼儿时期就被发现患了特殊疾病。先心病、先天性下肢畸形、唇腭裂都有发生。侯文英就跟堆龙县政府领导建议，想给全县的适龄孩子做一次健康普查。筛查出来的患儿，她负责联系儿研所，到北京去治病。

堆龙德庆县的县委书记也是北京去的援藏干部，一听这个动议就觉得好，马上就上报了财政，一个多星期，预算就批下来了。

有了钱侯文英就开始忙活。堆龙德庆县医院一共有四名北京去的援藏医生，这四个人、一辆车，把堆龙德庆县所有的乡镇卫生院都跑了一个遍。事先要通知适龄的孩子到乡卫生院做体检，约好了时间他们就去；初次筛查出来的孩子先登记在册，全县普查完了，把有问题的孩子再送到自治区医院进行二次筛查，确诊之后，侯文英再把患儿的病例一张一张用手机拍下来，用微信发回北京儿研所。儿研所根据她的照片，转交给不同科室，该什么大夫治、该怎么治，各个科室把活领走。

这一整套干下来至少得两个月。堆龙德庆县说是拉萨的近郊区，那位置相当于北京市的朝阳区。听着很近，可尽是山区，海拔最高的乡有 4500 米呢。这几个北京去的大夫背着听诊器、带着检测设备一个山头一个山头地爬。有些地方，他们坐的依维柯根本过不去，看着乡卫生院就在山腰上，车上不去，人就得自己走。知道他们要来，哪个卫生院门口都是几十上百的家长带着孩子眼巴巴地等着。给孩子们听心率、让抱着来的孩子在地上走几步、脱了衣服看孩子的四肢……好多孩子打一生下来就没见过家里以外的人，看着好几个穿白大褂的陌生人在自己身上忙活，哪有不哭的道理？他们走到哪儿，哪儿的卫生院里就哇哇哭成一片。别的大夫都忙乱，就侯文英特高兴，说来了大半年，可算听见孩子哭了！

　　在拉萨忙活了两个多月，病例照片也发回了儿研所，儿研所那边很快发回了反馈信息，说病房都预备好了、大夫们也准备好了，就等你们来做手术了。

　　这边几个北京医生赶紧启程，带着筛查出来的十几个孩子和他们的家长坐着飞机就往北京赶。儿研所是侯文英的娘家，到了北京，还是她跑前跑后。对接不同的科室，跟家长商量做手术的具体时间……他们这次带来的二十多个孩子和家长，都是平生第一次离开拉萨来到北京的，好多事他们没见过也想象不出来。

　　有个3岁的孩子得的是先心病，心脏上有三个洞，从出生到现在一共得过八次肺炎，一感冒就好不了。这回到了北京，以为做个手术很简单，可不知道这么小的孩子做手术本来就遭罪。听着孩子手术后在病床上喊"妈妈"，家长又不能进去，只能隔着玻璃看，那还不心疼不着急！一着急就用藏语跟大夫们嚷嚷起来了。儿研所的北京医生一时跟家长沟通不了，侯文英就得上，好言好语地跟家长解释，现在手术刚完，做得很成功，但是这会儿孩子抵抗力低，你还不能进去；进去了、感染了，孩子更受罪……

　　这次还有个8岁的小姑娘，得的是先天性下肢畸形，一腿长一腿短，这个病治起来很痛苦，但是又必须早治疗。骨科医生要在她短的一条腿里打上金属，用外力把骨头尽量拉伸，使得两条腿最终一边长。骨头里面打上金属，那肯定疼啊！打完之后，还要做康复训练，必须强迫两条腿进行运动。到一定时间后，还要再做二次手术，把金属取出来。

　　家长来北京之前，都是高高兴兴的，就知道要给孩子治病，哪知道治病是这么个过程。好多家长刚治到一半就打退堂鼓了，有要出院回家的、有说什么也不许医生再碰孩子的，还有嚷着要回去找活佛的……堆龙德庆县这次有当地的卫生局干部跟着，也是藏族同胞，她和侯文英就成了救火队员，哪个病房闹起来、家长嚷嚷了，她们俩就往哪跑，一个家长一个家长地安抚，还得哄孩子。侯文英自己的孩子都上大二了，好长时间没哄过那么小的孩子了，她买了好多小玩具，哄着孩子们开心。孩子们不哭不闹了，家长的情绪就稳定了。

在北京前前后后又待了三个星期，侯文英带着手术完的孩子们一路坐着火车回拉萨。因为有了那小一个月的交情，孩子和家长都跟侯大夫相处得不错。一路上看见什么地名都有孩子问，这个怎么说？那个叫什么？从北京到拉萨，两天两夜，火车到站之后，突然有孩子用汉语问侯文英："你叫什么？"侯文英乐得抱着孩子们，一个一个叫："我叫侯文英。"估计等若干年后，这些孩子们长大了，还能记住，当年是这么一个侯大夫，和一群北京的医生，给自己治好了病。

这群孩子们回来了，侯文英给自己找的活还没完。有些病是在孩子小时候发现的，越早治疗越好；有些病，是和怀孕、喂养有关的，是完全能避免的。

藏区的孩子一生下来就要喂酥油和糌粑。这是上千年的传统了。一个原因是母亲自身的营养就不好，母乳跟不上；另一个原因就是风俗习惯。酥油和糌粑不利于婴儿吸收，而且里面的物质就是脂肪和粗纤维，没有蛋白质，这样喂养出来的孩子肯定营养不良啊!

　　侯文英一直惦记着这事,她在北京联系了几个研究婴幼儿营养学的同事,动员他们到拉萨来搞调研,就拿堆龙德庆县的两个乡搞试点。几个专家来了,侯文英也够狠的,就让人家休整了一天,第二天就带着他们下乡了,一边下乡还一边忽悠人家呢,说:"高原反应都是心理作用,没事!而且高原养女人,你们看男同志在拉萨都减重,我们几个女大夫什么事都没有……"

　　让她这么一做工作,几个专家还真挺精神。来了就下乡干活,采集数据、搞调查研究,没几天就拿出一个方案来。藏民们普遍离不开牦牛肉,几个营养专家就琢磨着就地取材,把当地的牦牛肉做成肉糜,给藏族孩子当辅食。要逐渐帮助当地人建立新的喂养习惯,母乳、糌粑、牛肉糜一起喂,先保证婴幼儿的蛋白质需求。可是这样问题又来了。当地藏民吃牦牛肉就是一种吃法,风干!别说让他吃牛肉糜了,见都没见过。几个专家又想出一个办法来,给孕妇家里送高压锅,教给他们怎么把牦牛肉做成牛肉糜。

　　侯文英觉得这事可行,就又跟堆龙德庆县政府打请示,请求县政府给试点乡镇的孕产妇配备高压锅,然后她带着专家上门指导,教人家做牛肉糜。据说,这请示又通过了。

　　几个专家调研回来,说要不咱们先试试,怎么把牦牛肉做成牛肉糜?不仅做成牛肉糜,是不是也能做点别的出来?孕妇生完孩子,她们自己也是吃酥油和糌粑,别的也吃得少,这对母乳的产生也不利。最好多研究出几种食物来,让妈妈孩子都能吃也都爱吃。

青稞牛肉粥

来拉萨，最容易接受的食物就是青稞。它的口感有点像大麦粒，吃起来有嚼头，后味回甜；煮粥更是好东西，掺一点大米，用高压锅煮出来的青稞粥带着甜丝丝的米香。侯文英是首都儿研所的外科大夫，在拉萨，儿童外科手术病例少，她就给自己找了一堆事做！用青稞和肉糜熬粥她自己试验了好几次，确定能给婴幼儿吃了才跟营养专家一起尝试着在乡村推广。还别说，她试着熬粥的时候，援友们都有口福了，看见谁都叫过来帮着尝一口、提提意见。援友跟她打趣，说，侯姐，回去别干大夫了，咱开粥铺吧。

侯文英就琢磨，说要不咱们用青稞和牛肉糜熬点粥试试？先把青稞米泡软了，煮成粥；再把牛肉打成糜，和粥搅拌在一起，放一点食盐，就跟喝粥上面撒肉松似的。

几个人就开始实验。青稞米用高压锅煮成粥很容易，多泡泡就行了；牦牛肉要剁烂了费点力气，得几个人轮着来，不然这俩肩膀还真受不了。剁烂了之后先煮熟了，再和青稞米粥一起，用高压锅二次加热。端出来之后撒点碧绿的小香葱，还别说，口感那是相当的好！

吃哪
补哪

作为本年度北京援藏医生的领队，高志学就是一个全能选手。

本来他的正差是骨科大夫，可他所在的当雄县医院海拔高、条件差，开展骨科手术的很多器械都不具备。从当雄到拉萨市区好几百公里，也不能缺什么都跑到拉萨去买，只能靠他自己用手做。日子久了，他不仅能做手术，还能当木匠、干钳工，援藏大夫们送他一绰号，人称"高师傅"。

"高师傅"最拿手的是做克氏针。所谓"克氏针"就是一种两头尖尖的金属棍，在骨科手术中用来连接骨折后的骨头。这东西平时用不着，可做骨折修复手术的时候又万万少不得。

尼泊尔地震刚过，高志学就接诊了一个73岁的藏族老太太，地震的时候她被山上滚落的大石砸伤了左髌骨，造成了骨折，必须马上手术。老太太髌骨骨折，必须要用止血带缠住整个小腿，防止手术中失血过多；还要用克氏针把膝盖中的两块髌骨穿在一起，外面再用钢丝固定。克氏针、止血带，怎么那么巧，偏偏高志学手头就没有这些东西。

可"高师傅"不是浪得虚名的。从接诊了这个病人之后他就开始寻摸，看看手边有什么家伙能用上。结果，就找着了一个手术用的托盘。托盘上有俩不锈钢的提梁，老高找个钳子，三下五除二就把提梁拆了，这样，提梁就成了两根不锈钢棍。老高拿着这俩棍儿就出了医院，门外就是水泥路，老高蹲在地上就"咔咔"磨，旁边人走过路过也不知道这人在干什么……磨完了一看，原来的圆头钢棍被磨成了三棱形刀刃，一把克氏针就做得了，消了毒就能用了。

克氏针有了还得要止血带。当雄医院没有血站，万一手术中失血那是要人命的事。"高师傅"又开始琢磨，琢磨来琢磨去就盯上了县城里的自行车商店……没多大工夫，老高就把一辆崭新的山地车给推回来了。当地大夫直发愣，一个劲儿问您这是要骑着它去哪啊? 老高一乐，哪也不去，来，拆轮胎!

不一会儿，一条崭新的山地车内胎就给拆下来了，老高一卷袖子，用剪子把气门芯的位置一剪，剩下的内胎从里面翻过来，拿去消毒、弄干，三下五除二就做成了一条止血带!

平时做手术，高志学是当雄县医院的骨科专家、是老师; 缺工具、少器材，他就是"高师傅"; 组织北京援藏医生去基层农牧区义诊，他就是高领队; 到了每年免费筛查先心病、髋关节病儿童的时候，他就又成了搞公关的。外人都不理解，这种事有什么可公关的? 只有高志学清楚，在拉萨的偏远地区，要说服家长带着孩子去做免费体检，可不容易了。

每次做这项工作的时候，高志学都得磨破了嘴皮子，告诉基层的卫生干部，这件事的意义有多大。拉萨很多县都地处偏远，高寒高海拔，藏族同胞的饮食习惯、生活习惯又有特性，所以造成了很多地区的儿童都有先天性疾病。别看地处高原，天天被大太阳晒着，可是高海拔地区的孩子普遍缺钙。平时青菜、水果吃得少，氧气稀薄，维生素摄入量不够，孕产检查跟不上，有些地方就容易出现儿童先天性心脏病。缺钙也容易导致先天性骨骼病。其实，这些病只要发现得早、治疗得及时，孩子是可以很快痊愈的。但前提是得"早发现"！

每次要下乡给孩子们做免费体检，高志学都得踩好几遍点。先对乡里、村里的干部讲明白，告诉人家这事有多重要；再千叮咛万嘱咐，让干部们一定要通知到每一个适龄孩子的家长——有些村干部工作一忙，就给忘了。

好不容易都通知到了，也不能保证家长们那天会如约前来；就算来了，一看大夫们拿着听诊器，孩子一哭，也可能就走了。高志学每到这个时候还得当兼职保安，当然不能硬来，只能好言相劝："来都来了，就让孩子做个体检吧，不疼的……"

一旦初步筛查出来，高志学就又得去磨嘴皮子。对于先天性心脏病，初步诊断是不够的，必须要到拉萨去做心脏彩超。对于家距离拉萨好几百公里的牧民来说，去一趟拉萨市区真挺不容易的，有一部分家长认识不到问题的严重性，一听还得去拉萨接着检查，就又打退堂鼓了。高志学还得做工作，言辞恳切，虽然不

泡椒凤爪

话说霍亮半夜里睡不着，爬起来看电视，一个科教节目正在教怎么切凤爪最便捷。看着看着把霍亮看饿了，忍到第二天就忙着做，一做还特成功，立刻在援友中间推广。高志学深谙要领，自从有了这道菜，回到宿舍之后嘴里有味了，心情愉快了，还能有心思种种花养养草。高志学说这次援藏收获大啊，不光治好了好多病人，还学了额外的手艺，回家以后地位立马提高！

能保证每个初步筛查出来的孩子都会被确诊，但是至少可能性很大，必须要去深入检查，从他这儿来说，不希望有一个孩子被漏掉。

到了拉萨，高志学还得忙。找自治区医院、联系北京的专家，一个孩子一个孩子地做深入检查。确诊之后再跑回北京，联系儿童医院和儿研所，带着孩子们去北京做手术。

每次启程去北京，高志学还得做工作。别看全程免费，每个患儿还可以有一位家长陪同，但是仍然会有人担心到

了北京会有额外的开销，所以，还是会有顾虑……

　　等这一切都忙消停了，高志学还得带着手术完的孩子和家长回到拉萨。对先天性疾病的治疗不是一蹴而就，手术之后还要有很长一段时间需要跟踪检查、复诊。这些工作全靠高志学和援藏大夫来做。下乡巡诊的时候，高志学又成了"管家"，采购药品、照顾大夫，去不通汽车的村子还得骑马；到了雪山脚下，得记着提前给大伙备好军大衣。这个时候，他绰号又变了，人称"高总管"。

　　高志学除了工作好像也没太多业余爱好，他最大的幸福感就是忙完一天回到宿舍能吃口热乎饭、有小酒的话能喝一口。偏巧当雄这个地方条件实在是太恶劣，海拔那么高，烧水都不开。指挥部有个心灵手巧的干部叫霍亮，私下里传授老高一道私房菜。买十几个凤爪，切开了加上姜、蒜、八角用高压锅炖，炖熟了之后放在买来的泡椒里，再来点料酒、冰糖和盐，封好了搁在冰箱里，第二天就能吃了。虽说不热乎，可累了一天了，嘴累、脑子累、手脚也累，吃点泡椒凤爪、来口青稞小酒，可解乏了，还能睡个好觉。高志学做了尝了，一边吃一边心里乐，心说这也算吃哪儿补哪儿吧。

北京援藏医生为拉萨市民治疗（组图）

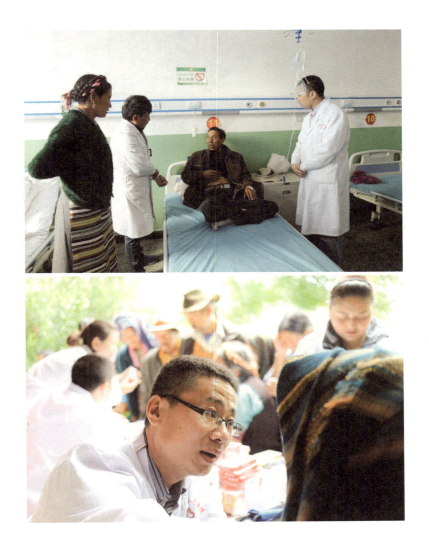

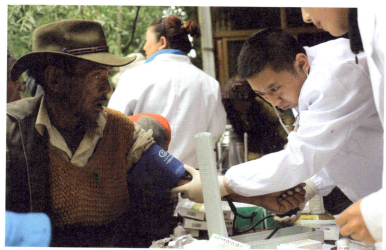

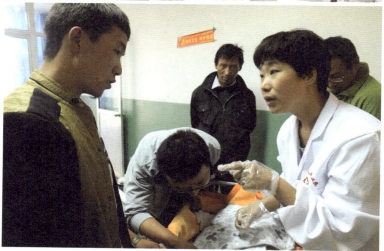

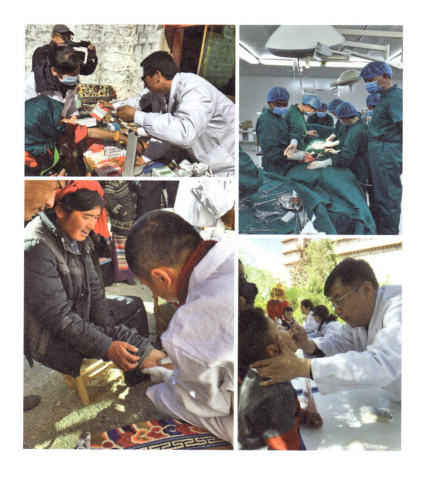

北京市第七批第二队援藏医生完成援建任务返回北京

后记

　　从 1994 年北京对口支援拉萨建设以来，好像还没有这样一本书，用这样的视角、这样的"京味"来写援藏干部。也许有人会问，你为什么这么写？还写"吃"，还做菜？这也太不高大上了吧？

　　是啊！如果这几十篇文章让读者读出了饮食男女的味道，我会很开心。因为，我身边的援藏干部就是这样，是一群和你和我都一样的普通人。大家身处海拔近 3700 米的高原，平时的问候就是老北京人的口头语"您吃了吗"；大家最常进行的聚会方式就是一起做饭；我们在拉萨是异乡人，我们心里牵挂着远在北京的父母孩子，我们说得最多的一句话是"吃饱了才不想家"。

　　动了写这本书的念头是因为我自己也是援藏干部，来拉萨一年多了，亲眼看到这一百多个拼命三郎在这里是如何工作和生活的。写他们，因为心有所感；用"京味"来写他们，是因为我自己就是土生土长的北京人，他们也都是北京来的援藏干部。我们身上的烙印是如此的清晰和明显，谁都无法忽视。写工作和做菜，是想告诉大家，这是一群爱生活、有理想的人，他们有血有肉，就是一群奉献了自己的普通人。

我在拉萨工作期间，全拉萨专职、挂职的北京援藏干部有 76 个人，只有 3 名女性，我很荣幸地名列其一。援藏干部里女性占少数，这个我不奇怪；我惊讶的是，余下的那占据了 96% 份额的男性干部，一个比一个会做饭。我在北京援藏指挥部宣传联络部工作，我们部门只有两个人，一个是我，另一个是从房山区来的 80 后小伙子，叫霍亮。霍亮之前是房山地区小有名气的城管队长，到了拉萨，用他自己的话说，"扣摊儿的手拿起了笔杆子"，写的东西还老让人眼前一亮。聪明得让我羡慕。就是他，让我领教了男人手巧起来是什么样子。到了拉萨没多久，他就说他会做饭。我对做饭一窍不通，要是食堂停伙，我只能煮方便面。但是我馋啊，就怂恿霍亮做点啥让我解解馋。然后，我们宿舍里的厨房就开始热闹了，霍亮随便买点什么都能炒得很好吃。不仅炒菜，他还能烤曲奇。我们网购了一个烤箱，在拉萨最有名的药王山菜市场淘到了人造黄油和一些调料，霍亮就跟变戏法似的给我们烤了一大盘子热腾腾的黄油曲奇。这一盘子曲奇刚端出来的时候，那味道闻得我直想哭。后来，他还给我们做泡椒凤爪、烤鸡翅，教我用电高压锅蒸软硬适度的米饭，做鱼、炖鸡、煲汤、包饺子……忘了说一句，霍亮是华中农业大学学水产的，他知道什么鱼怎么做最好吃……

下了班不做饭的时候，霍亮还会做手工。他用两根毛衣针，把一团马海毛的毛线织成漂亮的围巾，用不同的针法，还带着华丽的流苏。他织出来的成果有的寄回北京送给老婆，有的被我们抢去扣下了。有人一边"嘲笑"他"怎么尽干老太太的活"，一边乐此不疲地跟他预定"给我织一条蓝的"。大家看着一个体重快 190 斤的男性 80 后城管队长一会儿在灶台前烹小鲜，一会儿又坐在沙发里穿针引线，看得我们恍若隔世，仿佛只能用一个词来表达那场景的美妙：岁月静好。

霍亮常说的一句话就是："这就是缘分！"在他眼里，我们能从北京的各个地方、各个单位奔赴拉萨，在这里相识、相知，那是我们之间的缘分；我们能在祖国召唤、需要我们的时候，自发报名来到雪域高原，那是我们和拉萨这个城市的缘分。

看着霍亮，我就知道，我们来援藏，是奉献而不是牺牲。我们内心的情怀和对生活的向往不会因为环境的改变而泯灭。相反，我们要热情、愉悦地生活，只有这样，才能更投入地工作。

在拉萨生活工作的一年多时间里，我听到了全国各地的南腔北调，但是我们自己一张嘴，说出来的还是一辈子都变不了的北京乡音；我们在这个城市吃过藏餐、山西面条、四川泡菜、陕西肉夹馍……但是轮到自己下厨房，肯定最想做的还是那一碗炸酱面。或许，我们中的绝大部分人，在拉萨生活和工作只有三年的时间，但是所有援藏后回到故乡的人，都会有同一种感受，那就是，我们这一生都和西藏结下了不解之缘。今后无论我们走到哪里、在哪里扎根生活，我们生命中都刻有"援藏"的烙印。拉萨和北京一样，是我们一辈子都魂牵梦萦的地方。用"京味"为我们和拉萨之间的情缘代言，对我和我的援友们来说，那是最真实的味道。

北京援建工人在拉萨（左右对页）

孩子们在北京援建的拉萨塔玛村住宅小区嬉戏

北京援建的德吉罗布儿童乐园 (当今海拔最高的儿童游乐场)

拉萨农户承包了北京援建的蔬菜大棚，喜迎丰收

北京援建的堆龙德庆县羊达蔬菜基地

北京援建的城关区奶牛小区

北京援建的拉萨市工商局办公楼

北京援建的牦牛博物馆（世界上第一个牦牛主题博物馆）

photo by chaijidong（益西罗布）

北京援建的群众文化体育中心

北京援建的拉萨北京实验中学·操场

北京援建的拉萨北京实验中学·教学楼

北京援建的拉萨广播电视中心

北京援建的拉萨民族文化艺术宫

（京）新登字083号

图书在版编目（CIP）数据

京味 藏缘／宗昊著. —北京：中国青年出版社，2015.9
ISBN 978-7-5153-3799-9

I. ①京… II. ①宗… III. ①随笔—作品集—中国—当代
IV. ①I267.1

中国版本图书馆CIP数据核字（2015）第205608号

图片摄影：王晓龙　柴济东　宋佳音

责任编辑：杜惠玲　彭宇珂
书籍设计：瞿中华

出版发行：中国青年出版社
社址：北京东四十二条21号
邮政编码：100708
网址：www.cyp.com.cn
编辑部电话：（010）57350504
门市部电话：（010）57350370
印刷：北京科信印刷有限公司
经销：新华书店
开本：880×1230　1/32
印张：10
字数：200千字
版次：2015年9月北京第1版
印次：2015年9月北京第1次印刷
定价：36.00元